きみのために青く光る

似鳥 鶏

角川文庫
20438

目次

犬が光る

その広場は荒野のように何もなかった。郊外の駅前であり、二本の鉄道線路と、改札からホームに向かうための跨線橋《こせん》をそなえたありふれた駅舎はある。実は裏側には商店街も存在する。しかし表であるこちら側には正面に時計台のある広場があるだけだった。ロータリーの形状に合わせた広場になんとなく置かれた二つのベンチも、いくつかの花が干からびているツツジの植え込みも、同心円状の模様を描いて砂埃《すなぼこり》にくすんでいる地面のタイルも、みな驚くほどにありふれている。ありふれているせいで何もない広場よりさらに何もないように感じる。動くものといえばこの広場に棲《す》みついている、ありふれた柄の十数羽の土鳩《どばと》くらいである。昼下がりの平穏な時間帯、鳩たちは好き勝手に歩きまわり、人間の目には見えない微細な何かをついばんでいる。

その広場に少年が一人、現れた。彼自身は近所から歩いてきた、という恰好《かっこう》であり、どうやら広場の隅に停めてある自転車を取りにきただけのようだった。

しかしそこで突然、平穏が崩れた。けたたましい羽音をたて、十数羽の鳩が一斉に少年に飛びかかった。羽根をばさつかせて少年を揉《も》みくちゃにし、嘴《くちばし》でつつき、脚で蹴飛《けと》ばした。少年は鳩たちに何もしていない。餌のようなものも持っていない。しかし鳩たちは狂騒的な敵意をもって少年を攻撃した。広場のベンチや周囲の道には数名の目撃者がいたが、いきなり出現したこの状況を理解できた者は一人もいない。

しかし、もしある種の疾患を持った者がこの場にいたなら、この鳩と少年が発している、青藍色《せいらんしょく》の奇妙な光を見ることができていたはずである。

1

視界内に三匹の犬がいる。左前方に一匹、正面に一匹、そして右前方に一匹。

左前方の一匹は柴犬《しばいぬ》である。成犬のようだがそれほど体格は大きくない。尻尾《しっぽ》を上方に巻いてこちらに肛門《こうもん》を見せつけながら後ろ足で踏んばり、椅子にかけている飼い主の膝《ひざ》に両前足をかけて見上げている。ハッハッと激しく息をしているのは八月のこの暑さを考えれば当然で、むしろこの暑さにもかかわらずカフェのオープン席などに出ている飼い主の方が不思議だが、彼は雑誌を読みながら煙草を吸っている。学校帰りや休日、僕も何度か友達と入ったことがあるこのオーガニック系カフェは室内の席が全席禁煙なのである。一方オープン席は全席喫煙可であり、そのため入口近くに座ってしまうと外の煙が入ってきてうっすらと臭い。しかしそのことは今どうでもよい。あまり大きくない柴犬。僕からの距離は約六メートル。そして犬の方は、僕には見向きもせずに飼い主を見上げている。こちらを攻撃してくる様子はない。

正面の一匹は小型犬である。短い脚とつぶらな瞳《ひとみ》。綺麗《きれい》な茶色というものがあるのかどうかは分からないがとにかくそうした茶色の、カールしたもじゃもじゃの毛。トイプードルというやつだ。飼い主のおばちゃんは日傘をして立ったまま知人らしき別のおばちゃんと喋《しゃべ》っているが、犬は舌を出して荒く息をし、時折足踏みをしながら見上げている。飼い主はおばちゃんらしく、何をそんなに喋ることがあるのかというほどずらずらと、話に大輪の花を咲かせている。犬の方は飼い主を見上げている。当然僕の方は見てもいない。そして右前方の一匹はウェルシュコーギーである。広場の樹につながれたま ま、暑いだろうに石畳の地面に寝そべっている。飼い主はおそらくむこうのスーパーにでも行っているのだろう。

全部で三匹。いずれも距離五メートルから六メートル。左前方の柴犬はカフェのパラソルの支柱に、右前方のウェルシュコーギーは街路樹の幹に、しっかりとつながれている。正面のトイプードルは飼い主のおばちゃんがリードを握っている。握り方はいささかいいかげんで当てにならないが、伸縮リードではないし、トイプードル程度なら嚙《か》まれてもそれほどの怪我はしないだろう。

……嚙まれてもそれほどの怪我はしないだろう。

そこを頭の中で、呪文《じゅもん》を唱えるようにはっきりと繰り返した。そして大きく息を吸った。喉《のど》が詰まったように息苦しく、それが恐怖のためであることはよく分かっている。鼓動はどくりどくりとうるさいままであるし、両手は力が入っているのか入っていないのかも分からない。脚はどうだろうか。よく分からないが、何やら地面に張りついている。すくんでいるとしたら、逃げる時に支障がでるかもしれない。

だが、最悪でもトイプードル一匹だ。逃げられる。だってあんなに小さいのだから。

事情を知らない第三者からみれば、僕が一体何にそんなに緊張しているのか分からないだろう。これから飼い主の誰かを殺そうとしているのかとか、正面のおばちゃんに愛の告白でもするつもりなのかと疑われるかもしれない。どちらでもない。犬が怖いのだ。

犬と言わず、動物全般が怖くてたまらなかった。

こうして街頭で、飼い主に連れられている中・小型犬を見るだけで、僕の心臓には相当なプレッシャーがかかっている。五、六メートルというこの距離は、リードをぴんと伸ばしてもおそらくは届かないだろうと考えることのできるぎりぎりの距離であり、「あの犬がいきなりこちらに襲いかかってきても嚙みつかれはしない」と信じ、逃げ出したり変な声を出したりしないでいられる間合いの限界点だった。

動物恐怖症というやつである。犬を見ると「嚙みつかれるのではないか」と怖くて仕方がない。猫も、いきなり嚙みつかれたり引っかかれたりする気がして怖い。鳥はいきなり襲いかかってきて目をつついてくるかもしれなかったし、牛や馬は体当たりをされたり蹴飛ばされたりするのではないかと思うと怖い。馬に蹴られた人間は骨が滅茶苦茶に折れて簡単に死ぬというではないか。大丈夫だ、といくら念じても無意味だった。「大丈夫」とは何を根拠に言うのか。あの犬がいきなりリードを振りほどいて突進してきて、僕の手や足に食らいつき、ずぶりと牙《きば》を食いこませないということを百パーセント保証できるというなら、してみていただきたい。人間の幼児だっていきなり大声を出したり、駆け出したりするではないか。まして別の種である動物が何を考えているかなど分かりようがない。

この動物恐怖症が始まった時期も原因も、僕はある程度はっきりと把握していた。まず間違いなく小学一年生の頃だ。今日と同じような夏の日だったと思う。家族で親戚《しんせき》の家に出かけた時に、そこの犬に嚙まれたのだ。雑種だったとは思うが大きな犬で、僕はキタローという名前のそいつと、庭でじゃれあって遊んでいた。すると、それまで尻尾を振っていたそいつが突然、僕の手にがぶりと嚙みついた。痛みは覚えていない。だが血がたらたらと出たし、何より突然のことでパニックになった。病院には行った記憶があるが、右手に傷痕《きずあと》が残っていないし、ずっと包帯をしていた記憶もないから、たいした怪我ではなかったはずだった。だが、だいぶ泣いた記憶がある。当たり前だ。まだ六歳だった。

以来、僕はまず犬が怖くなった。それまで尻尾を振って喜んでいたのに、いきなり嚙みついてくるかもしれないのだ。また嚙みつかれるかもしれない、と思うと、キタローだけでなく近所の他の犬に近付くのも躊躇《ためら》われた。怖がっていると吠《ほ》えられ、ますます怖くなった。そうして今に至る。

笑う人間もいるだろうということは分かっていた。どうして怖いの？　こんなに可愛いのに。こちらの気も知らずに無神経にそう言う人間がいるのも知っていた。いま現在健康で、何も怖いことがなく、しかもそのことについての自覚が全くない恵まれた人間なのだろう。可愛いことぐらい知っている。「嫌い」と「苦手」は違うのだ。いきなり嚙んでくるかもしれないから怖いだけで、絶対に嚙まないナメクジやミミズなら、僕だって平気で触れるのだ。

前の三匹を見る。いずれの犬も、商店街の道の真ん中に突っ立っている僕など気にもとめていない様子である。だが荒く息を吐く口許《くちもと》には、つややかに濡《ぬ》れた鋭い牙がのぞいている。トイプードルだろうが何だろうが、犬は獣なのだ。あれで噛まれたら。

そう考えながら犬を凝視しているうち、頭の中心で何かがぷくりと膨らむ感触があった。来るかもしれない、と思った。だいたい、怖いと思った時に限ってあれが来るのだ。

もっとも、今回はあえて来るのを待っているのだが。

ぞっとする感触が背中を走り抜け、僕の体に、ぼっと青藍色の光が灯《とも》った。同時に視界内にいる三匹の犬の全身も同じ色の光を発した。

——出た。

三匹の犬が同時にこちらを振り返る。自分の意思で振り返ったのではなく僕のこの能力で振り返らされたのであり、三匹は最初、きょとんとした顔をしている。

しかし一瞬の後、光る僕の姿を視認した瞬間にその顎《あぎと》が大きく開かれた。唾液《だえき》の糸を引いて牙がむき出され、三匹は火がついたように激しく吠え、こちらに向かって駆け出した。

「ひっ」

息が漏れる。恐怖で脚が動かない。左からけたたましい音が聞こえ、見ると、激しく吠える左前方の柴犬が駆け出そうとしてパラソルの支柱を動かし、テーブルの上のグラスが落ちて割れたところだった。右前方のウェルシュコーギーはびしりとリードを張りつめさせてこちらに近づこうとし、そして突然リードを引っぱってこちらに駆け出した正面のトイプードルに飼い主が困惑し、ふらついている。

まずい。逃げろ。

脚がうまく動かず、その間についにトイプードルはリードから解放され、激しく吠えながら一直線にこちらに向かってきた。ショコラ、と名前を呼びながらよろめく無責任な飼い主の手前に、牙をむき出したトイプードルが見えた。僕はようやく背中を向けて逃げ出すことに成功し、後ろから迫られる恐怖に絶叫した。

噛まれる。食いつかれる。牙が食い込む。肉を食いちぎられる。

体のあちこちに牙を突き立てられる感触を想像しながら走った。商店街がざわつき、叫ぶ自分が注目されているのも感じた。がむしゃらに走って床屋の看板を避《よ》け、銀行の角を曲がり、ベビーカーにぶつかりそうになりながらロータリーを駆け抜け、駅前の通りを横断したところでようやく立ち止まり、荒く呼吸をしながら振り返った。犬は追ってきていなかった。僕の体から発せられていた青藍色の光も消えている。能力の発動が終わったのだろう。

呼吸の苦しさと激しい鼓動に続き、どっと暑さがやってきてシャツの腋の下あたりに熱い空気が滞留するのを自覚しながら、背筋を伸ばして周囲を窺《うかが》う。犬は来ていなかった。しかし道のむこう側でおじさんが一人、何事かという顔でこちらを見ていた。そのむこうから白いシャツを着た人がこちらに向かって歩いてくる。商店街の騒ぎを見て追ってきたのだろう。僕はそちらに背を向けて小走りになり、線路のむこうに逃げた。

真っ白な日差しの下、汗をたっぷり吸い込んだシャツが背中に張りついたりぺろりと剝《は》がれたりする感触の気持ち悪さに耐えながら、僕は俯《うつむ》いて歩いていた。東京の方はヒートアイランドとかで暑いそうだが、はっきり言ってここ数年、北海道以外は日本全国どこでも暑い。左右を田んぼに挟まれたこの県道は、日差しを遮るものが何もない。これだから田舎は困る。

無論、俯いているのは暑さのせいだけではない。確認してしまったのである。自分のこの、全く要らない「能力」の存在を。

いつからだろうか。記憶を辿《たど》る限りではおそらく中学二年か三年あたりから確実に、僕は犬に吠えられる体質になっていた。最初はただ、「よく吠えられる人」という程度だったはずだが、いつしかそれは「よく吠えられる」という次元を超えていた。何もしていないのに、僕が近寄っただけで、それまで大人しくしていた犬がまさに火がついたように吠え、牙をむき出し、嚙みつこうとしてくるのだ。そのたび飼い主には謝られるのだが、彼らは一様に、「いつもは大人しい子」「どうして吠えたのか」と首をかしげていた。実際、一旦《いったん》吠えるのをやめてしまうと大人しくなる犬ばかりであり、飼い主たちが言外に主張していた通り、原因は僕の方にあるとすぐに分かった。

中学から高校に進み、一年、二年、と学年が上になっていく間に、その傾向はどんどん極端になった。中学の頃は、自分の体臭とか顔かたちといったものが動物を刺激してしまうのだ、と考えていた。怖がっておどおどすることも、それ自体相手を興奮させる原因になる。だが、僕の場合はそんな生易しいものではなかったのだ。これはもはや「体質」などではなく「能力」だった。普通の人間には持ち得ない、超能力、というやつだ。普段どんなに大人しい動物でも、僕のこの能力が発動すると、途端に吠え、唸《うな》り声をあげ、牙をむき出して攻撃しようとしてくる。人間でいうならば「人格が変わったように」なる。発動前にはこちらを向いてもいなかった動物が、能力が発動すると一斉にこちらを振り返るのだ。相手は犬が多かったが、猫や鳥にも効果があった。能力の届く射程はおおよそ十メートル程度。その範囲内にいるならば、何匹でも同時に「点火」できた。「付近の動物に自分を攻撃させることのできる能力」である。

もちろん、こんな能力を使いたくて使ったことなど一度もない。勝手に発動してしまうのだ。動物を見ていると、無意識のうちにそれに噛みつかれたりつつかれたりすることを想像してしまう。そうすると恐怖感に歯止めがきかなくなる。能力が発動するのはそんな時だった。

先月に一度、鳩の集まる駅裏の公園で能力が発動してしまい、死ぬかと思ったことがある。二十羽以上はいそうな鳩の群れがヒッチコックの『鳥』みたいに、一斉に僕に襲いかかってきたのだ。頭部をかばった両手が血まみれになり、僕は恐怖で気を失った。それで能力が止まったらしく、気がつくと見知らぬおじさんに助け起こされていて、僕は救急車に乗せられて病院に行った。この時のことは一部でニュースにもなったらしいし、雑誌記者とかネットニュースを配信しているとかいう人に追いかけ回されたこともあった。冗談じゃなかった。恐怖で気を失った時の話など、繰り返す気になるものか。こちらは思い出すのも嫌なのだ。

しかし田舎の嫌なところで、小学校の同級生の母親がたまたまその場にいて、そいつからのつながりで中学・高校の友人たちにまで、ニュースになった「鳩の少年」が僕であることが伝わってしまった。現在僕は、数人の友人たちからハトと呼ばれている。夏休みが終わればこの困った渾名《あだな》は消滅するだろうか。

その事件の時に僕は見たのだ。能力が発動してしまう時、僕と、対象の動物が青藍色の光を発する。

この事実は、僕の能力がただの「体質」ではないことを証明していた。もっとも、他の人にはこの光は見えないようで、だとすれば僕の妄想かもしれないのだが、しかしそれまで僕を無視していた動物が、光ると同時に発狂したように襲ってくるというのは、通常では考えられない現象だということは確かである。

太陽光の照り返しで白く輝く県道を歩く。自分の影が濃い黒に染めているアスファルトに、顎《あご》から落ちた汗がぴたりと弾《はじ》けた。近場だからと思ったが、自転車に乗ってくればよかった。

　こんな暑い日に、図書館で受験勉強をすると言って家を出てきたのは、この能力を確認するためだった。確かにさっき、確認はできた。しかし分からなかった。どうして僕に、よりによってこの僕に、こんな要らない能力が発現してしまったのか。

　歩きながらつい口が尖《とが》る。「普通の人間にはない特殊な力がもし自分にあったなら」という空想は、誰でもしたことがあるだろう。もし空が飛べたなら。姿を消すことができたなら。口から火を吐くとか目からビームを出すとか、冷静に考えれば使い道などありそうもない能力だって、もしあったなら面白いと思うだろう。だが今、僕は思い知っている。そういうのはすべて、能力を自由に制御できたら、の話なのだ。油断すると空を飛んでしまう人だの興奮すると目からビームが出てしまう人だの、そんなものは本人にとって不幸以外の何物でもないし社会の迷惑にもなる。ましてこんな、「動物を怒らせて攻撃されることのできる能力」など一体何の役に立つのか。それもよりによって、動物恐怖症の僕にそれが発現した。神様の意地悪としか思えない。

　信号のある交差点を渡り、左側に見える農家の牛舎を見ないようにしながら通り過ぎ、シャツの裾《すそ》をまくって顔をぬぐいながら僕は考える。とにかく、この能力をなんとかしなくてはならなかった。今のままでは生活がとても不便なのだ。動物の集まるところには行けない。東京にあるという、犬や猫がびっしりと詰め込まれた犬カフェ猫カフェといった狂気の産物なら、行かずに一生を終えることもできる。だが鳩の集まる駅前だの犬を散歩させる人だのを見かけるたびに十メートル以上の距離をとらなくてはならないのだから、今の生活は大変すぎる。うちの隣の家だってプリンなる名前の茶色い雑種を飼っていて、そいつを避けるだけでもかなり面倒なのだ。

それ以外にもう一つあった。犬に近付けないままでは、彼女にも永遠に近付けない。

2

自分の呼吸音が一定のリズムで繰り返される。心拍数も百三十を超えないまま安定している。今日は今ひとつ体のキレが悪いが、おそらく暑さと湿度のせいだろう。とっくに梅雨が明けたというのに、一日中曇っていたり突然雷雨に見舞われたりといった、未練がましい天気が続いている。午後六時十二分。太陽が山の陰に隠れても、それがどうしたという風情で蒸し暑い。

路肩に草が伸びてきている市道のアスファルトを蹴《け》る。川沿いの道から左折して緩やかな上りに入る。本当はペースを維持したかったが、もともとのペースがやや速すぎたため、このままでは負荷がかかりすぎる。フォームが崩れないように注意しながらギヤを半分だけ落とした。

ロング・スロー・ディスタンス。正式名称よりLSDというやばい略称で呼ばれることの方が多いが、中・長距離をやる人にとってはポピュラーなトレーニングである。自分の回転数を七割か八割程度に抑え、十キロ以上の長い距離をひたすら走る。文化部の友達からは一体それの何が楽しいんだと言われるが、一定のペースでただ走るだけで他のことを何も考えなくてもいい時間というのはけっこういいものだと思うし、そもそもそう言った友人だって吹奏楽部のパーカッションパートでひたすらたたたたんとドラムを叩《たた》いているのだから似たようなものである。陸上部は七月に（八月まで残れなかったので）引退したが、僕は受験にシフトした後もこれだけはやっている。自宅からスタートして川沿いを走り、最後にちょっと山に向かって上ったところで約十一キロ。折り返し地点で休憩をとり、復路は少し近道をして十キロ。川沿いをずっと走れば往路もぴったり十キロにできるのだが、それはしていない。川沿いだと十キロ付近にちょうどいい休憩場所がないし、蚊が多いし、まあ、それ以外の理由もあるのだ。

山裾に入りかけたところでコースの終わりが見える。並ぶ民家が途切れ、何をやっているのかよく分からない「アブセ総業」なる看板と、こんなところに置いて日に何本売れるのかと疑問な自動販売機が現れる。その周辺がやや広い駐車場になっており、そこが僕の休憩場所だ。

そしてその駐車場の斜《はす》向かいに「さわの動物病院」の看板と、煉瓦《れんが》調の可愛い建物が見える。同じクラスの澤野《さわの》さんの家である。

僕は二階の窓を見た。今日はカーテンが閉まっていて、明かりもついていない。彼女は留守なのだろうか。それともリビングでテレビでも見ているのだろうか。もしかしたら台所で、お母さんを手伝って夕飯の準備などしているのかもしれない。それはいい構図だそうに違いないぞと思うと、窓が暗いのを見つけて少々落ち込んでいた気持ちがわずかに盛り返した。

べつに、澤野さんの家の前まで行きたくてLSDをやっているわけではない。トレーニングなのである。澤野さんの家が僕のトレーニングコース上のちょうどいい位置にあっただけで、断じて、走るコースを澤野さんの家に合わせて設定しているわけではない。それではストーカーではないか。犯罪者予備軍だ。そんなことはしない。二階の自室で勉強をしている澤野さんが、休憩中の僕が自動販売機で飲み物を買う音に気付いて窓から顔を出してくれることなど、何回かに一回しかないのだから期待してなどいない。

澤野さん。澤野真由《まゆ》。丸顔でかわいい。黒目がちで目が大きい。童顔なのに意外なほど大人びた話し方をする。元女子ソフトボール部副キャプテン。うっすらと日に焼けていて、メイクは全くしていないのもいい。授業中はけっこう真剣にノートをとっているし、グラウンドで自主トレをしているのを見たこともある。真面目で頑張り屋なのである。

はっきりと意識したのは、二年に上がった春休み明けだった。一年の時も何やら可愛い子がいる、という程度に認識はしていたが、二年になって、あの可愛い子と同じクラスになったな、と気付いた時から気になるようになった。理科の生物選択も同じだった。だがむこうが僕のことをどの程度認識していたかはよく分からない。三年になっても選択科目がよく重なった。そして決定的だったのが、今年の春だ。四月二十九日。日付まで覚えている。

うちからだと自転車でも十五分かかる最寄駅近くの本屋で、偶然彼女に会ったのだった。部活が休みだったのでどちらも私服だった。学校外で学校の人と会うというのは、それだけで何かすごく特別な気がする。相手が女子だったら尚更《なおさら》である。普通なら驚き、下手をするとお互いに隠しておくべきものを見てしまったような気がして気まずい思いをすることになるところだが、僕は「奇跡！」と思って舞い上がった。「運命！」とまでは思わずに踏みとどまった。運命とか言いだすのはストーカーの特徴だ。僕にその気質はないのである。

嬉《うれ》しかったのは、僕とほぼ同時に相手を見つけた澤野さんが、ぱっと笑顔になったことだった。顔を覚えていてくれた。それだけでなく、敬遠されてはいなかったのだ。出会ったのは参考書売場ではなく漫画の売場だったが、まあ、あの時点ではまだ二人とも部活が第一で、受験は夏から、という意識だったはずだからいいのである。澤野さんは買いにきた漫画の面白さを僕に説明してくれ、足がふわふわ浮いて微小重力状態にいる僕はその第一巻を買った。ありがたいことにその漫画は完全なる女子目線で描かれたも

1：最大で二年以下の懲役または二百万円以下の罰金（ストーカー行為等の規制等に関する法律一四条）。ストーカーという時点ですでに立派な犯罪者である。

のではなく、男子の僕にもけっこう楽しむことができた。おかげで幸運にも、共通の話題ができた。すばらしいことである。

本屋から出て、僕が唾液《だえき》で舌をもつれさせながら「あのさ」と言うのと同時に、澤野さんの方が「ドトール行かない？」と言ってくれた。すばらしいことだった。だいたい駅前にある店の中で、高校生の懐具合で入れるところといえばドトールとマクドナルドくらいだったのだが、男子一人で入店することが許される雰囲気なのはマクドナルドだけで、客の大部分が地元の高校のカップルであるドトールの方は、カップルのみが入店を許される店、という雰囲気があった。そこに入る。しかも隣にいるのは他でもない澤野さんなのである。本屋の時から浮きっぱなしの足がさらに地上から二十六センチ離れ、僕は特に腹が減ってもいなかったのにミラノサンドのBとミルクレープを注文してしまった。

そこで話をして知った。彼女もここまで自転車で来ており、なんと彼女の家はうちの近くだった。川が境界になって学区が違うため小・中学校は違ったのだが、距離からいえば近くだったたし、さわの動物病院というのも、駅に看板が出ているため知っていた。なんと、あそこの子供だったのである。これまで駅で会わなかったのは、僕が最寄駅に自転車で行くのに対し、彼女はより便のいい隣の駅まで親の車で送ってもらっているかららしい。

同じクラスの澤野さんと僕が実はご近所さん同士、というのは、すばらしくて特別なことだった。お互いに、実は学校の外での相手の顔を知っているのだ。学校では特に親しくはしなかったが、周囲の友達に気付かれないように、笑顔でちょっと手を振ってみたりはした。笑顔で答えてくれたので嬉しかった。何か、秘密を共有している気がした。

だが、今のところそれだけだった。アドレスの交換やSNSの登録はしていたが、何か用件がある時に何往復かのやりとりをすることが数回あっただけだった。そもそも澤野さんには彼氏がいるのかもしれなかった。せっかく家が近くなのだから、と思い、僕は休日には、偶然会うことを狙ってよく駅前の本屋に行った。無論本を買うのが主目的であるから、これはストーカー行為ではない。そのやり方で会えたのは五月に一度だけだった。

目下、僕はやや焦っている。夏休みに入れば受験になる。会う機会は減るかもしれないし、数ヶ月後にはお互い卒業してしまう。いつかいい機会が、などと待っている場合ではなかった。それで、夏休みに入るとすぐにこのLSDを始めたのである。偶然彼女の家の前を休憩場所にしているというのはいかにも怪しいが、コース的にちょうどよかったのだ。家の前で会うことができた時は彼女にも怖がった様子はなく、むしろ笑顔で、二十キロくらい走っていると言うと「すごい！」と褒めてくれた。だからストーカーではないのである。

夏休みだ。友達と会う機会は減るが、受験の悩みは共有できる。チャンスのはずだった。

しかし、そこに立ちはだかったのが僕の動物恐怖症だった。彼女の家は動物病院であり、常に何かのケモノが入院している。ペットホテルも兼ねているらしく、裏の柵《さく》の中には何匹かの犬猫がいて僕は近付けなかったし、家の仕事を手伝っているらしく、彼女が外に出てくる時は大抵動物同伴だった。五月に駅前の本屋で会えた時も、彼女は家で飼っている犬の散歩を兼ねていたため、せっかく会えたのに、僕は急いでいるふりをして逃げなければならなかった。速やかに十メートル以上離れなければ能力が発動してしまうのである。

今も僕は、彼女の家を十メートルは離れた場所から見上げている。それ以上近付くと、裏庭に動物を見つけた場合に能力が発動してしまうおそれがあったからだ。

この十メートルを、ゼロにしたかった。

せっかく家が近いというアドバンテージがあるのだ。好きな人とたまたまそういう接点があったなどという幸運は、一生のうちでもう二度とないだろう。だからなるべく早く動かなければならない。なんとかして澤野さんに近付けるようにしなければならない。

「田辺《たなべ》くん」

後ろからいきなり声をかけられた。びっくりして振り返ると、澤野さんがいた。「今日も十一キロ走ってきたの？」

「うん」僕は視線をそらし、彼女の肩のあたりに固定して他を見ないようにした。

彼女は例によって、ハッハッと息をしながら舌を出しているケモノを連れていた。時折飼い主を見上げながら、スニーカーを履いた彼女の足にぴたりと寄り添っている茶色と黒の物体は、澤野家の飼い犬であるジャーマンシェパードのブルーノだった。

「ここからまた十キロ走って帰るんでしょ。すごいよね」澤野さんは笑顔である。街路灯の明かりで見てもかわいい。部活を引退してから髪を伸ばしていて、今はまだ目標の長さまで伸びてないから変、と言うが、それでもかわいい。「私絶対そんなに走れないよ。絶対途中でタクシーとか呼ぶ」

「『すみません。日吉《ひよし》橋のところで汗だくの人が倒れてるんで、迎えにきてもらえませんか』」

「そうそう」

「はは」澤野さんに合わせて笑顔を作りながらさりげなく半歩後退し、視線の置きどころを探す。足元の犬は怖いから彼女の「上のほう」を見ていたいのだが、顔をまともに見るのは躊躇《ためら》われるし、かといって顔以外というとどうしてもTシャツの胸のふくらみを見る恰好《かっこう》になってしまう。変態だと思われる。

正しい汗に紛れて分からないはずだが、僕はすでに冷や汗が出るのを感じていた。澤野さんの下の方で、御立派な牙をさりげなく見せつけながらブルーノがハッハッといっている。

彼女周辺のケモノ類の中で、僕が最も苦手なのがこいつだった。警察犬で有名なジャーマンシェパードは賢くて忍耐強く、訓練を好み、きちんとしつければ非常に柔順なハンターになる一方、極めて攻撃性が強く、人間相手ならたとえ武器を持っていようが全くひるまない。そもそも顔が怖い。何を考えているのか分からない穴ぼこのような目でじっとこちらを観察してくる。あれはたぶん噛みつく隙をうかがっているか、でなければどこにどう噛みつけば目の前の獲物を一撃で殺せるか分析している目だ。怖がっているわりに随分よく知っていると思われるかもしれないが、これは怖いからこそよく知っているのである。敵を知らないと不安なのだ。

「散歩？」頭が回らず、見れば分かることを訊《き》いてしまう。

「うん。最近、めんどくさがるようになってきたから運動させないと」

澤野さんはブルーノのわきにしゃがみ、首の回りをわしゃわしゃと撫《な》でた。ブルーノも目を細めて彼女を舐《な》める。犬の牙の前に自分の顔をさらしてよく平気だなと思う。舐めるついでに鼻を食いちぎられたらどうするのだ。ブルーノは落ち着きのある犬で、むやみに噛んだりしないことはすでに聞いている。澤野さんとは強い信頼関係で結ばれているのも、見れば分かる。しかし、怖いものは怖い。このブルーノがいる限り、僕の震えは止まらなかった。

それでもブルーノに言及しないわけにもいかず、僕は「暑いから嫌なのかな」と言った。澤野さんはブルーノを撫でながら微笑み、「おじさんになっちゃだめだよ？」と言う。

「それじゃ、体冷やしすぎるとやばいから」

僕はそう言いながら、もう後ろに下がり、体を動かし始めていた。せっかく会えたのだからもっと話したいのだが、ブルーノがいる限り無理だ。こんな至近距離にいたらいつ能力が発動しないとも限らない。

手を振ってくれた上に「がんばってね」と声もかけてくれた澤野さんを（十メートル離れたので）未練がましく振り返りながら走り出し、街路灯がぽつぽつとしかない暗い道を下りながら、僕は奥歯を嚙みしめた。

動物が苦手だということは、おそらくまだ彼女には気付かれていない。気付かれたくなかった。澤野さんは、動物が苦手な人を嫌ったり異人種扱いしたりする人ではない。だが、彼女と動物はどうやっても切り離せない。彼女はおそらくさわの動物病院を継ぐつもりで家を手伝い、獣医学科を志望している。クラスでも友達が多いし、たぶん男子にももてると思う。そんな人が、動物が苦手で十メートル以内に近付けないんです、などという人間をわざわざ選ぶとは到底思えなかった。

せめてブルーノがいなければ、というのも無理だった。いろいろと話をしているうちに聞くことができたブルーノの事情を考えると、ブルーノと彼女の関係は、ただのペットと飼い主以上のものだった。

ブルーノは子犬の時に、「飼えなくなった」と言う人間から澤野さんの家に引き取られた。小学校に上がったばかりだった澤野さんはブルーノをとても可愛がり、家が変わって不安だったブルーノも彼女によくなつき、甘えた。澤野さんは一人っ子だというから、弟でもできた気がしたのかもしれない。だが、ブルーノが来てから二年、澤野さんが小学三年生の年に、彼女は事件に遭った。

正確に言えば、事件でなく「事案」である。夕方、いつものようにブルーノの散歩に出た澤野さんは、自分の後ろをずっと同じ足音がついてきていることに気付いた。怖さをこらえて振り返ると、ポロシャツを着た中年の男が彼女を見て、笑いかけてきた。何を考えているのか分からないその笑い方が気持ち悪く、澤野さんは今でも時々夢に見るという。澤野さんは後ろを見るのをやめ、怖さをこらえて歩いた。男はずっと彼女の後ろを歩いていた。大人の男の人ならさっさと追い抜いていけばいいのに、なぜかずっと後ろをついてきている。そう気付いてますます怖くなり、彼女は駆け出そうとした。

そこで、男は急に彼女に駆け寄ってきて、顔を近付けて囁《ささや》いてきた。

「ぼくも犬を飼っているんだ。見にこない？」

田舎の悪いところで、周囲には通行人も通る車もなかった。優しい声色の割にねっとりした言い方であり、息がゴムのような臭気を放っていたのを覚えているという。澤野さんは言葉が出せず、勇気を振り絞ってやっと「いい」とだけ言って逃げようとした。するとと男が手を伸ばしてきた。

そこで突然、ブルーノが激しく吠えだしたのだという。牙をむき出し、唸り声をあげて威嚇し、男が下がると澤野さんの前に立ちはだかった。

「その時はただびっくりしてた」と、澤野さんは言った。それでも泣きそうになったということ。これまでブルーノがこんな顔を見せたことはなかった。これまでずっと自分に甘えているばかりで、ただ可愛がる対象だと思っていたはずの愛犬がいきなり牙をむき、自分より大きい相手に吠えたてて飼い主を護《まも》ってくれた。

おそらくその時に、澤野さんのブルーノを見る目が変わったのだろう。ただ可愛がるだけのペットから、助けあう親友に。

羨《うらや》ましいと思う。言葉が通じず、何を考えているかも分からない他の動物とそうやって信頼関係を結べる人もいるのだ。だが。

僕はペースを上げて走る。つまるところ澤野さんとブルーノが離れることはありえないし、ブルーノと仲良くなれなければ、澤野さんとも仲良くなれない。どうしたものか。悩みながら走っていると、川沿いの交差点のところに、白いシャツを着た人が立っているのが見えた。見ない人だな、と思いながら走りすぎようとすると、なぜか声をかけられた。

「すみません。田辺拓実《たくみ》さんですか？」

「はい？」つい立ち止まってしまう。「何ですか？」

足を動かしながらその場に止まり、それからしまったと思った。道に迷ったのかと思って反射的に止まってしまったが、むこうは僕の名前を言った。つまり僕に用があるのだ。

「ああ、ちょうどよかった」影になっていてよく分からないが、シャツの人は笑顔になったようだった。「ちょうど今、お宅の方に伺ったところです。そうしたら、ランニングに出ているところだということで」

「そうです。だから失礼します」

僕はそう言うと、走るのを再開した。あ、という声が後ろで聞こえ、さすがにちょっと悪いかなと思ったので、走りながら振り返って「取材とかお断りですから」と怒鳴った。

そういえば昼間、あの白シャツを見た気がする。商店街を逃げる僕を追いかけてきたのがあの人ではなかったか。丁寧な物腰だったし上品な雰囲気の人だったが、どうせ何かの取材だろう。地方紙等の普通のマスコミはとっくに僕のことなど忘れているはずだが、超常現象を扱う雑誌だの怪しい新宗教だの、そういったものに関わる人間が「ちょっと話を」などと言って寄ってくることはまだあった。商売のネタとして。あるいは僕自身をカモにしようとして。冗談じゃなかった。

嫌な気分になったので、僕は走りながら、今後のことを考えた。なんとか動物恐怖症を克服する手はないものだろうか。

3

翌日の夕方、僕は澤野さんの家に向かって自転車を漕《こ》いでいた。昼ごろから出現した真っ黒い雲が空を覆い、背後では雷鳴まで轟《とどろ》いている。上流の方ではすでに相当雨が降ったらしく、川の水量は不気味なほど増えてごうごうと流れていた。ハンドルと一緒に握り込んだ傘の柄を見て、持ってきて正解だったかもしれないなと思うと同時に、この雷鳴は何か、天が今の僕にふさわしい演出をしてくれているのではないかという気がしていた。

なぜなら僕はこれから、決戦に行くのである。

昨夜、風呂《ふろ》に入りながら決意したのだ。今のままではどうしようもない。動物恐怖症さえなんとかなれば能力が発動してもうろたえずにいられるのだから、今こそ行動を起こすべきだ、と。澤野さんの家を訪ねる。そしてブルーノに触らせてもらうのである。

怖い怖いと逃げていては、恐怖症は絶対に治らないと思う。勇気を持ってぶつかるのだ。目をつむっていても、手が震えていても、何でもいい。ブルーノに触ることに挑戦する。もしできたなら、一気に問題解決である。ごっついジャーマンシェパードが大丈夫なら、そこらのチワワやトイプードルなど雑魚《ざこ》だ。

立ち漕ぎになり、茶色い水がごうごう流れる川を渡る。いきなり訪ねていって「真由さんの高校の同級生です。犬を触らせてください」では危険人物である。澤野さんには、事情をすべて話すつもりでいた。動物が怖いということ。それを克服するためにブルーノを触らせてほしいということ。克服して、澤野さんともっと仲良くなりたいということ――まではまあ、その時の流れで言うか言わないか決めるとしても。

自転車を漕ぐ僕の頭上で青紫の稲妻が走り、巨大な新聞紙を引き裂いたような雷鳴が轟く。後ろから追い立ててくる真っ黒な雷雲に、逃げるな、と言われているような気がしないでもなかった。

空模様のせいで時間帯のわりに暗い風景の中、さわの動物病院が見えた。裏庭が見える位置でちょっと背伸びをしてみたが、犬の姿はない。ブルーノはどこだ。

と思ったら、カーブしている山道の上、十メートルくらい先からいきなり澤野さんが現れた。小走りで、腕いっぱいに大きい犬を抱きかかえている。

ぎょっとした。完全に不意打ちである。なぜか澤野さんが上の方から、ブルーノを抱っこして現れた。どういうことだ。なぜ今日に限って。しかし体は勝手に動いて自転車を降りている。「澤野さん」

息を切らし、汗をかいたのかTシャツの襟元の色が変わっている澤野さんが顔を上げてこちらを見た。自転車を押して歩く僕を見てあっと目を見開いたが、すぐ背後に雷鳴が轟いて首をすぼめる。澤野さんの腕の中でブルーノがびくりと動き、澤野さんはブルーノの首のあたりに顔をうずめるようにして頬をすりつけ、大丈夫だよ、と囁いている。

「どうしたの?」むこうからすればこっちこそどうした、というところだろうが、僕は声をかけた。「ブルーノ、怪我?」

「ううん、怪我じゃなくて」

澤野さんが答えようとしたところで、僕はうっかり、腕の中のブルーノをじっと観察してしまった。女子が一人で抱えるのは大変であるに違いない巨体と、澤野さんの肩に乗せられている大きな顎《あご》。

まずい、と思う間もなかった。明らかに十メートル以内なのだ。

ぞくりとした感触が背中を這《は》い上がり、僕の全身に青藍色の光が灯《とも》った。それに共鳴するようにブルーノの全身が光り、牙をむき出した顔がこちらを向いた。

短く悲鳴をあげたのは澤野さんだった。僕は動けなかった。ブルーノは激しくもがいて澤野さんの腕から飛び出し、綺麗《きれい》に着地すると同時にもう地面を蹴《け》ってこちらに駆け出していた。突き飛ばされたようになってふらついた澤野さんの手からリードがするりと抜け、束縛するものが何もなくなったブルーノは頭を激しく上下させながら疾駆し、全速力で僕の喉笛《のどぶえ》に向かってくる。

死んだ、と思った。背を向けて逃げることはおろか手で体を守る暇もない。目を閉じることもできないまま、僕は足元に迫る大型犬の牙を見ていた。

瞬間、周囲が赤紫の光に包まれた。あたりの空間を丸ごと叩《たた》き潰《つぶ》すような轟音《ごうおん》で地面が揺れ、下から突き上げられて足が宙に浮く。激しい光で右目が潰れ、同時に轟音で耳が麻痺《まひ》した。澤野さんのものらしい悲鳴がずいぶん遠くから聞こえた気がした。

閃光《せんこう》を浴びた右目がちかちかして痛むのをこらえ、ふらつく体勢を立て直して左目であたりを見回す。とんでもない光と音だったが、これは落雷だ。すぐ近くに雷が落ちた。

はっとして足元を見ると、ブルーノがよたよたとふらつきながら同じところをぐるぐると回っていた。悲鳴に近い甲高い声で鳴いている。

「ブルーノ！」

澤野さんが大声で呼び、駆け寄ってくる。混乱していたらしいブルーノはその声で正気に戻ったらしく彼女の方を向いたが、その瞬間、もう一度閃光が弾けた。今度は青白い。光とほぼ同時に、ばりばりと空を割る音が響く。思わず頭を抱えて小さくなりながら思った。さっきのものよりは遠いようだ。

だが、その一発でブルーノはまた混乱した。恐慌状態になり、かすれた声を長く漏らしながら右へ走り、左へ走り、後ろから僕の足元に駆け寄ってきて周囲をぐるぐる回り始めた。

澤野さんがこちらに走ってきた。「田辺くん、大丈夫？」

たぶん僕に雷が落ちたわけではないのだろう。頷《うなず》いて足元を見る。ブルーノは僕の股《また》の間に頭をねじこもうとしていた。足を噛まれる、と思って膝《ひざ》が笑う。青藍色の光は消えている。能力の発動は止まっていた。

「ブルーノ。……ブルーノ！　落ち着いて。大丈夫だから！」澤野さんは何度も呼んだ。

「田辺くん、ブルーノを」

「え、あっ」

どうしてよいか分からなかったが、とにかくリードを摑《つか》めということらしい。しかしリードは地面に落ちている。拾うためにはブルーノの口の前に手を出さなければならない。無理だ。手を食いちぎられる。

そう思った瞬間、ブルーノが後ろ足で立って僕の顔に牙を近付けてきた。僕は驚いて尻餅《しりもち》をつき、その間にブルーノは僕をかわして駆け出してしまう。

「あっ」

振り返って手を伸ばしたがもう遅かった。五十センチほど先にあったはずのリードの先端はさっと遠ざかってしまい、ブルーノは持ち手のなくなったリードをぱたぱたと鳴らしながら全力疾走し、あっという間に坂の下にいなくなってしまった。待って、と叫ぶ澤野さんの声が、誰もいなくなった道の先に無意味に響く。視界の上の方で枝分かれする稲妻が見え、一瞬後にぐしゃりという音が轟く。遠いが、今のも確実にどこかに落ちた。

肩に手が触れられた。「田辺くん、ごめんね。大丈夫？」

前を見ると、澤野さんが膝をついて僕の顔を覗《のぞ》き込んでいた。「怪我しなかった？」

「えっ、いや」一体を見る。「大丈夫。ごめん」

頭が混乱していて、自分の言った「ごめん」も彼女の言った「ごめん」も意味がつかめない。

澤野さんは立ち上がり、道のむこうに向かってもう一度、大声でブルーノの名前を呼んだ。

僕は立ち上がり、ブルーノの消えた方を振り返った。何もいない。戻ってくる様子はない。

背中の後ろで、どうしよう、と言う声が聞こえた。それから僕の脇に風を残し、澤野さんが道を駆け下りていった。

ぼけっと突っ立ったまま彼女の背中を見送っていた僕は、ようやく気付いた。個体差はあるらしいが、犬は雷に弱いのだ。近くに落ちなくても、雷鳴が聞こえるだけでひどく怖がり、場合によっては逃げようとしてパニックになってしまう。雷が落ちた日、近所の家で飼っている犬が行方不明になったという話を何度か聞いたことがある。

ブルーノはかなり混乱していた。おそらく散歩の途中で、雨が来そうだと思って戻ってきたのだろう。澤野さんは現れた時、重いはずのブルーノを腕に抱き、しきりに撫でて話しかけていた。落ち着かせようとしていたのだ。

びちゃり、と頬に水滴が当たった。上には何もないのにどこから水が垂れたのだろうと思ったが、ぼたり、ぼたり、と同じような水滴が落ちてきて、夕立だと気付いた。周囲の路面に三つ四つと黒い斑点《はんてん》ができ、降ってきた、と思った時にはもうぽつぽつと体に水滴が当たっていた。周囲を見回す。道端に停めた自転車のハンドルに持ってきた傘がかけてあるのを思い出し、駆け寄って取った。開くとすぐにぼたぼたと厚ぼったい音がした。周囲に雨滴の白い筋が現れる。随分太い筋で、さした傘に当たる感触も重い。

僕は周囲を見回し、ちょっと考えた後、自転車はそのままにして坂の下に走った。自転車はあそこに置いておいても車の邪魔にはならないだろう。それよりも、澤野さんが手ぶらで下りていってしまった。

いきなり、どぼ、という音がし、それが雨の激しくなった音だと気付いた途端、もう一度激しい音がして、さらにもう一段階雨脚が強くなった。ぶちまけられる雨に傘が押され、濡《ぬ》れた柄が滑って落としそうになる。周囲は白くけぶり、アスファルトに打ちつけられる雨滴が長く立ち上がる。土砂降りだ。

傘を持ったまま坂を駆け下りる。上から下りてきたトラックをよけたが、こんな短時間でどうして溜まったのかというほどの量の水をばしゃりと撥《は》ねられ、ハーフパンツから出ている脛《すね》に冷たい感触が広がった。見ると、足元はすでにびしょびしょだった。

周囲には入れる軒先などない。澤野さんはびしょ濡れになってしまう。これだから田舎は、と思いながら僕は走った。雨は真上からのようだったが、これだけ降られると傘もあまり意味がなく、僕の背中はすでにぺっとりと濡れ、肩も湿り始めている。

坂を下り、視界の開ける交差点まで出ると、横断歩道のところに澤野さんが立っているのが見えた。雨音でよく聞こえないが、大声でブルーノの名を呼んでいるのは見て分かった。駆け寄って呼ぶ。「澤野さん」

澤野さんが振り返った。前言を撤回したい。傘はだいぶ役に立っていたのだ。たった一分かそこらの雨で、もう彼女はずぶ濡れで、前髪が額にはりついていてたらたらと水滴を流していた。Tシャツは水に浸《つ》けたようになっていて、もとの色が分からなくなっている。

「田辺くん」

「ブルーノは？」

「いない」澤野さんは泣きそうな声で言った。「どうしよう。いなくなっちゃった」

澤野さんの顔に水滴がつたっている。目を赤くした彼女が泣いているのか、それとも雨で濡れているだけなのかよく分からない。

僕は急いで彼女の上に傘をさしかけた。「どっち行った？」

「分かんない」

「行き先に心当たりとか」

「分かんない」首を振る澤野さんは、分からない、と繰り返す自分の言葉でさらに絶望したようだった。「どうしよう」

どうすればいいのか、僕にも分からない。だが澤野さんが泣いている。どうにかしなければならない。

「前にも、こういうことあったの？」

「あの子、雷がすごい苦手なの」澤野さんは頷く。頷きながらも目は周囲を捜している。

「前も一回、パニックになって」

「自分で家に帰ってくるとか……」

「そうかな。自分で帰れるかな」澤野さんはそう言いながらも、傘を出て歩き出そうとする。「ずっと遠くまで行っちゃってたらどうしよう」

「大丈夫だと思う」

彼女を傘に入れようと追いすがりながらそう言い、随分と無責任な気休めを言ってしまったと気付いて苦い気持ちになる。犬が雷の日に行方不明になることはよくあることだ。雷でパニックになった犬はとにかく音のしないところまで逃げようとして、どこまでも遠くに行ってしまう。パニックになったまま走るから、家までの帰り道も覚えていない。

「どうしよう」もうかなり遠くまで行ってしまったのだろうか。周囲にはブルーノの影も形もない。それでも澤野さんは、周囲を見回しながら早足で歩いた。「どうしよう。いなくなっちゃったらどうしよう」

白く濁る田園の景色を見渡しながら、僕は思った。もしこのままブルーノがいなくなったなら、少なくとも今後は――

僕は立ち止まった。一瞬、動けなくなった。自分は何を考えているのか。

ブルーノがいなくなれば、少なくとも澤野さんが常に犬と一緒、という状況はなくなる。その点は都合がいいのではないか。僕はそう考えたのだ。僕はそれを理解した瞬間、顔が歪《ゆが》むのを抑えられなかった。

……最低だ。

ちょっと思ってしまっただけだった。だが、これはあまりにひどい。

動けなくなって立ちつくしていると、澤野さんが左の方を見ながら車道にふらりと出た。とっさにその肩を摑《つか》んで引き戻す。目の前をトラックが走り抜け、ばしゃりと水音を残して去っていった。

「あ……」

澤野さんはトラックが走っていった方を見た。左右を確認せずに道を渡ろうとしていたことに気付いていなかったらしい。それから僕を振り返った。目が真っ赤になっていた。

「……ありがとう」

「いや……」

手を伸ばして澤野さんの上に傘をさしかける。僕の背中はもうびしょびしょだったし、澤野さんはとっくにずぶ濡れだ。意味がないことだったが、そうした。

「……私のせいだ」澤野さんは俯いて言った。「もっと早く帰ってればよかった。夜に散歩に行くことにしてれば……」

そう言って鼻をすする彼女の濡れた髪を見ながら、僕は思った。そうじゃない。僕のせいだ。

やはり澤野さんにも見えなかったのだ。ブルーノが彼女の手を離れてしまったのは、僕の能力が発動したからだった。そこに運悪く雷が落ちた。もちろん、そうでなければ噛み殺されていたのだから本当は「運よく」と言うべきなのかもしれない。だがやっぱり「運悪く」だった。それで僕とブルーノが驚くと同時に能力の発動が止まり、ブルーノはそのまま駆け出してしまった。澤野さんの腕の中にいればこんなことにはならなかった。もしそうでなくても、僕があの時、リードを摑むことができていたら。

情けない僕は、尻餅をついてブルーノを逃がしてしまったのだった。そしてそのくせに、さっきひどいことを考えた。

最低だった。大声で叫びたかった。

学校ではいつも周囲の女子より落ち着いていて、家でも動物の世話をてきぱきとしている。しっかりしているはずの澤野さんが泣いていた。

僕のせいだった。彼女が泣いているのを見るのが辛《つら》い。どうやって自分を罰すればよいのか分からなかった。とにかく、何かをしなければならなかった。

「……捜してくる」僕は澤野さんに言った。「自転車で来てるから。澤野さん、家、戻ってて」

澤野さんは顔を上げて僕を見たが、何を言っていいか分からないようだった。

「歩きで捜すよりいいと思う。澤野さんは家に戻って、車を出してもらうとか、近所に電話してみるとか、そういうの、してみて」

あるいは彼女も混乱していたのか、やるべきことを具体的に並べると、ようやく澤野さんの表情にいつもの落ち着きが戻った。

「でも」

「大丈夫だと思う。そんな遠くには行ってないって。それにブルーノは目立つから、近所の人が見てると思う」僕は額をつたう滴をぬぐった。「じゃ、自転車取ってくるから」

傘を持ったまま歩き出そうとし、いかん、と思って立ち止まり、少し迷った後、僕は澤野さんに傘を差しだした。「これ」

戸惑う彼女に傘を押しつけ、坂の上に向かって走り出した。途端に顔が濡れ、水が目に入る。

「田辺くん」

「大丈夫！」

振り返ってそれだけ怒鳴り、坂を駆け上がった。

別に駆け上がる必要はないし、傘を彼女に渡してしまう必要もないのは分かっていた。彼女はすでにずぶ濡れだし、一緒に彼女の家まで傘に入れていけばいいのだ。

だが、それがどうしてもできなかった。ぐずぐず歩かず、今すぐにでも走り出したかった。

僕がブルーノを見つける。無事に彼女のもとに連れて帰る。そうしなければならない。

僕は一秒でも早く失態を埋めなければならないのだった。そうでなければ澤野さんに合わせる顔がない。

それに僕はせめて、少しくらい濡れるべきだ。

4

ハンドルはそれほどでもなかったが、ペダルが滑るのには苛々《いらいら》させられた。坂道を上るのに力がうまく伝わらず、かといって力まかせに踏み込むと足が滑って外れ、ペダルに脛をしたたかに打ちつける羽目になる。すでに一度、なった。ぶつけた時の鈍痛は消えたが、右脚はまだぴりぴり痛む。暗いし面倒だから確認していないのだが、皮が剝《む》けたのだろう。

僕は川沿いの道をまず下流に向かって走り、雨の中、目を半開きにして耐えながら三十分ほどブルーノを捜した後、引き返して今度は上流に向かうことにした。ようやくさっきの出発地点に戻ったところであり、ここからは僕の家に向かってゆるやかな上りになる。幸いなことに今は雨がやんでいるが、ペダルをひと漕《こ》ぎするたびに濡れたシャツの袖《そで》が二の腕にはりつき、ハーフパンツの裾《すそ》が太股《ふともも》に絡みつくのがなんとも鬱陶《うっとう》しい。これのせいで十から十五パーセントくらいは力を無駄にしているのではないか。僕はこんなに濡れているというのに、あたりの夜気はすでに、雨などなかったかのようにさっぱりしている。しかしそのおかげで先程から、眉毛《まゆげ》の防波堤を超えて垂れてくる滴がなくなった。

川沿いの道は暗い。周囲にはわりと建物があり、民家もコンビニもガソリンスタンドもあるのだが、遠くから犬を見つけられるほどではない。空には星がまたたいている。捜索に不向きな時間になってしまった。だがブルーノはまだ見つからない。

ハーフパンツのポケットは一定間隔で緑色に光っている。僕の能力ではなくて携帯が、SNSにメッセージの着信があったことを示す明かりである。捜し始めてしばらくして、澤野さんから電話があった。僕は「雨がやんだから家に帰って着替える」と嘘をついた。SNSの着信は複数回あったが見ていない。次に彼女に連絡をとるのは、見つけた、という報告をするときであるべきだった。

上り坂が続き、太股が疲れてきた僕は立ち漕ぎにシフトした。スタミナにはまだ余裕がある。いつもは自力で二十一キロ走っているのだから、自転車で十数キロ走るくらいわけない。だがその一方で、気分がどんどん落ち込んでいくのも感じていた。これだけ捜して見つからないのなら、ブルーノはずっと遠くまで行ってしまったのだ。澤野さんが見つけたら電話をしてくるはずだから、むこうもまだ見つけていないのだ。遠くに行ってしまえば、ブルーノがどこかで目撃されても、目撃情報がここまで来る可能性は小さい。この上流の方、うちの近所にでもいてくれればいいのだが。

行く手の川沿いに、コンビニのひときわ明るい白い光が見えた。僕は髪を掻《か》いて水が垂れてこないのを確かめると、明らかに不要なレベルでだだっ広いコンビニの駐車場に入った。買い物はないが、店舗は道に面している。客か店員か、誰かがブルーノを見ているかもしれなかった。暗く静まりかえった駐車場には長距離の移動中らしいトラックが何台か停まっており、店舗の中にもその運転手らしき人が雑誌を立ち読みしているのが見えた。あそこからなら道が見える。見ず知らずのトラック運転手にいきなり話しかけるのは怖いが、非常事態だからなんとかなるだろう。

自転車を置いて鍵《かぎ》をかけたところで、駐車場の隅で何かが動いたのが分かった。犬ではなく人影だった。

しかし、何か妙な気がした。暗くてシルエットしか分からないが、あの人はあんなところで何をしているのだろう。よく見ると人影は一人ではなかった。二人いる。しかし奥の一人は小さい。子供だろうか。

親子連れだとしても何か不自然だ。なぜ駐車場の隅のあんなところに留《とど》まっているのだろう。

ブルーノを捜さなくてはならないのは分かっていたが、僕はどうしても気になり、そちらに歩いていった。暗がりの中だが分かった。子供の方は小学生くらいの女の子のようだ。大人の方が手を伸ばし、傍らのワゴン車のドアをがらがらと開けると、女の子を中に押しやった。女の子の方は踏んばろうとしていたようで、押されるとつんのめり、倒れ込むように車内に消えた。男が片手でワゴン車のドアを摑《つか》んで閉める。

……おい。今のは何だ。

「あの」

僕は声をかけていた。しかし、どう続けていいか分からない。「……どうしました？」

大人の方がこちらを振り向いた。顔の角度が変わり、店舗からの明かりで相手の顔が少し見えた。男だ。予想よりも歳をとっている。うちの父より年上だろうか。

男は無視して僕に背を向け、運転席のドアを開けた。

僕は一歩踏み出し、さっきより大きな声で訊いた。「どうしたんですか？」

男は面倒臭そうな顔でこちらを見た。しゃがれた声が返ってきた。「何が」

「いや、その」質問の意図が伝わらなかったのかもしれないと不安になり、僕は傍らのワゴン車の後部ドアのあたりを指さした。「その子がどうかしましたか」

「叱っただけ。躾《しつけ》」男は煩《うるさ》そうに答え、運転席に足をかけた。「よその家庭の事情に口を出さないでもらえないか」

家庭、という言葉に僕の半分がすとんと納得した。親子だったのか。

しかし残りの半分は、けたたましく緊急警報を鳴らしていた。怪しい。本当に親子なのか。そうは見えない。嘘ではないか。

僕は判断がつかなくて迷った。親子だというのは疑わしい。だが本人がそう言っているのならそうなのではないか。しかし仮に親子でないのならなぜそんな嘘をつくのだろう。それに、この男はさっきからなんとなく逃げるようにしている。僕の方も見ない。

怪しい。だが確証がない。こういう時はどうすればいいのか。

まず僕の半分が、放っておくしかない、と考えた。本人がそう言っている以上、赤の他人である僕にはこれ以上どうにもならない。あとで、警察に言うべきかどうかを検討しよう。

しかし残りの半分が叫んでいた。誘拐だったら大変だ。ここで逃げられてしまったら取り返しがつかない。

どうしてよいか分からなくなった僕は、ワゴン車の濡れた車体に手をつき、後部座席を覗《のぞ》こうとした。女の子の様子が分かれば判断材料になると思った。しかし後部の窓はぴっちりとシールドされていて真っ黒だった。

ざり、とアスファルトを踏む音がし、あっと思った時にはすごい力で後ろに引っぱられ、首を固められていた。いきなり腕を首に回されて絞められ、息ができなくなる。

「声を出すな」

耳元で囁かれ、もう一度前に視線を戻すと、顔の前に包丁の刃があった。首が締めつけられる。首の骨が折れるのではないかと思った。

頭の後ろから、僕を拘束した男の舌打ちが聞こえた。それから低い声で囁かれた。

「声出したら殺すぞ」

目の前で包丁の刃が揺れ、むこうにある店舗の明かりで光った。刃の先、三分の一くらいのところに黒っぽい液体がついている。それを見つけると動けなくなった。

ちょっと、待った。どういうことなんだ。

状況に頭も体もついていけなかった。それでもとにかく逃げようとして首に力を入れたが、回された腕がものすごい力で絞めてきて、呻《うめ》き声が出ただけだった。

誘拐だった。やはり犯罪者だったのだ。失敗した。まず警察に行くべきだった。そもそもブルーノを捜している途中だったのに、どうして声なんかかけてしまったのだろう。僕は激しく後悔した。

これからどうなるのだろうと考え、全身からすっと感覚がなくなった。大声を出せば、と思いついたが、呼吸をするのがやっとで何も出なかった。

腕で首を絞めつけられ、息ができなくなる。後ろに引っぱられ、包丁が目の前から消えると同時にワゴン車のドアが開かれ、車内に向かって押される。とっさにドアに手をかけて踏んばるとまた舌打ちが聞こえ、さらに強い力で押された。「乗れ。殺すぞ」目の前にまた包丁の刃が現れ、僕は手を放すしかなくなった。そこではっきりと見た。包丁についているのは血だ。

全身から力が抜けてしまったようで、それなのに体はがちがちに固まっている。すでに誰か切られている。僕もきっと切られる。

車内に押し込まれる前に誰か助けてくれないかと思い、周囲に視線を走らせる。誰もいなかったし、真っ暗だった。コンビニから出たり入ったりする人も、駐車場の隅の暗がりは見ないし見えない。正面にはトラックが後部を向けて停まっているが、運転手はおらず、乗り降りする様子もない。左側は川。トラックのむこうは道だが、道を歩く人も全くいなかった。

……これだから田舎は。

再び押され、座席に尻餅をつく。車内を振り返ると、隣の座席で女の子がうずくまっていた。死んでいるのかと思ったが、見るとかすかに動いた。気を失っているだけのようだ。

男がドアを閉めようとしてくる。僕は慌ててドアを摑み、座席から体を起こして踏んばった。このままドアを閉められたら車内で殺される。

三度目の舌打ちが聞こえ、包丁の刃が目の前に突きつけられる。抵抗のしようがなかった。逆らえば殺される。大人しく車に乗っても、やっぱり殺される。

だが、その刃のむこう、男の肩越しに、トラックの荷台が見えた。荷台の後部には柵がついていて、その奥に光る点がいくつか見えた。

「おい」

包丁の刃が迫ってきた。しかしその瞬間、僕は自分がどうして目の前の男でなく、そのむこうのトラックを見てしまっているのかを理解した。反射的に不安を感じていたのだ。目の前の男や包丁の刃とは別の、僕にとっての恐怖——

トラックの荷台が青藍色に光った。光っているのに周囲に影ができない不思議な光だった。ほぼ同時に、大きなものが何かにぶつかるけたたましい音がした。男がトラックの方を振り返る。

もぉーう……

状況に比してあまりにのんびりしている声が響いた。

正面に停まっていたのは家畜運搬車だった。それも、牛を満載している。

トラックが大きく揺れてかしいで、派手な破壊音とともに荷台の柵が吹っ飛んだ。青藍色の光を発する巨大な動物がどたん、どたんと重い音をたてて地面に降り、両目を白く光らせながらこちらに突進してきた。

男がそちらを向いて叫んだ。僕も叫んでいた。

だが、状況を把握するのは僕の方が早かった。家畜運搬車の牛たちに対して能力が発動した。大量の牛たちが僕を殺そうと突進してくる。

とっさに後ろに下がった。というより、後ろしか逃げる方向が残されていなかった。僕は後部座席のシートに自ら尻をつき、ドアを閉めて男を外に締め出した。男の絶叫がドア越しにくぐもって聞こえ、僕が目を閉じて頭を抱えると同時にすさまじい衝撃と音が車内を揺らした。体が浮く感触があり、どん、と鳴って車体が跳ねる。目の前の窓ガラスにひびが入っているのを見て、僕はまた頭を下げて座席の上で丸くなった。ぐしゃりと音がして、割れた窓ガラスの破片が後頭部に当たる感触があった。顔を上げると、頭に載っていたガラスの破片が落ちて襟首から背中に入った。

にぶい音がして車体が回転し、運転席の窓ガラスも粉々に吹っ飛んだ。牛の突撃の威力はとんでもないものだった。かなり大型のはずのこのワゴン車が玩具《おもちゃ》のように突き上げられ、押されて動き、跳ねている。外にいた男がさっき一瞬、呻き声をあげたのは聞こえた。死んだのだろうか。

後ろで悲鳴が聞こえた。目を覚ましたらしい女の子が、状況が理解できないままの顔でシートにしがみついている。大丈夫か、と声をかけようとしたら、車がずしんと揺れてヘッドレストに顔面をぶつけてしまった。

振り返ると、ドアがひしゃげているのが分かった。運転席のサイドウィンドウもすでに割れ、そこからは牛が顔を出してこちらを見ている。そういえば、日本の車のボディは事故時に衝撃を吸収するため、わざと脆《もろ》く造ってあるのではなかったか。しかしこんなに簡単に変形するとは思っていなかった。

車がまた揺れ、シートにしがみついて女の子と同時に悲鳴をあげる。逃げなければと思って反対側の窓を見たが、そちら側にも牛が回り込んでいて、がつんがつんと足でドアを蹴っていた。

青藍色に光る牛に囲まれ、シートにしがみつきながら、恐怖で体が冷えるのを感じた。男からは助かった。だが今度は牛に殺される。

目を閉じて、止まれ、と念じる。しかしどんなに力を入れても、青藍色の光は消えなかった。僕は能力の止め方を知らない。少なくとも、気持ちが落ち着かないとどうにもならない。僕は自分の能力を甘く見ていたのだ。これは、大型動物が大量にいる場所で発動してしまったら命にかかわる能力だった。

激しい音がして車が斜めに傾き、ぞっとするような浮遊の一瞬の後、どしんともとの位置に戻った。牛の突撃をまともに食らうと、この車が横転しかねない。だが逃げられない。

だがその時、僕は車外に、意外なものを聞いた。

犬の吠える声だった。窓が割れているのでよく聞こえる。甲高い鳴き声ではない。大型の犬だ。まさか——

牛たちが戸惑ったようにうろうろし始め、青藍色の光が弱まり、消えていく。動物の方が何かに驚くと能力が消えるのだ。

窓の外を見て、僕はあっと声をあげた。黒いシルエットがはげしく吠え、唸りながら、牛たちの間を歩き回っていた。動きが妙に鈍く、よたよたと疲れているように見える。

だが、あれは。

「——ブルーノ！」

僕の声が聞こえたらしく、ブルーノはこちらを向いた。

周囲の牛たちは完全に能力の影響下を離れたようで、足元を通るブルーノを迷惑そうな顔で見ながら、なんとなくまとまってコンビニの店舗の方に歩いていく。体の大きさはまるで違っても、攻撃性の強いジャーマンシェパードと元来臆病《おくびょう》な牛たちでは勝負にならなかった。

確かにブルーノだ。ブルーノが助けてくれた。

そして、見つけた。生きていたのだ。

その瞬間、僕は確かに動物が苦手なことを忘れ、ブルーノに会えたことを嬉しいと思った。

「ブルーノ……はは、やった！」

ブルーノはこちらにふらふらと歩いてきた。窓越しに見ると、背中の毛がどす黒く濡れているのが見えた。ふらついているのは疲れのためではなく、この怪我のせいだ。

それでようやく事情が分かった。男の包丁についていた血はブルーノのものだったのだ。おそらくブルーノは僕より早い段階で現場を見て、女の子を助けようと男と戦っていた。そこで怪我をし、逃げるか気を失うかしていたのだろう。昔、澤野さんを助けたことがあるブルーノは、連れ去られそうになる女の子を助けなければならない、ということを自分で察知したのだ。

牛たちはもう離れていた。僕は車から降りようとして、ドアが壊れて開かないことに気付き、女の子を促して反対側のドアから一緒に降りた。まだしっかりと歩けない女の子を支えながらワゴン車の陰から出ると、ブルーノが歩いてきた。今なら触れる、と思い、僕は足元に来てこちらを見上げるブルーノに手を伸ばした。

だがその瞬間、僕は気付いた。臭いのだ。周囲に油の臭いが充満している。

地面に目を凝らすと、ワゴン車の車体の下に真っ黒な液だまりが広がっているのが見えた。

ぞっとした。牛の突進で車体が壊れ、ガソリンが漏れているのだ。

ブルーノを見て戸惑っている女の子の背中を押す。「やばい。離れよう」

ガソリンは常温で気化して霧状になる。そしてちょっとした火花で引火し、大爆発を起こす。早く離れないと危険だった。

「早く。こっち。ガソリン漏れてる」

女の子の腕を取る。彼女もようやくワゴン車を振り返り、自分で歩き出した。歩く僕たちの後ろにブルーノが続く。

その瞬間だった。車体から何かの部品が落ちる音がして、それとほぼ同時に爆発音が起こった。瞬間的に視界が明るくなり、自分の体が熱い風で押されるのが分かった。前の女の子が転び、僕は衝撃で押されて地面に膝《ひざ》をぶつけた。

振り返ると、ワゴン車が横転していた。車体の腹が見え、オレンジ色の炎が車体を包んでいる。

映画のようだと思い、一瞬、見とれた。

無論、のんびり見ている場合ではなかった。爆発が一度とは限らないのだ。僕は自分の体にどこも痛いところがないのを確かめると、女の子に大丈夫かと声をかけた。女の子は座ったまま呆然《ぼうぜん》として燃えるワゴン車を見ていたが、もう一度声をかけるとこちらを振り向き、口を開けたまま頷《うなず》いた。

そこで思い出した。ブルーノはどこに行ったのか。周囲を見回してもブルーノの姿はなかった。一緒に燃えてしまったのか、と一瞬思ったが、そんなはずはない。

駐車場の隅、ガードレールの下のところに、何かがこすりつけられたような痕《あと》を見つけた。まだよく動かない足で駆け寄ると、血の痕だと分かった。ガードレールから身を乗り出す。この下は川だ。

水面は三メートルほど下まで来ていた。川面《かわも》は真っ暗で、水がごうごうと流れているのがかろうじて分かった。すぐ真下で、黒いものが動いている。

「ブルーノ！」

僕の呼びかけに応じて鳴き声がした。ブルーノだった。僕よりワゴン車に近い位置にいたブルーノは、爆発の衝撃で転げ落ちてしまったのだ。

雨はやんでいたが水位はまだ高く、流れも速かった。ここから水面までは護岸工事がされており、かなりきつい傾斜になっている。ブルーノは後ろ足で立ち上がっていたが、尻尾《しっぽ》と後ろ足はすでに水の中で、時折ざぶりと顔まで水につかった。

ブルーノは僕の顔を見て吠えながら、水の流れに押されてふらついていた。前足で壁にしがみつこうとしているが、壁面には乗ったりつかまったりする場所がない。上ってこられないかと思ったが、傾斜が急すぎるようで、立っているのがやっとのようだ。

このままでは流される。あの流れの中でふんばるのは人間でも大変なはずだった。ましてブルーノは怪我をしている。

ガードレールから身を乗り出す。手を伸ばして届く距離ではなかった。それに人間と違い、犬は伸ばした手を摑むことができない。体を起こし、ロープのようなものはないかと思って周囲を見るが、そんなに都合よくはなかった。女の子はまだ呆然としてワゴン車を見ている。コンビニの方に助けを呼ぼうと思ったが、店舗の方も、光につられて集まってきた牛たちで大騒ぎになっているようだった。自分の体を見る。ロープになるような何かがないかと思ったが、上は半袖で下はハーフパンツだ。ベルトすらしていなかった。

「ブルーノ、上がってこい！」

ガードレールの上から手をいっぱいに伸ばして怒鳴る。こちらからは届かない。だがブルーノの方も、駆け上がることに挑戦する決心がつかないようだった。失敗して落ちればそのまま流される。

こうなったら、牛の間を抜けて店内に入るしかない。何かロープのようなものを手に入れて戻る。走れば二分でできる。それまで、ブルーノが頑張っていてくれれば。

だが、振り返りかけた僕は、それが間にあわないことを知った。

上流の方に流木が見えた。その大きさを大雑把に把握した時、同時にそれが、踏んばってやっと立っているブルーノを軽々と弾き飛ばしてしまうことも理解した。

僕はガードレールを乗り越えた。残した左手でガードレールの縁《へり》を摑み、両足を急斜面に踏ん張って右手をいっぱいに伸ばす。ブルーノがこちらを見ている。まだ二メートルの距離があった。上流から流木が迫ってくる。

――間にあわない！

その時僕は生まれて初めて、能力が発動することを願った。

「来い！　噛みつけ！」

全身でそう叫んでいた。

僕の体が青藍色に光り、水面のブルーノも同じ色に輝いた。ブルーノは牙をむいてあっという間に急斜面を駆け上がり、僕とブルーノの、二つの光が一つにつながった。その下の水面を流木が通り過ぎるのが見えた。

噛みつかれた手でそのまま牙ごとブルーノの下顎《したあご》を握る。血が飛ぶのはかすかに見えたが、痛いのかどうかはよく分からなかった。残した左手にブルーノの体重の分だけ重みがかかり、摑んでいるガードレールの縁の、薄い金属板が掌《てのひら》に食い込む。濡れた斜面に踏んばっている両足が滑りそうになってぞっとした。このまま足と左手で踏んばって上るのは無理そうだ。

「誰か！」

ガードレールのむこうに向かって怒鳴る。店舗までは聞こえなくても、さっきの女の子が近くにいるはずだった。

足音がして、僕の頭上に人影が現れた。

だが、それは女の子ではなかった。

あの男だった。手に包丁を持っている。僕はその目が紅《あか》く光ったように感じた。

僕は続けてかけようとしていた言葉を失い、左手一本で掴まったまま、下から男を見上げた。男はこめかみから血を流しているようだった。怪我はしたが、生きていたのだ。

体が動かなくなった。

男は僕を見下ろし、それから、手元のガードレールを見た。見るな、と祈っても無駄だった。状況を理解したらしい男が、包丁を握った手を振り上げる。

だが、その横から白いシャツの人が現れ、男に組みついた。男が驚いてそちらを見る間に、シャツの人は男の腕を捻《ひね》り、その手から包丁を払い落とした。

ふっ！　という息吹が聞こえた。シャツの人はもう一方の手で男のベルトを掴み、そのまま回転して男を投げ飛ばした。倒れたらしい男は視界から消えたが、すぐに悲鳴が聞こえ、ばちん、と何かを叩《たた》く音が続いた。

「田辺くん！　ブルーノ！」

次にガードレールの上から顔をのぞかせたのは澤野さんだった。澤野さんが僕の腕を両手で掴み、すぐにその隣に現れた白いシャツの人も手を貸してくれる。何かに支えられている安心感があり、僕はようやく自分の体を上に持ち上げることができた。ブルーノを引っぱり上げて地面を踏ませ、転がるようにガードレールを乗り越えてそのまま安定した地面に寝転がる。傍らではまだワゴン車が燃えていたが、もはやたいした脅威には見えなかった。女の子が戸惑ったように僕たちを見ている。

「大丈夫ですか？」

白いシャツの人が膝をつき、僕の顔を覗き込んだ。この間、橋のところで声をかけてきた人だった。やはり穏やかで柔らかい声だ。数十秒前に刃物を持った男を投げ飛ばしたとは思えない。

はいと答え、それから仰向《あおむ》けのまま頭を動かし、右手がどうなっているのかを見た。右手に湿った温かいものがぺちゃぺちゃと当たっている。ブルーノが僕の手を舐《な》めていた。その感触がしっかり分かったことで、手がたいした怪我をしていないことも分かった。指の一本や二本、ちぎれても構わないというつもりで手を差し出したのだが、実際には少し血が出ただけだった。

ブルーノが舐めるのをやめ、僕の顔を見た。ごめんなさい、と言いたげな、しょぼくれた顔をしていた。

僕はそれで理解した。ブルーノは流される寸前だった。やっと届いた手に、普通なら全力で嚙みつくはずだった。しかしその状況ですら、こいつは嚙む力を加減していたのだ。そして今、嚙みついてしまったことを詫《わ》びる顔をしている。

その顔が何かに似ていて、すぐに、あの時の犬だ、と思い出した。小さい頃に僕を嚙んだ、親戚の家の犬だった。

思い出してみると、わりとがっちりと嚙まれたわりに、あの時の僕の怪我は小さかった。傷痕など全く残っていないし、少し血が出た程度だったように思う。驚いたのと怖かったので、当時の僕が大袈裟《おおげさ》に騒いでしまったのだ。

犬は、いつもちゃんと加減している。人間を傷つけないように。

僕は手を伸ばし、ブルーノの頭を撫でた。青藍色は、もう消えていた。

5

というわけで、鳩事件同様、再び僕は取材対象になってしまった。もっとも今回は女の子と犬を助けた英雄としてなので必ずしも逃げ回る必要はなかったのだが、一方で牛を運んでいた業者の人に申し訳ない部分もある。あまり調子に乗ってはいけない気もした。

男は逮捕された。未成年者略取だけでなく僕に対する殺人未遂であり、警察によれば、それまで近所で起きていた声かけ事案もこの男ではないかという疑いがあった。それはつまり、澤野さんが昔、遭遇した事案も含めて、である。もっとも彼女は相手の顔を全く覚えていなかったから、警察に対して証言をすることはできなかったのだが。

一方の僕は女の子とともに、警察官やそれより偉い感じの人たちに向かって証言をしなければならなかった。今後、裁判が終わるまで何回も同じことを話さなくてはならなくなるそうで、受験の邪魔になってしまうことを大人たちは何度も詫びていたが、実のところ、サボっている時間が削られただけだから何の問題もなかった。体面というものがあるので一応困った顔はしてみせたのだが。女の子は僕も卒業した小学校に通う四年生だそうで、事件のことを何度も話すのは怖いのではないかと心配だったが、一緒に警察署に行ったりしているうちに僕はなんだか懐かれてしまい、そのためか、彼女がそう暗い表情を見せることはなかった。僕は一人っ子なので、「お兄ちゃん」と呼ばれるのはちょっと嬉しい。

ブルーノは男に斬りつけられて後頭部のあたりに長い傷を作ってしまったが、それほど深いものではなかったようで、数日で元気になった。澤野さんからは泣きながらお礼を言われたが、僕は彼女が来てくれなければ殺されていたのだ。礼を言うのはこちらだった。

あの日、家に戻って着替えた澤野さんは、僕から返信がないので心配になり、お父さんに車での捜索を頼むと、僕と同じコースを通ってブルーノを捜しながら、自転車で僕の家に向かったのだという。その途中で同じく僕の家を訪ねようとしていたあの白いシャツの人に会い、一緒に来たのだそうだ。そして、コンビニの異状を見つけた。間一髪だった。

あと残ったのは、あの白いシャツの人が何者なのか、ということだった。警察官に対しては某大学医学部の准教授と言っていた。静《しずか》です、と名乗っていたが、それが姓なのか名なのかは分からない。つまりお医者さんだということで、なぜ静先生が僕を訪ねてきたのかについては、詳しく話を聞きたかった。命の恩人であり、ちゃんとお礼を言いたいということもあるし、先生はずっと謎だった僕の能力について、知っていることを話してくれるという。

それで、事件から数日後、僕は澤野さんと一緒に駅前のカフェに行った。マクドナルドでもドトールでもなく、犬連れの人がいつもいるオーガニック系カフェのオープン席である。

なぜそこかというと、ブルーノも一緒だったからだ。

「医学部、脳神経病態制御学研究室……」静先生から差し出された名刺を取り、特に意味はないが裏返したりしてみる。「……つまり、精神科医ですか」

「もちろん、医師免許も持っています」静先生は頷いた。「ただ、私はある病気の症例と治療例を専門に集めるために全国を回っています。病院に勤めているわけではありません」

精神科医と言われるとしっくりくるのだった。この人の上品で落ち着いた物腰や柔らかい声は、話しているとリラックスしてくる。今の僕が実はひそかにカウンセリングされているのか、それとも仕事で患者と話しているうち、自然とそういう話し方をするようになったのか、よく分からない。

約束の時間より十分以上早く行ったのだが、静先生はすでに来ていて、オープン席にいた。まさかいつも白衣だから患者に会う時は白いものを着ていないと落ち着かない、というわけではないだろうが、以前会ったときと同じような白のシャツを着ていた。僕は挨拶《あいさつ》をしながらこっそりその胸が膨らんでいるかどうかを盗み見たのだが、ちょっと見ただけではどうにも判断がしにくく、結局この人が男なのか女なのかはまだよく分かっていない。立って挨拶すると僕より少し背が高かったが、体格は連れ去り犯の男を投げ飛ばしたとは思えないほど華奢《きゃしゃ》であり、何やら人間離れした人である。それとも、人間離れした患者を研究しているからこうなったのだろうか。

「……つまり、その病気っていうのが」僕はテーブルの脇にきちんと座って控えているブルーノを見た。「僕の、この能力ですか」

隣の澤野さんが僕を見た。僕の能力についてはすでに話してあるし、ブルーノで実演させてももらった。もちろん噛まれる前に発動を止めたので問題はなかったのだが、ブルーノの性格を知っている澤野さんは、ある程度信じざるを得なかったはずである。

「『青藍病《せいらん》』という俗称もありますが、我々は一般に『異能症』と呼んでいます」静先生は頷いた。「疾患として扱ってしまうのは気になるかもしれませんが、現在のところ、この現象を取り扱っているのは医学分野だけなのです。いずれは医学だけでなく電磁気学や量子力学、あるいは数学や哲学といったものまで動員して研究することになるでしょう。場合によっては『宇宙の成り立ち』そのものに干渉する現象かもしれないのですから」

そう言われると自分がすごい人間であるかのように思えてくる。僕は自分の手を見た。普通の、受験生の手だ。

静先生は僕の目を見て微笑んだ。「……実感がありませんか？」

「いえ……」僕は目をそらした。性別は分からないが、見つめられるとちょっと落ち着かない。ついでに澤野さんを見たが、静先生より僕の反応の方が気になっている様子なのでちょっと安心した。好きな人と一緒の時に、自分より美しい生き物が目の前にいるというのは少々不安なのである。

「現在のところ、異能症の能力がどういう原理で発動しているのかは全く分かっていません」静先生はこの暑さにもかかわらずホットのコーヒーを頼んだので間違えたのかと思ったが、特に熱いとも思っていない様子でカップを口に運び、優雅な動きでソーサーに置いた。「分かっているのは、異能症は心の病を抱えた人間に現れるということです。たとえば強迫症という病気では、外出時、家のガスの元栓をきちんと閉めたかどうかが気になって仕方がなくなる、というケースがあります。確実に閉めたにもかかわらず何度も家に戻り、毎日三回ずつ確認しないと不安で出勤できない、というならば通常の強迫症です。ですがここで異能症が発現すると、ガスの元栓がきちんと閉めてあるかどうかが心配なあまり、家の外にいても『ガスの元栓が閉まっているかどうか』を知覚することができてしまうようになります」

自分が発言してよい場なのか分からないようで、澤野さんが遠慮がちに言う。「千里眼……？」

「まさに、そうですね。ただしこの場合は、『自宅のガスの元栓が閉まっているかどうか』についてだけ見える千里眼、ということになります」静先生は僕に視線を戻した。「田辺拓実さん。あなたの場合はきっかけが動物恐怖症でした。動物を見て『嚙まれるのではないか』と不安になるあまり異能症が発現し、本当に嚙まれることができるようになった」

まさかそんなことが、と思う。しかしその一方で、僕の一部には「やっぱりそうだったか」と腑《ふ》に落ちる感覚があるのも確かだった。能力が発現するのは、目の前にいる動物に攻撃されるのではないかという不安が膨らんだ時だったのだ。

「つまり僕には……思ったことを現実にする力がある、ということですか？」

「そう言えるかもしれません。あなたが強く不安に思うことで本当に現実が改変されているのか、それとも順序が逆で、不安に思っているような事象がこれから起こる時にその前兆を知覚するのか。……量子力学上の多世界解釈に基づくなら、異能症の人間は自らが次の瞬間に進む宇宙を選択している、という仮説もあります」

「……いずれにしろ、ぶっ飛んでますね」そうとしか言いようがない。「自分のことなのに、なんか信じられません」

「その通りですね。症例が少ないためまだ学会でもそれほど認知されていなくて、医学界でも研究対象にしている者はごくわずかです。大半の権威はこの現象の存在をまだ認めていませんし、海外では、眉唾《まゆつば》と決めつけられて大学を追われた研究者もいます」静先生は苦笑した。「ただ、現在のところこの病気は、原因は分からなくても治療方法は分かっています。つまり、元となる心の病が軽快すればいいわけです」

「病気……」澤野さんはその扱い方が気になるのか、僕をちらりと見たりしている。

「『本人が改善を望んでいる、心身に生じた不都合』だからね」

僕が答えると、静先生も「よくご存じですね」と頷いた。

「つまり今回の田辺さんのように、動物恐怖症が軽快すれば、異能症の能力も消滅するか、あるいは発動をコントロールすることができるようになります。恐怖症は、自ら恐怖に身をさらすことで軽快するケースがあります。今回、田辺さんがしようとしていたのもそれですが。ただ」静先生はテーブルに手を置き、少し身を乗り出すようにして僕を見た。「そういった手法は医師との相談の上に、慎重にしていただかなければかえって症状を悪化させる危険性もあるんです。……ああいった無茶は、もうなさらないで下さいね？」

「……はい」頷くしかない。

だが、僕は晴れ晴れとした気分だった。初対面の犬などを見たときにはまだかすかに不安になるが、ブルーノのおかげで動物恐怖症はかなり改善していたのだ。今の僕は、大人しい犬なら普通に触ることができる。

静先生は微笑んだ。「とにかく今後は、能力をコントロールするトレーニングも含めて、私たちと一緒にやりましょう」

「はい。……ところで、静先生」

「はい」

「いえ、勘違いだったらいいんですけど」僕は足元のブルーノを見た。「ブルーノ、撫でたいなら撫でていいと思いますよ」

「あ」

静先生はブルーノを見て、咳払《せきばら》いをした。「いえ、別にそのようなことは」

「いえ、遠慮はいらないかと」

説明の合間合間にちらちらとブルーノの方を見るから、そうなのかなと思っていたのである。

「いえ。しかし……」先生は遠慮していたが、すぐに陥落した。「……では少々、よろしいでしょうか？」

澤野さんはきょとんとした顔で頷いたが、ブルーノの横に膝をついて首と背中と耳の裏と顎を丹念に撫でる静先生は何かすごい幸せそうな顔だった。さっきから触りたくて仕方がなかったらしい。

「……当然ですが、研究のための交通費その他、一切の費用はこちらがお持ちしますのでご安心ください」静先生はブルーノの顎の下を巧妙に撫でながら言う。「ただし今後は、田辺さんの現住所等、個人情報の一部をこちらで管理させていただくことになります。申し訳ありませんが、無断で引っ越しをしたり、長期旅行に出ることはできなくなります」

「分かりました」犬を撫でながら言われても緊張感がないが、当然、そういうことはあるだろうと覚悟していた。

とはいえ、少なくともこの先生は悪い人ではないようだ。大学の研究室に同行しても、モルモットにされるようなことはないだろう。

静先生はその後、これまで確認されている異能症の症例と、それに対する治療の取り組みも説明してくれた。能力の内容は一人一人違うらしいが、日本全国、あるいは海外でも異能症の仲間はいるらしく、まだ小規模ながら専門の研究チームもできているという。今後、僕は先生と連絡を取りあい、この能力の管理をしていくことになるようだ。もしかたらブルーノを助けた時のように、この能力を有効に使う方策も何か見つかるかもしれなかった。

静先生と別れた帰り道、澤野さんと並んで歩きながら、僕はすっきりとした気分だった。今なら何でもできる。そんな気がした。

「……知らなかった。田辺くん、動物が怖かったんだね」澤野さんは隣に付き従うブルーノを撫でながら言った。「……ごめんね。今まで気付かなくて」

「もう治った」僕も手を伸ばし、ブルーノに掌を舐めさせた。「どうしても治したかったんだ。大事な理由があって」

澤野さんが僕を見る。空は夕焼けで真っ赤に染まっている。彼女の顔が夕日を浴びて美しく輝いている。

「……理由？」

「うん。あのさ……」

この世界に二人だけ

彼女はそこにいた。

無数の人間が肩をぶつけあいながら流れを作っている雑踏。車のエンジン音とクラクションと、ティッシュ配りの声と店先の宣伝ソングで混沌《こんとん》とする駅前の交差点。喧騒《けんそう》から逃れようとするかのように、数メートルだけ階段を上る歩道橋。その歩道橋も、横腹は排ガスで鼠色にくすんでいる。

彼女は歩道橋の上から見下ろしていた。白い肌に黒一色のワンピース。どこまでもまっすぐにすとんと伸びている長い髪。無表情な美しい顔と合わさると、綺麗《きれい》に整いすぎていて人形みたいに見える。人形の綺麗さと不気味さをそのまま纏《まと》っている人間。

あとで考えてみれば、この時僕は、もっと早く目をそらすべきだったのだ。

なのにそれができなかった。彼女は異様に美しかったし、それに、仲間だった。僕と彼女。この世界に二人だけの。

そして彼女は、僕に気付いた。見上げている僕の表情を見て、むこうも同じことを理解したに違いなかった。

周囲の喧騒などないかのような静けさで、彼女は僕に微笑んだ。

1

体の下でぷつりと音がした。腰のあたりだ。寝ているシーツに何か、赤黒い液体が広がっていく感触がある。

やばい、と思った。何か潰《つぶ》した。きっと小さいクモか何かだ。強い嫌悪感が広がる。僕の体重でぺちゃんこになっている虫。きっと足が折れ、腹が破れ、中からびゅっと飛び出した体液と内臓が今、腰にこびりついている。殺してしまった。こんなにも簡単に。

腰を下手に動かして死体をべちゃべちゃ広げてしまわないように気をつけながら、掛け布団と敷き布団の間で体を縮めた。また殺してしまった。必死で生きている動物を。潰されて死ぬ瞬間というのはどれだけ苦しいのだろう。バスケで捻挫《ねんざ》をしただけでも呻《うめ》き声が出るほど痛かった。あれが全身に。それどころではない。腹が破れて内臓が飛び出る痛さなんて想像もつかない。どれだけ苦しいのだろう。それなのにどうしてこいつらは人の体の下なんかにもぐりこんでくるのだ。

強く目を閉じたところで目が覚めた。

覚めても風景が変わらないので、最初の数秒間、自分が夢を見ていたことに気付かなかった。だが濡《ぬ》れた感触は消えている。足首と肘《ひじ》で体を浮かせ、しばらく念入りに腰の下を探り、ようやく夢だったと確信して布団にぼふりと落ちた。

『ウウァァァ！』襖が開いて、弟の海斗が笑いながら顔をのぞかせた。「……って叫んでたよ」

「ん。……ああ」ノックしてから開けろといつも言っているのに、弟は「ノックして開けるのはドア。これは襖」という屁理屈《へりくつ》をこねて一向に守らない。「声、出てたか」

「ああら空途《ひろと》ちゃん、コワイ夢でもみたのかしら？」

海斗は怪しげなしなを作って言い、ひと通り笑ってからけたたましく音をたてて襖を閉めた。どうやらただ笑うためだけに開けたらしい。何だこの弟。

閉じられた襖を見ながら無言で頭を掻《か》く。襖は静かに閉めろ、とも言っているのだが。

部屋の畳を見る。そこにハエの死体が一つ落ちているのを見つけ、一瞬、体が硬直した。

……殺してしまったのだろうか？　いや、見たところ外傷はない。僕が潰してしまったわけではない。勝手に死んだのだ。

そこまでを頭の中でもう一度繰り返し、やっと全身の緊張が解けた。

幼い頃から虫が怖かった。「刺されるから」とか「気持ち悪いから」ではない。虫が知らないうちに体の下や、置いた本などの下に入り込み、知らないうちに潰してしまうのが怖いのだ。実際、虫はそういうところに自分からもぐり込みたがる。そして潰れて、体液の染みとか取れた脚とか羽をこびりつかせる。やってしまった時の、あの、えもいわれぬ不快感がたまらなく嫌だった。困ったことに、うちは細い道を挟んで隣が公園で、この公園には外周にでっかい木が並んでいるため虫がよく入ってくるのだ。だから家の中にいても安心ができなかった。

気にしすぎだとは思う。虫ぐらいなんだ、と考えるのが普通。それは分かっている。でも、僕にはその「普通」がどうしてもできなかった。虫や小さなトカゲなどが足元でちょろちょろ動いていると、踏んで殺してしまうのではないかと怖くなる。今この瞬間はあっちを向いていても、やつらは僕が一歩踏み出した瞬間、突然方向転換して足の下に飛び込んできたりするのだ。だから部屋で寝転がる時ですら、寝転がる予定地に何もいないことを確認してからでないとできないし、たとえば屋外の芝生に直に座るなんてことは絶対にしたくない。でも中学にも塾にも、そんなことを気にしている友達はいなかった。自分は異常なのだろうか、と思う。

視界の端に動くものを見つけ、ぎょっとして布団から飛び起きる。クモだった。一センチもない茶色の体の、ハエトリグモ。こいつは人間に平気で近づいてくる。来るな、と願いながら、布団の横を歩くクモとの距離を目測する。大丈夫だ。この距離なら潰さない。誤って踏んでしまうなんていうことはない。

それでも、不安は消えなかった。クモが僕の布団の下にもぐり込もうとしているからだ。布団を踏んだらこいつも潰してしまうかもしれない。すぐに布団をどかすべきだけど、どかす途中で畳と布団の間にこいつがすべりこんだら、動く布団と畳で挟んですり潰してしまうかもしれない。手で捕まえて逃がすのはもっと無理だ。すばしこくて捕まえられないし、指で潰してしまったら最悪だ。

パジャマ姿のまま襖に背中をはりつけ、こんなに小さいクモに「あっち行け」と念じている。情けないけど、どうしようもなかった。来るな。潰されるのにどうして近づいてくるんだ。殺してしまう。きっと、殺して——

異変はそこで起こった。クモが一瞬、ちかっと発光した。同時に僕の全身も光った。濃い青の光。それがはっきりと見えた。

発光を終えたクモが突然、ころりとひっくり返った。脚を上に向け、かすかに痙攣《けいれん》すると、そのまま動かなくなる。

「し……」

死んだ。いや、違う。なぜかはっきりと分かった。

「……僕が、殺した……？」

2

ネットで検索して知った。青藍色《せいらんしょく》、というのだ。僕の「能力」の発動時に現れる光の色。ただ、この光は僕以外の人間には見えないようで、しかも、よく見るとどうやら「光」なのに影を作らないらしく、これは物理的におかしい。だとするとこの光は僕の妄想で、僕が心の病気なだけなのかもしれなかった。

でも、能力の存在自体は絶対に妄想ではなかった。だって、本当に死ぬのだ。あの日のクモは偶然ではなかった。部屋に虫がいたりするのを見つけると、「殺してしまうかもしれない」という不安がぬるっと湧きあがってくる。それを感じた時に、二分の一くらいの確率で、僕の全身と相手の虫が青藍色に光る。そして、相手は死ぬ。僕だけの特殊能力だ。手を触れもせずに殺す能力。

そして発現してから一週間が経つ頃には、僕はこの能力をコントロールできるようになってきていた。虫を見つけても、不安に思った瞬間に目をそらしたり、別のことを考えようとすれば能力は発動しない。逆に、ちょっと遠くにいて「大丈夫そうだ」と思える虫でも、「いや、でも、もしかしたら」と考えて自分で不安を煽《あお》れば（そういうのはめちゃくちゃ得意だ）、能力が発動する。目で位置を確認できる相手にしか能力は使えなかったけど、姿が見えさえすれば、七、八メートルぐらい先にいる虫でも殺せた。

この能力は、慣れてしまうと結構便利だった。殺虫剤要らずである。部屋に入ってきて嫌だなあと思った蛾を全く触れないまま簡単に殺せた時は、これはいいかもしれないぞと本気で思った。

そして不思議なことに、能力がコントロールできるようになるにつれて、虫に対する恐怖感も薄まっていった。潰してしまうかもしれないような距離に虫を見つけたら、さっさと能力で殺してしまえばいいのだ。体の大きな虫は少しだけ時間がかかったけど、ハエトリグモやイエバエ程度なら一秒もしないで、すんなり死ぬ。体はどこも潰れないし、苦しむのも一瞬だ。

それで理解した。僕はこれまで、自分の恐怖の正体を正確に摑《つか》んでいなかったのだ。僕が怖いのは虫とかの小動物そのものではないし、それらを「殺してしまうこと」とも、ちょっと違う。自分の体で不意に「潰してしまった」時のあの感触とか、体液がこびりつく感じとか、死にきれなかった相手がいつまでも苦しむ感じとか、そういう気持ち悪いものが怖かったのだ。だから先に全部自分で殺していけば、「潰して殺してしまう」ことはなくなる。一見、変な話だが、変なりに理屈には合っているのかもしれなかった。

自分で殺してしまえばいい、と分かると、気分が楽になった。気分が楽になると、ますます能力がコントロールできるようになった。今ではもう、部屋で虫を見つけると反射的に能力で殺している。蝶《ちょう》や蛾、それにガガンボなんかは、拾って捨てる時に腹が潰《つぶ》れたり脚が取れたりして嫌なのだけど、そっと扱えばなんとかなった。これまで僕をずっと苦しめてきた「虫の悩み」が消えた。なんだか知らないけど、いきなり発現した人間殺虫剤能力によって。

この力を人前で披露すれば有名人になれるし、そうなれば大人になっても働かなくていいかもしれない、とは考えた。でも、そういう危険なことはやめた方がいい気もしていた。なんせ超能力なのだ。この世界に僕だけの、物理法則をブッ飛ばした奇跡。それはひょっとしたら、凄《すご》すぎて逆にやばいものなのかもしれないのだ。研究のために政府の秘密機関に捕まって、地下室に閉じ込められて死ぬまでモルモットにされるかもしれない。そういう可能性が冗談抜きで存在する。だから調子に乗るつもりはなかった。人には黙っていた方がいい。逆にトリックだと思われて、痛い奴だとか頭がおかしいとか言われる危険もあった。

能力のコントロールは日に日に上達した。期末テスト前のある日、授業中の教室にスズメバチが入ってきて大パニックになったことがあった。女子はキャーキャー言っていたし、男子もウォーウォー言っていたし、いつも無駄にすぐキレる地理の福本《ふくもと》が一番怖がっていて役に立たなかった。だがそのスズメバチは突然ぱたりと落ちて死に、パニックは収《すぐ》まった。死骸《しがい》が机に落ちてきたため椅子からひっくり返ってしまった最前列の席の村主さんには悪かったけど、あれを倒してパニックを収めたのは実は僕である。そしてやっぱり、青藍色の光は僕以外の誰にも見えないようだった。

夏休みが始まったのに部活があるし夏期講習がある。まだ二年だからいいのにと思うけど、「行っておきなさい」という母の言葉に従う形になった。「行っとけ！　行っとけ！」と笑いながら肩を叩《たた》いてくる弟はたぶん何も分かってないまま言っているのでどうでもいいが、横で黙って箸《はし》を動かしている父の圧力が怖かったので仕方がない。こんなことなら普通に学校があった方が楽なのに、と思わなくもないけど、しかし、家でダラダラしている日が減って外に出るようになったことは、能力の実験のためにはよかった。知りたいことはたくさんあった。虫を殺す僕の能力。でも本当に、虫だけなのだろうか？

午後二時に最後の授業が終わって帰りの時間になると、僕はいつもの通りちょっと寄り道をして、家の隣の大きな公園で木を見上げていた。セミを見つけたのだ。ちょっと上の方だったけど、射程内ではある。

周りには暑さの効果音みたいなアブラゼミの鳴き声が満ちていたけど、木の根元に立つ僕が見上げているそいつは鳴いていない。何を考えているのか知らないが、ただ黙って幹にくっついている。

それに向けて、ふっと意識を集中させた。潰してしまうイメージとか、最近はそういったものを思い浮かべる必要もなくなった。殺す、という気持ちを飛ばせばいい。

アブラゼミが青藍色に、ぼっ、と光る。僕の体も光っている。頭の中に、相手の命を握り込んでいる感触がある。それをねじ切りながら握り潰した。セミの命はハエやクモより大きくて、ねじ切る時に少しだけ抵抗があった。その感触が気持ち悪かったが、一秒ちょっと我慢するとすっと感触が消えた。セミの体の発光がやみ、木の幹にしがみついていたアブラゼミはかくんとバランスを崩すと、右の前足だけ一瞬幹に引っかけ、すぐにぽとりと落ちてきた。僕の足元にころんと転がり、もうぴくりとも動かない。

時間がかかったな、と思う。雲間から現れた太陽が後頭部を焼くのを感じながら、僕は垂れてくる汗を袖口《そでぐち》でぬぐった。少しだけ集中力が必要だった。土の中で何年も過ごすセミの命は、短い命をすぐに次の世代に託すハエやクモよりはっきりしているようだ。でも、問題なく効く。

ここ数日、僕はミミズやバッタなど、これまで試したことのない相手を開拓していた。どれもそう差がなくて、一秒くらいで済んだ。植物はだめだった。命に触っている感触はあっても、命の輪郭がはっきりしていなくて摑みどころがないのだ。植物は動物より「自分」の範囲が曖昧《あいまい》で、生と死の境界もぼやけているのかもしれない。その反面、動物でさえあれば、昆虫類でないやつにも効いた。

公園を囲う柵《さく》の外に動くものがあった。見ると、ひょい、と器用に体をしならせ、柵をくぐって、植え込みの中に白黒ブチの野良猫が入ってきたところだった。猫はこちらを気にするでもなく気にしないでもない様子でとことこと歩き、おそらくは木陰の涼しい場所を探している。

僕はなんとなく、他の動物はどうなのだろう、と思った。たとえば、あの猫くらいの相手にも効くのだろうか？

特に深く考えることもなく能力を発動させていた。白黒ブチの背中に向けて力一杯殺意を飛ばすと、僕の体が青藍色に光る。野良猫の命に意識が届く感触があった。片手に余るような大きさのそれを感じ、力まかせに握った。

青藍色の光が出て、猫は電気ショックを浴びせられたように四肢をこわばらせ、体を硬く伸ばしたまま横倒しに倒れた。目をむき、背中をのけぞらせ、ぎい、という声を漏らした。

　はっとして目をそらし、注意を公園の外に向けた。光が消える。がささ、と音がした方を見ると、野良猫はもう起き上がり、ぶるりと体を震わせたところだった。

　……危なかった。

　殺してしまうところだった。いったい僕は何をしようとしていたのだろう。

　猫は少しだけふらついた様子だったが、さっと周囲を見回すと、獣の動きに戻ってぱっと駆け出し、植え込みの彼方《かなた》に逃げてしまった。特に僕の方を見た様子はなかったから、自分が誰に何をされたのかも理解していないのだろう。だが悲鳴をあげたということは、やはりこの力で殺される時は、何らかの苦痛を伴うのだ。

　背中が汗で冷えていることに気付いた。

　僕は今、興味本位で猫を殺そうとしていた。その事実にぞっとした。あと一秒か二秒、攻撃を止めるのが遅れていたらたぶん命をねじ切っていた。虫を殺すのとはわけが違うはずなのに、ぼけっとしていて、ついやってしまった。

「ヘイ」

　いきなり後ろから足を蹴《け》られてびっくりした。振り返ると、弟のへらへらした顔があった。

「ぼけっとしてねえでジュースおごれ！」いつものことだが、弟はいきなり要求してきた。

「……ああ」

「あ、ジュースじゃなくてコーラおごれ」

「ああ……いや、おごんねえよ」承諾したと思われているらしい。「お前なんでこんなとこいるんだよ。帰れよ。……蹴るな」

弟の後ろに自転車が停めてあり、籠《かご》に携帯ゲーム機が入っている。近所の友達の家に遊びにいった帰りか、あるいは行く途中なのだろう。

「ええとね、オレやっぱりダイエットコーラ」

「なんでだよ」おごらんぞ。

「兄ちゃん知らないの？　普通のコーラってすげえ砂糖入ってんだよ。デブになるよ。骨溶けるよ」弟は僕の背中を叩《たた》く。「だから、ダイエットコーラ」

「溶けるかよ」そんな恐ろしい飲料がそこらの自動販売機で売られているものか。

「ねえ、ダイエットコーラ」

「僕はダイエットコーラじゃない」

適当に言い返しながらふと思った。猫にも効いた。それなら……

無意識のうちに体が青藍色に光っていた。柔らかくて大きい命の感触があり、頭の中にひょいと現れたその感触を摑んでみる。

「ぐ」

呻《うめ》き声が聞こえた。弟の体が青藍色に光り、弟は喉元《のど》と胸元を搔《か》きむしるようにしてうずくまった。

はっとした。「……おい！」

喉をがりがり掻きむしって苦しんでいる弟を見て、一瞬パニックになった。能力が発動している。殺してしまう！

焦るあまり、発動を止めなければと気付くことすらすぐにできなかった。止め方も一瞬、思い出せなかった。そうだ。注意をそらすのだ。別のものを見る。別のものを。

ベンチの横を歩いている鳩を見つけてそちらを見ると、弟の発光がやんだ。鳩の方には何も起こらず、気付くと僕の光も消えていた。足元から、うずくまって喉を押さえる弟のむせる音が聞こえてくる。

「海斗？　おい海斗、ごめんっ」思わずそう言って弟の背中を揺する。

激しい恐怖が襲ってきて、頭の中で轟音《ごうおん》が鳴っていた。死ぬ。弟が死ぬ。

「……ん」

弟の荒い呼吸はすぐに収まった。だが再び痛みだすのではないかと怖いのか、まだ手で喉と胸を押さえている。

「海斗。おい大丈夫か海斗？」

弟はしゃがんだまま顔を上げた。目を見開き、顔色が白くなっている。自分の身に何が起こったのか分かっていないのだ。ただ、かなり痛かったらしい。

「大丈夫か？」

知らずに強く揺すりすぎていたようで、弟はすでに収まったらしい胸や喉の痛みよりも、僕の手の力の入り方に驚いているらしい。わずらわしそうに振りほどき、しかし、何か怖いものを見たような顔で僕を見る。

「……兄ちゃん」

僕は一瞬、ぎょっとして体をのけぞらせていた。僕がやったのがばれたのかと思った。しかし弟は自分の喉と胸を撫《な》でさすりながら、長く息を吐いた。「……なんか痛かった」「ご……」ごめん、と言いそうになるのをこらえる。「……どうしたんだ？」

僕は焦ってごまかしていたが、弟は僕の動揺には気付いていないようで、不思議そうな顔で首を振った。もう痛みは全く残っていないように見え、ようやく少しだけ安心する。

だが混乱が収まると、今度は恐怖と戦慄《せんりつ》が襲いかかってきた。

殺すところだった。海斗を。僕は弟を殺そうとした。なんとなく。

自分がどうしてこんなことをしたのか理解できなかった。別に弟が嫌いなわけではない。あんまり可愛いとは思えないけど、とりたてて仲が悪いとも思えない。殺したいと思ったことなどこれまでに一度もない。それなのに、つい能力を使ってしまった。「うっかり弟を殺す」ところだった。一体どういうことなんだろう、これは。どうして僕はこんなことを？

間違えたんだ、と頭の中で念じた。うっかり手が滑るとか、口が滑るとか、そういうものなんだ。本気で能力を使った直後にいきなり弟が来るから、危うく巻き込んでしまうところだった。今のはただのミスで、そうに決まっていたし、そうでなければならなかった。僕は意識の表面で、必死でそう訴えていた。

だが僕の意識の奥の方は、それが嘘であることをとっくに理解していた。僕の能力は、はっきり「こいつを殺す」と意識しないと発動しないものだからだ。うっかり流れ弾みたいに、狙った相手以外を攻撃してしまうことなんてありえないのだ。

3

当たり前のことではあるのだけど、弟は自分を襲った突然の苦痛が何なのか分かっていなかったし、まして僕が原因だということも全く考えていないようだった。だから、僕がさかんに「大丈夫か？」と訊《き》いて労《いた》わろうとするのを照れくさく思ったらしく、いつものような軽口も叩かず、ただ俯《うつむ》いてうんうんと頷《うなず》いていた。

公園の向かいにある自動販売機でダイエットコーラを買ってやり、弟がそれを飲み終わるのを待つ間、僕は不安と自己嫌悪で揉《も》みくちゃになっていた。弟の苦痛は能力を止めた直後にすっきり消えたらしく、弟自身は、特に自分の体を心配している様子はなかった。怖がっているのは僕の方だった。弟の命を握り、一度、捻《ねじ》った。僕は自分の能力を途中で止めた場合、どうなるのかを知らない。今は痛くなくても何か後遺症が出るかもしれなかったし、自覚がないだけで、命そのものが消えかかっているのかもしれなかった。

立っているだけで汗をかくほど暑かったはずなのに、そのことは完全に忘れていた。背中にべったりと冷たい湿り気が張りついているのを感じて、ようやく自分が汗をかいていることに気付いた。冷や汗というのか、脂汗というのか、部活でかく汗とは違う、ねばねばして気持ちの悪い汗だった。

「じゃ、オレ清水《しみず》ん家《ち》行くから！」

弟が飲み終えた缶を僕に押しつけ、自転車にぱっとまたがってペダルを踏む。何か声をかけようとしたが何を言っていいか分からずに、僕は空き缶を傍らのゴミ箱に入れ、自転車の立ち漕《こ》ぎで走っていく弟の背中をただ見ていた。いきなり倒れるんじゃないかと心配だったが、弟は何事もなく角を曲がっていなくなった。

大丈夫。……大丈夫だ。弟には何の影響もない。きっと。

だが、それに何の保証もないことは、自分で分かっていた。命を捻られた弟は、あの角を曲がったむこうでいきなり倒れ、死ぬかもしれないのだ。

自動販売機の前に突っ立ったまま、僕は自分の手を見た。

殺してしまう能力。

まさか人間にも、あんなにあっさり効くとは思っていなかった。そして、弟が相手なのにあんなにあっさりと発動してしまったなんて、信じたくなかった。

公園に犬を連れたおばさんが入ってくるのを見つけ、また発動してしまうのではないかという恐怖が起こった。僕は急いで目をそらした。この能力は不安になると発動する。だから「発動してしまうのではないか」という不安自体が発動のきっかけになる危険があった。

目をそらしたら、今度はトラックがこちらに向かって走ってきて、フロントガラス越しに、運転席にいるおじさんが見えた。また顔をそむける。

大丈夫。落ち着け。そう簡単には発動しない。

そう念じてみたが、不安は消えなかった。いてもたってもいられず、僕は立ち上がり、俯いて歩き出した。さっきは弟を危うく殺すところだった。すぐ家に帰ると母親に何か勘付かれそうな気がして、僕はまた駅に向かう道を戻った。

僕のこの能力は、自分で思っていたよりずっと危険なものだったのだ。弟に対してあれほど簡単に発動したとなると、何かに腹を立てて「殺してやる」と思っただけで、本当に人を殺してしまうかもしれない。それが友達だろうと親だろうと関係なく。

拳《こぶし》を握り、別にいいじゃないか、と考えようとした。別に今の僕には、殺したい人間なんか特にいない。殺したいほど憎い奴が現れたらなるべく会わないようにすればいいし、最悪でも、完全に殺すまでの間に発動を止めることができるはずだった。いや、そもそも、そんな奴なら死んだっていいじゃないか。むしろ、すごいことじゃないのか？手も触れずに簡単に人を殺せる能力。絶対にばれない。最強じゃないか。無理矢理そう考えてみた。

だが、歩く僕の手は震えていた。足元もどこかおぼつかなかった。さっき弟を殺しかけて理解したのだ。「人を殺す」ということが、これほどまでに凄《すさ》まじいことだとは思っていなかった。

駅前の通りに出ると、たくさんの人が歩いて流れを作っていた。最初は顔を上げるのが怖かったが、どうやらただ歩いているだけなら能力は発動しない、と分かって少し安心し、それでようやく前を向いて歩けるようになった。

周囲の人波を見る。そして考える。僕は殺してしまえる。この中の誰であろうと簡単に。

それは恐ろしい自覚だった。自分の心が、恐れると同時にかすかに高揚していることも分かって、そのことがまた恐ろしかった。その気になれば誰でも殺してしまえるというこの圧倒的な力を、僕は一度も使わないまま一生を終えることができるのだろうか。この先、いつかどこかで、殺したいほど憎い奴が現れるのではないだろうか。現れなかったとしても、自分が苛々している時に、苛々しているという理由だけで全く関係ない人を殺してしまうのではないだろうか。そうでなくても、ただ単に「使ってみたく」なってしまうのではないだろうか。そうなったらどう責任をとればいいのだろう。

歩いていると、横から目の前にいきなり出てきた男の背中にぶつかりそうになった。なんとか立ち止まろうとしたが間に合わず、男の踵《かかと》を爪先《つまさき》で蹴ってつんのめってしまった。男はこちらを振り返ったが、いきなり目の前に出てきたのは自分なのに謝りもせず、それどころか舌打ちをしてまた前を向いた。男の耳からイヤホンのコードが伸びていた。

……危ねえな。気をつけろよ。

反射的に心の中でそう毒づいて、それからさっと背筋が冷えた。

だが、立ち止まってしまった僕が後ろから来た人にぶつかられている間に、男は何事もなく離れていった。僕はほっと息をついた。能力は発動しなかった。大丈夫だ。

しかし、次の瞬間、僕の視界に青藍色の光が飛び込んできた。

光ったのはあのイヤホンの男ではなかった。その斜め前を僕と同じ方向に歩いていた、髪がぼさぼさのおじさんだった。汚い恰好をして、歩行喫煙禁止区域なのに歩き煙草をしていたらしいおじさんは、発光すると同時に胸と喉《のど》を押さえて苦しみだした。げえげえという汚い声が続き、おじさんは崩れ落ちて地面に両膝《りょうひざ》をつき、それから体を丸めてごろんと転がった。

——どうして？

あのおじさんを殺したいと思ってなどいない。そもそも視界にすら入っていなかった。なのになぜ発動する？

そこで僕は気付いた。痙攣《けいれん》し始め、周りの通行人の視線を集めているおじさんの体は確かに青藍色に光っている。だが僕の体は全く光を発していなかった。命を触っている感触もない。だとすると。

――つまり、僕ではないのだ。

倒れて苦しむおじさんの周囲に通行人が集まり、どうしましたか、と声をかける人も出てきた。だが僕は人垣に背を向け、まわりを見回した。僕じゃないとすれば他の誰かだ。僕と同じ能力を持つ人間がこの場にいる。きっとそいつがやったのだ。それしか考えられない。

周囲を探す。自転車とバイクが違法に停められている歩道。路上駐車の多い車道のむこう側。ビルの二階のカフェの窓。人が溢《あふ》れている。僕と同じ能力を発動させているなら、そいつも青藍色の光を発しているはずだ。光っている奴はどこだ？　視線を走らせる。歩道ではすでに人垣のようなものができ始めている。それから……。

彼女はそこにいた。

無数の人間が肩をぶつけあいながら流れを作っている雑踏。車のエンジン音とクラクションと、ティッシュ配りの声と店先の宣伝ソングで混沌《こんとん》とする駅前の交差点。喧騒《けんそう》から逃れようとするかのように、数メートルだけ階段を上る歩道橋。その歩道橋も、横腹は排ガスで鼠色にくすんでいる。

路上の一角では人の流れがせき止められ、すでに人垣ができていた。歩道橋の上を行き交う中にも、それを見つけて見下ろし、何があったのだろうかと探っている人がでてきている。

彼女は歩道橋の上から、その喧騒を見下ろしていた。人垣の方を見てはいたが、その中で何が起こっているのかについての興味は全くないようで、それよりはただ、眼下でひしめく人々を観察しているだけのようだった。白い肌に黒一色のワンピース。どこまでもまっすぐにすとんと伸びている長い髪。無表情な美しい顔と合わさると、綺麗に整いすぎていて人形みたいに見える。人形の綺麗さと不気味さをそのまま纏っている人間。あとで考えてみれば、この時僕は、もっと早く目をそらすべきだったのだ。なのにそれができなかった。彼女は異様に美しかったし、それに、仲間だった。僕と彼女。この世界に二人だけの。

そして彼女は、僕に気付いた。見上げている僕の表情を見て、むこうも同じことを理解したに違いなかった。

周囲の喧騒などないかのような静けさで、彼女は僕に微笑んだ。

目が合ったことをはっきりと自覚し、僕はさっと顔を伏せた。そこでようやく僕は、まずい、と思った。すぐに逃げるべきだ。でないと、まずい。

だが足は動かない。まるで彼女の視線で地面に串刺《くしざ》しにされているようで、彼女の許可があるまで動いてはいけないような感覚すらあった。

動けないまま、僕は今の自分が殺されかかっていることを理解した。目の前のあのおじさんが殺されたということは、彼女の能力はここまで届くのだ。距離にして二十メートル以上。僕よりずっと強い。そして今、僕をじっと見ている彼女は、間違いなく気付いている。僕が同じ能力を持っている——少なくとも、彼女の能力について知っている、ということを。

雑踏でいきなり人が倒れたら、病気かなと思うのが普通だし、倒れた人の方を見るものだ。それなのに僕は周囲を探してしまった。そうしているところを彼女に見られた。今、僕だけが知っているのだ。目の前のおじさんを殺したのが彼女であることを。そしてその事実に彼女が気付いているということは、さっき見せた表情からしてほとんど確実だった。

彼女にとって僕は危険な存在なのだ。僕が生きていては、ばれないはずの殺人がばれてしまう。だとすれば、彼女が次に殺すのは間違いなく僕だ。

ゆっくりと顔を上げて歩道橋の上を見る。彼女はまだそこにいた。遠くて細かい表情は分からない。だが、まっすぐに僕を見ていた。

僕は体を反転させ、歩道橋から離れるため、人波をかきわけて歩き出した。逃げなければならない。彼女の能力の射程外まで早く離れなければならなかった。頭を下げて、前から来た二人連れの間を無理矢理通る。心臓が早鐘を打っていた。人ごみに紛れて攻撃をかわさなければならない。だが僕の隣で女性が一人、青藍色に輝いた。ぎくりとして体を避《よ》けると反対側の人にぶつかった。女性はバッグを落として膝をついたが、すぐに光が消え、激しくあえぎ始めた。

ここは駄目だ。隠れないと！

横にコンビニがあった。僕は転がるようにしてその中に駆け込んだ。これで見えない。

攻撃は届かないはずだ。

立ち読みの客をよけて雑誌コーナーの奥に行く。たったこれだけなのに息が上がっていた。背中と太股《ふともも》にまた汗をかいている。なんとなく店内で目立っているような気がして、僕は呼吸を整えようと胸に手を当てた。コンビニの強い冷房が心地好《よ》かった。

雑誌の棚のむこう、ガラス越しに、さっきの女性が立ち上がっているのが見えた。スーツのおじさんが横から声をかけている。助かったらしい。

もう少しで殺されるところだった。

コンビニの店内はいつものように揚げ物のにおいがして、立ち読みの客がいて、キャンペーンの案内が音楽と一緒に流れていた。平和ないつもの風景だった。だが僕はさっき殺されかかって、たぶん今もまだ追われている。このガラスの一枚向こうに殺人鬼がいる。外に出たら十秒で殺される。店内の立ち読み客も、お菓子の棚を見ているあの人も、レジの店員さんも、誰一人そのことに気付いていない。あまりに突拍子もなく、でたらめな状況だった。

自動ドアが開いたのを見て、彼女が来たかとぎくりとした。違った。スーツのおじさんだ。

どうすれば助かるのか分からなかった。彼女がこれで諦《あきら》めるとは思えない。この店に入ったところはたぶん見られている。出入り口はあの自動ドアしかない。店員用の出入り口もあったはずだが、それも結局、表の道につながっているはずだ。出ていけば即攻撃されるだろう。今の僕は袋のネズミなのだ。出ていけば殺される。だが待っていても、むこうから攻撃しにくるかもしれなかった。

歯を食いしばった。殺される、逃げられない、とパニックに傾く心を無理矢理押さえつけて、考えないと、と念じる。掌《てのひら》を見る。震えていた。

追ってきたなら、反撃するしかなかった。この店内なら僕の能力でも届く。待ち伏せして、彼女を視認した瞬間に攻撃する。先手必勝でやるしかなかった。

だが、できるのだろうか。よく思い出してみれば、殺されたおじさんが光っていた時間は四秒か五秒くらいだったように思える。僕はそんな短時間では、たぶん猫を殺すこともできない。人間を殺そうとすれば間違いなく十秒はかかるはずだった。その間に反撃されたら、僕の方が先に死ぬ。それに。

……それに、そもそも、僕に人殺しなんてできるのだろうか。

それでも、じっとしてはいられなかった。戦う勇気ではなく、このままじっとしていたら殺されるという恐怖によって僕は動いた。外から見えてしまう雑誌コーナーから、奥の菓子パンコーナーに移動して、背伸びで外を窺《うかが》う。足が震えていて、背伸びでふらつかないようにバランスをとるだけでも大変だった。

ここからならガラス越しに表の道が見える。彼女の真っ黒なワンピースは目立つ。見えたら即攻撃をかける。そして彼女が、棚の陰の僕を見つける前にかたをつける。ガラス越しに能力が届くのかどうかは分からなかったが、やってみるしかなかった。

だが、息苦しさに耐えながら背伸びをし、休んでまた背伸びをする、ということを繰り返していた僕は、表の道で青藍色の光が弾《はじ》けるのを見た。

攻撃されているのは全く関係ない女の人だった。胸と喉を押さえ、道に崩れ落ちる。同時にその後ろにいたスーツのおじさんも苦しみ始めた。青藍色の光が周囲の通行人に次々と灯《とも》っていく。いきなりの苦痛によろめき、隣のおじさんにぶつかる男の人。ぶつかられたおじさんも膝をついた。その横でおじいさんがうずくまり、持っていた杖《つえ》がぱたりと倒れた。店の前に五、六人もの人が倒れてうずくまっていることに、レジの中の店員さんが気付いて驚いた声をあげる。会計中の女の人が外を見て、短く悲鳴を漏らした。

……そんな。何をやってる？

思わず棚の陰から出て、外を見ていた。すると今度は急に光が消え、倒れている人たちが苦しむのをやめて起き上がり始めた。だが次の瞬間、いくつもの光がまた灯り、起き上がったばかりの人たちが再び苦しみ始める。

入口の前に人が来て自動ドアが開き、外のどよめきと生暖かい空気が入ってきた。光はまた消えたが、数秒待ったらまた光りだし、店の前に転がっている五、六人の人たちは、わけがわからないという顔で苦しんでいる。

全身から血の気が引いた。

彼女は僕を脅しているのだ。出てこないとこいつらを殺すぞ、と。

苦しんでいる人たちの周囲に通行人が集まっている。大変だ、という顔で駆け寄る人もいれば、毒ガスか何かかと思ったのか、ハンカチで口を押さえて逃げ出す人もいた。路上にも車が停まり、停まっているタクシーの運転手が窓を開けて歩道の様子を見ている。青藍色の光は、数秒の間隔でついたり消えたりしていた。それを操っている彼女の手つきが見えるようだった。わざと手加減して、死なないようにしている。

僕が動けないでいると、新たに青藍色の光が灯った。子供の手を引いてきた母親が買い物袋を落として苦しみだし、さらにその隣で戸惑っている子供も光り始めた。母親と同じように胸と喉を押さえて苦しんでいる男の子はたぶんまだ小学一年生か二年生。うちの弟より小さい子だ。

「や……」駄目だ。あの子も死んでしまう。「……やめろ!」

自動ドアを開けて外に飛び出していた。周囲の青藍色が僕を照らす。だが眩《まぶ》しくはない。僕はあたりを捜した。道路を挟んで反対側、ガードレールのむこうに、黒いワンピースがはためいていた。

——殺す!

自分も殺されるつもりで攻撃しようとした。

だがその瞬間、周囲の青藍色がふっと消えた。見回すと、倒れている人たちが苦しむのをやめ、何人かはむせながら体を起こしたところだった。

正面の黒い少女に視線を戻す。彼女は僕をまっすぐに見ていた。僕は攻撃しようとした。だが殺意をそちらに向けても彼女は何もせず、ただ微笑んで首を振った。

……僕を殺さないのか？

彼女はこちらに向かって右手を伸ばした。真夏なのに、信じられないくらい白い腕だった。

そして、僕に届く最低限の声で言った。

「……はじめまして」

4

間近で見ると意外なほど儚《はかな》げに見える。この季節なのに全く日焼けしていない真っ白な顔と、ワンピースの袖からのぞく、強く握るだけで折れてしまいそうな細い腕。クラスの男子の中でも「背の順で後ろから三割ぐらい」の僕とたいして変わらないから、女子にしては身長が高い方なのだと思う。そのせいで余計に細く見える。一歩一歩確かめるような歩き方のせいか、この日差しの下だと、ただ歩いているだけでなんとなく不安定な印象を受けた。

だが並んで歩く僕は、街頭の暑さが分からなくなるほどのプレッシャーで吐きそうだった。影の妖精《ようせい》のようなこの女の子は、ただその気になるだけで二十メートル先の人間を殺せるのだ。いつどこで気分が変わって、僕のことを「やっぱり殺そう」と思うかもしれなかった。映画なんかでは悪役に銃を突きつけられたまま「騒ぐな。必要なことだけを喋《しゃべ》れ」と言われて歩かされる感じのシーンが出てくるけど、たぶんそれの方がましだった。僕の場合、弾丸をよけることも逃げることも絶対にできないのだ。

「……名前は？」

「……吉岡《よしおか》、空途」

「ひろと。……どんな字を書くの」

「空に、途中の『途』」

君の名前は、と訊《き》き返そうとしたけど、何か質問をしたら機嫌をそこねるかもしれないと思ってやめた。だが時々僕の顔を覗《のぞ》き込むようにしながら歩く彼女は、自分から言った。「私はアヤメ」

本名なのか偽名なのか分からない。だが素性を探ることはできそうにない。黙って頷《うなず》くと、アヤメは質問してきた。

「この力に気付いたのはいつ」

「こないだ。一ヶ月前くらい」

「虫を殺すのが怖くて」

「そう」

「私と同じね。……いくつなの」

「中二。十四歳」

「それも、同じ」

アヤメは嬉《うれ》しそうに頷き、微笑んだ。「すごい。偶然とは思えない」

彼女は僕を攻撃することなく、ただ「人のいないところに行かない？」と誘ってきただけだった。僕たちは通行人の流れとはどちらかというと逆に向かうような感じで駅前通りを歩き、町のシンボルでもある、大橋を渡ったところにある公園を目指している。

「学校、違うのね。どこ」

「……この、先。末広《すえひろ》西中」

「臙脂《えんじ》色のスカーフをつけている」

「え？……ああ、女子は」

彼女の声は最低限の音量だったのでともすれば詳細を聞き逃しそうになり、僕は必死で耳を澄まさなければならなかった。こうして並んで歩いている以上、彼女はいつでも僕を殺せる。訊き返したら機嫌をそこねるのではないか、ということすら怖かった。

橋を渡って公園に入る頃になって、ようやく少し緊張がほぐれた。声が聞き取りやすくなったし、この暑さの中で公園に来ている人は少なかった。周囲にあまり人がいないということは、彼女が誰かをいきなり殺したり、人質に取ったりする危険が小さくなったということでもある。

「ええと」公園内の遊歩道に入ったところで立ち止まり、周囲を見回してから彼女を見る。「……暑くない？」

「少し」アヤメはまた歩き出した。「木陰に行きましょう」

誰も見ていないところでは彼女も僕を殺さないだろうと思い、少し落ち着いた。人の目のない場所で殺せば、僕が死ぬところを見た人もいないということになるから、自然死に見せかけるのが難しくなる。頼りになるか分からない理屈だったけど、僕が少し安心したのはそのせいだった。

木陰に木目模様のベンチを見つけると、アヤメはさっさと座り、僕を見上げた。正直なところ近づくのは怖かったのだが、逆らえない。僕はそもそも女子とベンチに並んで座るという経験がなかったので、どのくらい距離をおけばよいのか分からなくて、端の方に座った。アヤメは不思議そうに僕を見て、腰を浮かせるとすぐ隣にすとんと座り直した。

座ったものの、僕はその後どうしていいか分からなかった。この場ですぐ殺されることはないだろう、という見立てにしたって、あくまで僕の希望的観測に過ぎないのだ。それに、彼女をどうすればいいのか分からない。人殺しなのだ。だが警察に言っても信じてもらえるわけがない。

セミの鳴き声だけがじわじわと続いている。

アヤメは黙って僕を見ていたが、しばらくして口を開いた。

「……もしかして、私が怖いの」

彼女の方を見るが、頷くべきなのか首を振るべきなのか判断できなくて困った。正解はどちらなのか。でも沈黙していても同じくらい危険な気がする。

アヤメはそれを察したのか、今までよりはっきりした声で言った。「安心して。あなたを殺したりしない」

今一番聞きたい言葉だった。だが安心したせいか、僕は変な返し方をしてしまった。

「あのおじさんは、殺したの？」

「死んだでしょうね。確かめてないけど」

あっさりと言われ、つい言葉が出てしまう。「どうして」

「別に。なんだか汚かったし」

アヤメを見る。彼女は正面の木の幹を見ていた。自分の言ったことにはとくに関心がない、という顔だった。

「どうして……」

「『どうして』？」

「いや、その、だって……」

では彼女とあのおじさんの間には何の関係もなかったのだ。確かに汚い恰好をしていたし、あの人ごみを、煙草を吸いながら歩いていた。しかし、それが理由で殺したというのだろうか。

アヤメは、どこかきょとんとしたような顔で僕に訊いた。「ヒロトも、殺せるんでしょう」

「……虫、とかなら」言いかけて改める。「いや、たぶん人間も、だけど」

「殺したこと、ないの」

「そりゃ、だって」だって何なのか、言葉が続かない。「……は、犯罪だし」

アヤメは僕の答えを聞いて、少し面倒臭そうな顔をした。「……犯罪だからしないの？　どうして」

「だって」

「警察が、私たちを捕まえられると思う」

「いや……」足元に視線を落とす。確かに、警察には絶対に無理なのだ。

「私はそんなことより、あなたのことが聞きたい」アヤメの視線が頬のあたりに来ているのが分かった。「だって、世界に一人だけの仲間だもの」

違う。仲間なんかじゃない。僕は人殺しじゃない。

僕は確信した。さっきだけじゃない。彼女はこれまでにも、すでに何人も殺しているのだ。それも、たいした理由もなく。さっきのが初めての殺人だというなら、こんなに落ち着いているはずがなかったし、僕をいぶり出すためにあんなにあっさりと、小さな子供まで攻撃したりできるはずがない。

だから今、僕と同じベンチの隣に座っているのは、まぎれもない殺人鬼だ。

だがアヤメは、僕のそんな気持ちには全く気付いていないようだった。「教えて。誕生日はいつ。血液型は。好きな食べ物は何。本は読む？」

「僕は……」

視線を上げ、アヤメがまっすぐにこちらを見ていると分かって急いで目をそらす。顔をじっと見られていると、こちらの気持ちを悟られて殺される気がした。質問には答えなければならなかったが、ただ機械的に答えるだけでは敵意があるととられるかもしれず、僕は黙ったまま、ただ足元のアリを見ていた。大きめの黒いアリが靴に上ってきていて、反射的に能力で殺しそうになるのをこらえる。彼女の前で発動するのは危険だった。

アヤメはそのままずっと黙って答えを待っているようだった。

僕が答えないでいると、ベンチに置いたまま握ったり開いたりしている僕の右手に、アヤメの指が触れてきた。動けないでいると、彼女の指が僕の人差し指を辿《たど》るようにゆっくりと這《は》い上がり、温かい手が僕の手の甲を包んだ。他人の手の感触を自覚すると、ぞくりとしたよく分からないものが僕の体を駆けぬけた。右手がぎくりとしたが、やっぱり動けなかった。手をどければいいのか、握り返せばいいのかも分からない。

手を通じて内心が悟られるかもしれないと思った。そして事実、彼女は囁《ささや》いてきた。

「あなたを殺さないと言った」親指で掌《てのひら》をくすぐれられる感触があった。「……信用できない？」

「いや」彼女の方を見られないまま首を振る。「その……ただ、単に緊張してて」

「緊張？」

「いや、女子とその、こう……」どう続けてよいか分からなかったが、とにかく言った。「こういうの、慣れてないから」

アヤメはしばらく沈黙していたが、やがて僕の手をぱっと離し、くくく、と肩を震わせ始めた。泣いているのかと思って見たら、口許《くちもと》を押さえて笑いをこらえているのだった。

「じゃあ、慣れて」アヤメは笑顔になっていた。「携帯、教えて」

その笑顔を見て、僕はようやく緊張がほぐれるのを感じた。黙っているせいで機嫌をそこねたかもしれないと怖かったのだが、そうでもなかったらしい。

彼女とはそのままそこで、暗くなってくるまで話した。基本的にアヤメが自分のことを話すか、僕が質問されて答えるかのどちらかで、会話は途切れがちだったが、彼女は沈黙に慣れているらしく、特につまらなそうな顔はしなかった。夕方、もう帰らないと、という彼女を公園の入口で突っ立ったまま見送り、彼女が何度も振り返るたびに手を振り、ようやくその姿が道の向こうに消えたところで、僕はやっと解放された。途中まで送っていくとか、そういうことを言った方がよかったのかもしれない、と後で気付いたけど、とてもその気力はなかった。気付くと全身に汗をかいていたし、実は立っていることもおぼつかないほど膝《ひざ》が笑っていた。だが僕は、とりあえず生きのびたのだ。

もちろん、それで済むほど現実は甘くなかった。家に帰ると、夕飯の後にもう彼女からSNSのメッセージが届いていた。返信しているうちに、部活と夏期講習が両方休みになる明後日《あさって》、遊びにいこう、という話になった。断ることはできなかった。

5

「……ミステリーなら。あと、我孫子武丸《あびこたけまる》とか」

「私も好き。綾辻行人《あやつじゆきと》は」

「好き」

「館《やかた》シリーズ」

「『フリークス』とかも面白かった」

「そうね」アヤメは慣れた様子で、ボタンに手を置いたままクレーンゲームの右側に回り、クレーンの前後位置を確認した。「そこから見てどう。ちゃんと腕の真上に来てる？」

「ええと……いい位置、な気はするけど。ごめん。僕、詳しくなくて」

超能力者の殺人鬼とゲームセンターにいる。

午前中に駅前の、彼女が言うところの「偽ヘンリー・ムーア」の像の前で待ち合わせて、彼女に引っぱられるままゲームセンターをはしごしている。なぜはしごするかというと、アヤメはクレーンゲームのぬいぐるみ獲得に異常なまでの執念を燃やしており、駅前にいくつかあるゲームセンターのうちどこの店舗に何のクレーンゲームがあって、どこの店舗が最近、中の景品を入れ替えたかなど完璧《かんぺき》に把握しているからだった。相当やり込んでいるのだろう。アヤメの腕前はかなりのものらしく、「まだ四百円しか入れていない」この台でも、すでに彼女の手元にはピンク色をした可愛いのか可愛くないのかよく分からないキャラクターが五匹並んでいる。一回百円なので計算が合っていない。驚くべきことだ。そしてそれ以上に、同じぬいぐるみをこんなに取って一体どうするのかもよく分からないが、それは怖くて聞けなかった。黒魔術にでも使うのかもしれない。

彼女はクレーンゲーム以外には全く興味がないらしく、お店に入ると行動パターンが常に同じだった。両替機でじゃらじゃらと百円玉を獲得し、クレーンゲームの台の間をぐるぐる回って僕にはよく分からない何かを確認し、ぴたりと台の前にスタンバイする。あまりに熱心なのでもしかしたら彼女はクレーンゲームを憎んでいて、プライズを取りまくることによってクレーンゲームを絶滅させようとしているのではないかと思わないこともなかったのだが、真剣に台を見つめている彼女の顔はやはりとても綺麗で、横からそれを眺めているだけで退屈しなかった。

そんなふうにして、僕は午後一時半現在までお昼も食べずに駅前を連れ回されている。これはたぶんデートなるものなんだろうな、と思うけど、デートというのは本当にこういうものなのか、彼女が特殊なのかそれとも単に僕はお供に過ぎないのか、経験が乏しいのでよく分からない。このまま一日中クレーンゲームからクレーンゲームへと連れ回されるのか、それとも途中で彼女が飽きるのか、見通しも全くない。行き先の分からない電車に乗ってしまった気分だったが、相手がアヤメである以上、ガス室行きの電車かもしれないという可能性は常にあった。

ピンク色のぬいぐるみがもう一つころりと穴に落ちた。アヤメは自分の内部と会話して、もういい、という結論になったらしく、出てきたぬいぐるみを摑んで僕に差し出した。「まだ入る？」

「ん、ええと」僕の足元には彼女が持ってきた大きなトートバッグが口を開けていたが、中はすでに色とりどり大小様々のぬいぐるみでぎゅうぎゅうになっている。「……押し込んでよければ」

「大丈夫」アヤメは六匹になったピンクの人形を摑むと、僕が差し出したトートバッグに乱暴な手つきで押し込み始めた。「しっかり持っていてね」

なんだかさっきから、周囲の人にちらちら見られている気がする。「すげー」と漏らしながら通り過ぎていく人もいた。アヤメは例によって黒一色のワンピースで、しかも傍らにはぬいぐるみでいっぱいのバッグを抱えた僕がいる。目立ちすぎる。

しかし本人は、「そろそろ何か食べましょう」と言って通りに出る。僕は大きくなったトートバッグを抱えながら、その横に並んだ。今日は曇っている分涼しくて、軽いとはいえ大荷物で歩くにはありがたかった。

「ええと……どうしよう。そこのマックまだ混んでるけど」

「あそこの店はうるさくて嫌。私の行きつけがこの先にあるから」

「うん」行きつけ、などという単語を使うのは妙に大人っぽく思える。だが彼女は特に背伸びでも恰好つけでもなく、自然と言っているようだった。「喫茶店？」

「個人経営の。コーヒーとケーキは普通だけど、サンドイッチがおいしいの」

それは喫茶店としてどうなのかと思うが、「個人経営の」という単語もびっくりした。ドトールとかスターバックスとかいったところではない、という意味なのだろうが、そういう店って中学生が入っていいのだろうか。それに、よく知らないけどそういうところはコーヒー一杯千五百円とか、すごい値段がするのではないか。一応、小遣いは何かあった時のために貯金していて、今日こそがその「何かあった時」なのだろうと判断して五千円ほど下ろしてきているのだが、足りるのだろうか。そもそもこれがデートであるならば、やっぱり男の僕がおごらないと「その程度なんだ」と思われるのではないか。僕は歩きながら悩んだ。女の子におごる時はどうすればいいのか。「おごるよ」と露骨に言うのは恩着せがましいのか。かといって黙っているとやっぱり「その程度なんだ」と思われる気がする。後になって「おごるから」と言い出したら「私の顔色を見ておごることにしたな。つまり、なるべく出さずに済まそうとしたんだ」と思われるのではないか。悩ましい。

しかし僕の悩みをよそに、アヤメは路地に入ると迷いなく喫茶店のドアを開けた。目立たない場所にある店で、表に看板が置いてなければここが喫茶店であったことなど気付かないようなドアだった。中が見えないので怖かったが、彼女の方は慣れているらしく、薄暗い店内にするりと入って周囲を見回す。

「……まだ混んでた」落ち着かない僕をよそに彼女はさっさと席を探し、窓際のテーブルに僕を引っぱっていった。店員さんに訊かずにいきなり座っていいのだろうか。「でも、この席が空いてたからいいか」

メニューを広げると七百円とか七百八十円とかいう数字が並んでいたが、一応払えない額ではないと分かって、僕はこっそりほっとした。

「もしかしてヒロト、お金がないの」バレていた。こっそりのつもりだったのだが。

「……いや、大丈夫」膨らんだトートバッグを足元に置きながら、今だ、と思って付け加える。「おごるから」

「無理しないでいい。じゃあ、割り勘ね」

「う……ごめん。ありがとう」

「謝らないでいいのに」

アヤメの方は、お金の心配を全くしていないようだった。クレーンゲームに何千円も使っていたのに、いくら持っているのだろう。あるいは家がすごい金持ちなのかもしれない。

「ヒロト、決まった？」

「あ、ごめん、まだ」メニューを広げる。「ええと、おすすめってどれ？」

アヤメの方は覚えているらしく、メニューを開きもしていなかった。身を乗り出して僕が開いたものを覗《のぞ》き込む。「今日は水曜だから、曜日限定のサンドイッチよりいつもあるライ麦パンのサンドの方がいい。フレンチトーストもおいしいけど」

「フレンチトーストって甘いのだよね」メニューから顔を上げると、アヤメの顔がすぐ近くにあった。白い頰と長い睫毛《まつげ》が至近距離で観察できてどきりとする。

「どうしたの」

「いや」顔をそらす。「……ごめん。近かった」

アヤメは微笑んだ。「謝らないで」

間がもたなくなった僕がコップの水を飲もうとすると、アヤメが「待って」と言って僕の手に触れた。こちらがびくっとしている間に、彼女は僕のコップを引き寄せ、テーブルの隅に置いてあったレモン果汁のパックを開けると、慎重に一滴ずつ水に入れ、同じく横に置いてあったマドラーでかき回した。「はい」

飲んでみると、ただの冷たい水の背後にかすかにレモンの酸っぱさがあって、おいしかった。

「どう?」

「おいしい。暑かったからちょうどいいし……」

ちょっとレモン果汁をたらすだけで、ただの水がきちんとした「飲み物」になるのだ。僕は素直に感心した。「すごい。こんな手があるんだね」

まともに褒められて照れているのか、アヤメは目をそらした。「……そこまで、たいしたことじゃないけど」

それでも、彼女が微笑むと空気が軽くなった気がした。アヤメは笑顔になると小さくえくぼができる。そうすると普段の冷たい印象が薄れて可愛らしかった。正面から向きあって緊張していた僕は、それでリラックスできた。

昨日も思ったことだったけど、アヤメは声が小さいだけで、けっこうよく喋るのだった。それに、いろいろとマニアックな知識があった。本の話、芸術作品の話、それに心理学や哲学といったことまで、僕の知らないことを随分話してくれた。本の趣味は僕と似ていたし、僕だって自慢じゃないけど中学生の平均よりはだいぶ知識が多いと思う。だからなんとか彼女の話についていくことができた。要するに彼女は知的なのだった。学校の勉強なんかくだらないと言っていたから、成績は悪いのかもしれない。でも、家では随分本を読んで勉強しているのだろう。ぬいぐるみに埋もれながら本を読む彼女の姿は、なんだかすごくすんなりとイメージができた。味覚も確かなようで、彼女のおすすめのサンドイッチは確かにおいしかった。

だが、会話をしている間、僕はずっと落ち着かなかった。単に女の子と二人きりで向かいあっているから、というのならいいのだが、もちろんそれだけではなかった。殺される、という不安はいつの間にか忘れていて、僕は間近でしっかりと見るアヤメのすっと通った目元とか、パンに触れる唇とか、ワンピースの襟元からのぞく鎖骨とかを見て、ごく平凡にどきどきしていた。そしてそのこと自体が、なんともいえない嫌な浮遊感の元になっていた。

一昨日《おととい》、駅前で起きたことはニュースになってしまっていた。「駅前で六人の人間が突然胸や喉《のど》の痛みを訴えた」という形で、テレビにも出た。ほぼ同時に男性が一人死んでいるという情報も流れた。五十代の男性、というだけで名前は出なかったけど、間違いなく、煙草を吸っていて最初に攻撃されたあのおじさんのことだった。もちろん、テレビでは「何らかの有害物質が発生していた模様」と言うだけで、原因は全く分かっていないようだった。母は僕に「大丈夫だった？」と訊いてくれたが、弟はニュースが近所だったことで「オレ今のとこ知ってる！」と興奮していただけだった。その直前、自分にも似た症状が出ていたことは忘れているのか、あるいはバカだから気付いていないのかもしれなかった。

でも、そのニュースで言っていた。同じ駅前では今年に入ってからすでに二度、突然死した人がいることが分かっている、と。

彼女はあの場所だけで、最低でもあと二人殺しているのだ。彼女の態度から想像するに、殺されたのは身なりが汚かったり歩き煙草をしたりしている人たちなのだろうが、もちろんそんなことが、殺される理由になどなるはずがない。それなのに、彼女は簡単に殺した。

殺された人にだって家族がいたはずだった。子供がいたとか、兄弟姉妹とか、奥さんとか、そういう人がいて今も悲しんでいるはずだった。犯人は逮捕されなければならなかった。その犯人は目の前にいるこの子なのだ。なのに僕は、彼女とサンドイッチの感想を話しているだけで何もしていない。それどころか、彼女が可愛くてどきどきしている。こんなことでいいのだろうか。

僕が沈黙すると、アヤメは食べる合間に、戦利品のぬいぐるみを一つ一つ出しては眺め始めた。同じものばかりのはずなのに、僕の想像が及ばない彼女自身の微妙な基準によってぬいぐるみには当たりと外れがあるらしく、微笑んだり顔をしかめたりしていた。評価の低いものも捨てるつもりはないようで、だとすると毎回これだけの数を持って帰って、彼女の部屋がどうなっているのか気になった。やっぱり彼女は普段、ぬいぐるみに埋没して生活しているのだろうか。

しかし、そうしているアヤメは完全に、ちょっと変わったただの女の子だった。だから僕は、殺人鬼なのだぞ、と何度も自分に言い聞かせなければならなかった。自分は人でなしなのだろうか、と思う。しかし僕は、目の前の彼女がとてつもない悪だということがどうしても実感できないでいた。殺人を最後まで、直接見届けたことがないせいなのかもしれない。

悩んでいると食欲がなくなってしまい、せっかくのサンドイッチは一個の半分をかじりかけたまま、なんとなくそのままになってしまった。海老《えび》とバジルソースのサンドイッチはとてもおいしかったのに。

「食べないの」アヤメが訊いてきた。

「あ……ああ、食べる」半分残った方のサンドイッチに手を伸ばす。もし今の考えを悟られたら、僕だって殺されるかもしれない。

だが、ドアが開いて、やたらと賑やかな声が耳に飛び込んできたので、僕も彼女もそちらを見た。

入ってきたのは三人組のおばさんだった。太いのが二人と細いのが一人。いずれもおばさんとおばあさんの中間ぐらいの歳だったが、やたらと元気がよく、店員が席に案内するまでの間もずっと大きな声で喋っていて、一番奥の席に座ってもそのまま喋り続けていた。知らない固有名詞がたくさん出てくる他人の噂話だった。僕は黙って食べ始めたが、アヤメは何度かその席の方を気にしていた。

「それで、午後だけど。駅……」

アヤメは何か言ったようだったが、同時におばさんたちが爆笑したため笑い声で聞き取れなかった。僕は身を乗り出した。「ごめん。聞こえなかった」

アヤメは言い直したが、すぐにまた笑い声が聞こえて結局聞き取れなかった。

彼女の呟《つぶや》きがかすかに聞こえた。「……うるさい」

あっと思う間もなかった。アヤメは体を捻《ひね》って奥の席を見ると、いきなり青藍色の光を発した。僕が驚いて動けないでいる間に奥の席から、食器のぶつかりあうけたたましい音が聞こえてきた。青藍色に発光する奥の三人が胸と喉を押さえ、同時に苦しんでいる。

「や……」やめろ、と言おうとしたが、顔をしかめたアヤメの雰囲気が怖く、言葉が出てこない。「やめ……」

奥のテーブルで食器がひっくり返り、椅子の倒れる派手な音がした。他のお客さんも全員、そちらを見ていた。おばさんの一人は椅子から転げ落ち、もう一人はテーブルの皿の上に突っ伏し、残る一人は椅子の上で口を開け、舌を出して喉を掻きむしっていた。ひっくり返った皿から飛び出たパスタが海草のように広がっている。

「アヤメ！」

僕が呼んで彼女に手を伸ばす間にまた音がして、三人目のおばさんも椅子から転げ落ち、動かなくなった。

「あ……」

足ががくがくいって力が入らず、立ち上がることもできなかった。

……殺した。今。三人も。

店内ではどよめきが起こり、派手に倒れた三人のところに店員さんが駆け寄った。他のテーブルからも立つ人がいる。

アヤメは発光をやめ、何事もなかったかのようにブレンドコーヒーを口に運んだ。

「……迷惑」

彼女が殺した三人に対してしたコメントはこれだけだった。

当然のことながら、店内は騒ぎになった。店長らしき人は真っ青な顔をしていた。あと気付いたのだが、食中毒かと思って慌てたのだろう。

だが、まわりの客や店員さんによって心臓マッサージなどが試みられ、救急車が来て、三人が運び去られるまでの間、アヤメは奥の席の方にほとんど注意を向けなかった。ただそのまま食べながら、時折僕に話しかけるだけだった。僕はほとんどまともに答えられなかった。だから僕たちのテーブルも静かだった。

今年の春に隣の駅前にオープンしたショッピングモールに行くことに決め、会計を宣言通り割り勘にして店を出た後も、僕はほとんど喋れなかった。アヤメの顔を見ることもできなかった。今、目の前で殺人が起こった恐怖と、それを止められなかったことに対する言い訳で頭の中がいっぱいだった。駅に向かって路地を歩きながら、いつの間にか僕は俯いていた。

「……ヒロト」

顔を上げると、今は自分でトートバッグを提げているアヤメがこちらを見ていた。なんとなく二人とも立ち止まる。

「……さっきから、ぜんぜん喋っていないけど」アヤメは相変わらず、注意しないと聞き取れない大きさの声で言った。「どうしたの」

「さっき……」言いかけて、まずいと思ってやめた。さっきの殺人に言及すれば、彼女を怒らせるかもしれなかった。

「さっき、って」しかしアヤメは、自分で言った。「さっきの三人をどけたこと」

「どけた、じゃないだろ」反射的に口に出してしまってから、しまった、と思う。「殺したんだ。三人も。どうして」

アヤメはきょとんとした顔になった。「うるさかったでしょう。とても」

「それだけで？」

「何が悪いの」

視線がぶつかった。だがアヤメはきょとんとした顔をしている。そういうポーズを取っているだけなのだろうか。それとも何が悪いのか、本当に理解していないのだろうか。

「……悪いよ」殺される予感を自覚しながら、僕は言っていた。「当たり前じゃないか。あの人たちは殺されるようなことは何もしてない。なのに……なんてことするんだ」

「『なんてこと』？」

「殺したんだよ。人を」

「それが『なんてこと』なの？」アヤメも僕と視線をぶつけたまま、綺麗な顔でこちらを見ていた。「いいでしょう。ぜんぜん知らない人なんだし」

「そんなの関係ないだろ」

声が強くなった。アヤメの肩越しに、路地の風景が見える。電柱とゴミバケツと看板。僕が最後に見る風景はこれなのかもしれなかった。

「どうして殺すんだ。ひどいと思わないの？　自分が何をしているか、分かってるの？」

路地のむこうを通り過ぎるおじさんが見えた。おじさんはこちらをちょっと振り返っていた。たぶんガキのカップルが喧嘩《けんか》している、という程度に見えているんだろうな、と思う。

「私の方が分からない」アヤメは静かな声のままだった。「つまりヒロトは、私が人を殺したから怒っているのね。ぜんぜん知らない人なのに」

「当たり前だ。ひどいだろ」

「人を殺すのはいけないって言いたいの？」

「そうだよ」

「どうして人を殺しちゃいけないの？」

反射的に応じようとして口を開きかけてから、僕は次の言葉が出てこないことに気付いた。肩すかしというのか、噛みあっていないというのか、干しているシーツでも殴っているかのように手ごたえがなかった。

「……じゃあ、人を殺していいっていうのかよ」手ごたえのなさに、なんとなく前のめりにふらつくような感覚を覚えながら、僕はとにかく言葉を続けた。「じゃあアヤメは殺されてもいいっていうのかよ。自分を殺した相手が、『うるさかったでしょう』なんて言って平然としててもいいっていうのかよ！」

「嫌に決まっているでしょう。そんな人がいたら、もし死んでいても呪い殺すけど」アヤメはまだ僕を見ている。「私は殺されるのは嫌。だけど、さっき死んだのは私じゃないでしょう。何も問題はないと思うけど。知らない人だし、捕まって死刑になることなんて絶対にないし」

「ばれなきゃ何をしてもいいって言うのか?」

「ばれないのに、どうして我慢してルールを守るの。私には、その方が筋が通っていない気がするけど」

「人が死ぬのは嫌じゃないのか? 平気なの?」

「平気」アヤメは即答した。「だって、人なんて地球の裏側では毎日死んでいるでしょう。見えるか、見えないかだけ。いちいち悲しんでなんかいられないと思うけど」

僕が何も言えなくなると、アヤメはそれを確かめたように視線を外した。

「……でも、ごめんなさい。ヒロトが嫌だと言うなら、ヒロトの前では殺さないことにする」

そういう話じゃない、と言いかけたが、僕の口からは無音の呼気が出ただけだった。

彼女の言い方で理解した。アヤメは僕の問いに対して、すんなりと答えすぎる。つまり、彼女の中ではもうすでに結論が出ているのだ。「ばれなければ殺したっていい」という。これ以上やりあっても無駄だった。絶対に嚙みあわない。

「……ごめんなさい」アヤメが近づいてきた。「嫌な気持ちにさせてたのね」

「いや」僕は首を振った。「こっちこそごめん。……つまらないことを、言った」

なんとかそれだけ伝えると、アヤメは「いい」と言って僕の手を取った。「我慢してるより、言ってくれた方がいい。……行こう」

「うん」

僕はアヤメに手を引かれ、また歩き出した。彼女の温かい手を握り返し、斜め後ろから彼女のまっすぐな髪を見て、ひそかに思った。さっき口に出してみて、自分の気持ちがはっきりと理解できた。

空を見上げると、さっきまで頭上を覆っていた雲が動いて、青空がのぞいていた。そういえば、今日はこれから夜にかけて天気が回復すると、天気予報で言っていた。

それなら、と頷いて、僕は言った。

「……ねえ、夜、会えないかな？　境崎《さかいざき》公園に星を見にいってみない？」

アヤメは笑顔になり、あっさりと承諾してくれた。白い肌に黒いワンピースがよく似合っている。やっぱり綺麗だった。

僕たちは夕方早くに別れ、夕飯を食べてから待ち合わせ、ということにした。アヤメは特に何も言わなかったし、どうやら夜、どこに抜け出しても親は何も言わないらしかったけど、僕の方は家に帰った後、親に「理科の自由研究」と嘘をついて、懐中電灯や星座の本を出してこなければならなかった。全部が嘘ではなかった。本当に星を見にいくのだ。

ただ、していたのは自由研究の準備じゃなかった。手をつないで歩いている間、僕は自分の気持ちをはっきりと理解していた。
僕は彼女を、殺さなくてはならない。

6

吉岡空途（5:42）
〉天気はいいみたい
〉ペルセウス座流星群のピークは終わってるけど、流れ星が見られるかも

ayame（5:42）
〉流れ星は見たことがない

吉岡空途（5:44）
〉ちらっとだから、あんまりすごいのを期待しないでね
〉じゃ夜8時に、展望台わきの案内板の前で
〉暗いから気をつけてね

ayame (5:44)

〉待ってる

先刻のSNSでのやりとりを、携帯でもう一度確認する。夜八時に境崎公園の展望台わき。今日の朝も先に来ていたから、アヤメは何分か前に来て待っているかもしれない。だとすれば、少なくとも七時半には展望台内にいなければならない。

境崎公園は海に突き出した岬にあり、昭和の時代には灯台があったらしいけど、今は何もない。申し訳程度の展望台と自動販売機が置いてあるだけで、住宅地からも遠いから、来る人がほとんどいない。しかも午後六時には閉鎖されることになっていて、入口のゲートが閉められるのだ。乗り越えて入るのは簡単なのだけど、人は完全にいなくなる。周囲の人間を巻き込まずに戦う場所としては最適だった。

部屋の時計が六時四十五分になったのを確認して、僕は出かける準備にとりかかった。とはいっても、要るのはせいぜい懐中電灯を始めとしたいくつかのものだけで、それらも夕方、家に帰ってすぐに用意して並べてあった。バッグなどに入れる必要はなくて、全部ポケットか自転車の籠《かご》に入れていけそうだった。あとは単に、これらを持って出ればいいだけだ。

玄関で靴を履いていると、どたどたと足音がして弟が下りてきた。「兄ちゃんどこ行くの？」

「理科の自由研究」挨拶代わりに蹴るのをやめろ。

「デート？」

「自由研究つっただろ」蹴るな。

「さっき女子にメール送ってたじゃん」弟は僕の言葉を無視していひひひひ、と笑った。

「エロいことすんの？　うわー変態」

「誰が」

「いいよいいよー」弟は何かのものまねをした。「やってこい変態。やってこい」

「声がでかいよ」

弟の頭を押さえて黙らせ、立ち上がる。つい苦笑が漏れた。確かにこれから会うのは女の子だ。でも、エロいとかそういうことにはならない。殺しにいくのだから。

「兄ちゃん、夕飯は？」

「いらないって言ってある。僕の分のおかず、食べていいよ」

「よっしゃ。今日ハンバーグだし。ほんとにいいの？　もう取り消しナシだから」

よっしゃよっしゃと喜ぶ弟を見て、他愛がなくて可愛いと思った。こっちはこれから死ぬかもしれないというのに。

ドアノブに手をかけたところで、本当に行くのか、という問いが頭の中に響いた。今からでもキャンセルはできる。行けば殺されるかもしれない。もう二度とこの家には戻れないかもしれないのだ。父親は仕事だけど、せめて母親の顔ぐらい最後に見ておいた方がいいのではないか。「今までありがとう」ぐらいは言った方がいいのではないか。

僕は振り返り、弟の頭に手を置こうとした。弟はボクシングの真似事をしてさっとよけた。

「海斗」

「ん？　やるか？」

「いや」弟に言うべきことを探す。「……夕飯、残さず食えよ」

「もちろんさ！」弟は何かのキャラクターのものまねらしき、変な声色で応《こた》えた。いつもの弟だ。

「ごはん、いっつもちゃんと作ってくれるんだから。母さんに感謝しろよ」

それだけ言って背を向け、弟の顔は見ないままドアを開ける。母親の顔まで見たら、玄関から出られなくなりそうだった。

ドアの外には夜空が広がっていた。東の空は藍《あい》色、西の方はまだかすかにピンク色。一番星もすでに出ていた。

＊

警察相談メールフォーム
種別▽情報

住所▽
氏名▽
電話番号▽
メールアドレス▽
内容▽境崎公園の展望台の近くに中学生の死体があります。死亡したのは今日で、怪我や病気で死ぬわけではないので、死因は特定できず、心臓麻痺《まひ》になるはずです。回収してください。
死体の身元は……

＊

境崎公園までは僕の家から自転車で四十分くらいかかった。岬の突端にあるので、最後の方は何もない、ぐねぐね曲がる林の中の道をひたすら上ることになる。立ち漕ぎは早々に諦《あきら》めて、僕は誰もいない、行く先に何もない道を、自転車を押してただ上った。

すでに日は落ちていて、まわりに町の明かりがなくなったため、暗い紫の空に満天の星が輝いている。海に近い空気は湿っていて、上るにつれて風が強くなってくる。星空の下は少し肌寒くすらあった。

襟元のボタンをもう一つとめる。

最初から、分かっていたことだった。いつかはこうなると。アヤメはすでに、僕の見ている前だけでも四人、殺している。市内では他に死者が二名でているというし、それ以外にも彼女にあっさりと殺され、「原因不明の突然死」にされた人が何人も——ひょっとすると何十人もいるはずだった。彼女はちょっとしたことで人を殺す。そしてそれを、悪いこととも重いこととも思っていない。死神。いや、それよりもっとひどい。死神は少なくとも、命の重さを知っている。

そして彼女は今後も、まず間違いなく人を殺し続ける。声がうるさかったとか、近くで煙草を吸ったとか、その程度の理由で。大人ならとっくに死刑のはずだった。だが彼女を警察が捕まえることはできない。初めて会った時、彼女は五、六人の人間を一度に攻撃していた。逮捕しようとすれば警察官の方が皆殺しにされるだろう。何人束になってかかっても無駄なのだ。それにそもそも、彼女の殺人を裁判にかけることなんて絶対にできない。

昼間の喫茶店を思い出す。もう何十回も思い出した。なぜ止められなかったのか。殴ってでも彼女を止めていれば、三人の命は助かったはずなのだ。なのに僕はぼけっとしているだけで、目の前で人が殺されたのに何もできなかった。僕はアヤメがもう何人も殺しているという事実を、どこか「ただの情報」だという感じで受け止めていた。そのせいだった。

真っ暗な左右の林から、こんな時間なのにセミの鳴き声が聞こえてくる。

彼女は「どうして人を殺しちゃいけないの?」と訊いてきた。それに対する答えは、結局まだ見つかっていない。自分が殺されるのではないのだから、「自分が殺されたら嫌だろう」では答えにならないのだ。それなら、どうして人を殺してはいけないのだろう。倫理や道徳が大事だから? 種としての本質に反しているから? どれも答えになっていない。今ここで、自分が殺したい奴を殺そうとしているだけの相手に対して、駄目だと納得させられる理由なんかあるのだろうか。あるいは本当に、人を殺すのは「いけない」ことなんかじゃないのかもしれなかった。だとすれば、実はこの世に「いけない」ことなんて一つもないのかもしれなかった。

カーブの先に、境崎公園のゲートが見えてきた。後から来たアヤメに、僕が先に来て待っていることを悟られてはならない。僕はゲート前の駐車場まで自転車を押していき、ひっそりと静まりかえったアスファルトの上を歩いて、トイレの陰に自転車を隠した。ゲートは閉まっていたけど、記憶にあった通り簡単に乗り越えられる高さで、それどころか、段差になっているゲート脇の植え込みに乗れば、そのまま中に入れた。公園の石畳の上に飛び降りる。

人を殺しては「いけない」理由は、僕には分からない。

でも、さっき弟と話して、一つだけ確信したことがあった。人は殺していいのかもしれない。だが「殺していい」なんて堂々と言う人間は警戒すべきであるし、人を殺すような人間は速やかに排除されなければ困る。そいつが誰かを殺すより先にそいつ自身を殺して、「どうして人を殺してはいけないの？」と逆に言ってやるべきなのだ。僕には父も母もいる。バカだけど海斗もいる。学校にも塾にも友達がいる。正直なところ、自分が彼らをどのくらい大事に思っているのか、よく分からない。でも、彼らをなんとなく殺されるのはごめんだった。そうなるくらいなら、殺そうとする奴をこちらから殺す方がよっぽどましだった。

境崎公園には人が全くいなかった。ただ海風が吹いていて、星がまたたいていた。何もないただの公園なのに、どこか遠い異国か、異世界にいる気がした。実際に異世界なのかもしれない。まもなくここで、僕とアヤメは二人きりになる。手も触れずに人を殺す能力を持った、この世界に二人だけの魔法使い。そしてその二人は、数分でまた一人になる。

風に逆らって歩きながら拳《こぶし》を握る。アヤメは僕が殺さなければならない。彼女を止められるのは、世界で僕一人なのだ。それが同じ能力を持っている僕の、たぶん使命だった。

展望台の場所を示すように、遠くにぽつんと街路灯の明かりがある。そこに向かって石畳を歩きながら思った。……それに、たぶん僕は、彼女のことが好きだ。

だから、誰にも渡したくなかった。彼女は僕が殺したい。

7

絶え間なく吹く海風でシャツの裾《すそ》をばたばたと煽《あお》られながら、僕は歩く。行く手には全く装飾のない武骨な展望台が、傍らに一つだけある街路灯の明かりで闇に浮かびあがっている。周囲は芝生でどこまでも何もない。闇夜の公園にうずくまるコンクリートの塊は、見捨てられた古代文明の遺跡みたいだった。

境崎公園の展望台はたいした建物ではなくて、コンクリート製の階段のついた、まさしくただの「台」だ。それでも三階くらいの高さがあって、いい場所に据えられているため境崎の海が一望できる。上ったら何があるんだろうと期待したら別に何もなかった、というがっかりを完璧《かんぺき》に演出する代物なのだが、今の場合はそれでよかった。ちゃんとした建物でなくて、壁のない櫓《やぐら》みたいな形になっているのもいい。外から中が窺《うかが》いにくく、逆に中から外は覗《のぞ》きやすい。上って身を隠せば、下にいる相手の位置をこちらだけが把握できる。そして展望台の脇、案内板の頭上には街路灯があるから、下の案内板あたりにいる人間の位置は手に取るように把握できる。それを確認して、僕は頷いた。

アヤメは地上最強の生物だ。虎もグリズリーも彼女には敵《かな》わない。僕は同じ能力を持っているけど、能力の強さが圧倒的に違う。正面から戦ったら絶対に勝てない。たとえ不意打ちで先に攻撃しても、彼女の反撃でこちらが先に殺されてしまうだろう。だから隠れて待ち伏せをし、こちらの位置を悟らせないようにしながら一方的に攻撃し続けるしか、勝つ方法はなかった。だが僕の能力はせいぜい七、八メートルしか届かない。遠くに隠れて攻撃する、という方法はとれない。

展望台の麓《ふもと》に立ち、見上げる。……できる。この上からなら。

最後の問題は、本当に僕に人が殺せるのか、というところだった。僕の能力だと、どんなに早くても殺せるまで十秒。途中で目を閉じてしまうことはできないから、その間、苦しむアヤメを目に焼きつけていなければならない。本当にできるのだろうか。途中で手を緩めればアヤメは反撃にでるだろう。僕の隠れている場所には見当がつく。展望台に上ってこられたら負けで、死ぬのは僕の方だった。

だが、僕の背後でいきなり足音がした。

「ヒロト」

後ろから声をかけられ、僕は動けなくなった。全身が固まってしまい、振り返ることすらできない。

「約束は八時だったと思うけど」後ろから声がし、人が動く音がした。腕時計を見たのだろうか。「……ずいぶん、早く来るのね」

どうして、と頭の中で繰り返す。僕は約束より三十分も早く来ている。なのにどうして彼女がいきなり出現するのだ。足音はしなかった。とすると、僕よりさらに前にここに来て、隠れていたのだろうか。

「その」振り返らなくては、と思う。背中を向けたままでは不審すぎる。「……ち、遅刻すると、いけない、から」

声がうまく出ず、口ごもってしまう。そうしながら振り返った。目の前にアヤメがいた。

「三十分も早く来たの」アヤメは僕を見ている。街路灯の明かりで浮かび上がる彼女の顔には、何の表情もなかった。「それに、どうしてこんな場所で待ち合わせにしたの。ゲートの前ではいけなかったの。早く着いたのに、メッセージの一つもくれなかったのはなぜ」

動けない僕の目を捉《とら》えたまま、アヤメは近づいてきた。「もしかして、隠れて待ち伏せするつもりだったの」

「……違う」

「私を殺すつもりだったの」

気おされて後ろに下がる。違う、と言ったつもりだった。だがアヤメの視線に射貫《いぬ》かれ、声になっているのかどうか分からなかった。

もうおしまいだった。僕は全身の力を爆発させてアヤメに殺意を向けた。叫んでいるかもしれなかったが、自分では分からなかった。僕とアヤメの体が同時に青藍色の光を発した。僕は胸の内側を直接殴られたような衝撃を受け、気がつくと足元の芝生に尻餅《しりもち》をついていた。胸の血管に詰めものをされたように呼吸が通らず、喉の奥から熱いものが広がっていく。

体の中でばしんと何かが弾ける感触があり、青藍色の光が消えた。解放された肺と心臓が急激に動き、僕の全身の血管がきゅうきゅうと痛んだ。胸に手を押し当てて激しく呼吸する。

読まれていた。彼女を殺そうとしていたことも、その作戦も。アヤメの方が一枚上手だった。僕が来るよりさらに前に来て、ここで逆に待ち伏せしていたのだ。

「どうして私を殺したいの」アヤメが腰をかがめ、座っている僕に顔を近付けてきた。「正義のヒーローにでもなったつもりなの。ヒロトはそんなに子供なの」

アヤメの顔が近づいてくる。逃れようにも手も足も力が入らず、僕はのけぞることしかできなかった。のけぞった僕の両肩がゆっくりと押されて、芝生の上に仰向《あおむ》けに押し倒される。首筋にちりちりと草が当たる感触がした。

「ヒロトは私を殺せるの」僕の体の上にまたがって立つアヤメが、上から見下ろしてくる。無表情な彼女の整った顔が、はるか上にあるように感じられる。「私のことが嫌いなの」

……負けた。殺される。

「二人だけでしょう。世界に」アヤメはゆっくりと膝を折り、僕の胸を押さえると、腰の上にまたがって座った。ワンピースのスカートがふわりと広がり、僕の腹のあたりまでがスカートの下に隠れた。腰のあたりに彼女の重さが乗ってくる。「私たちは、つまらないルールを守る必要なんてないのに」

両肩が押さえつけられ、上体を倒したアヤメの顔が迫ってきた。抵抗すれば、男の僕の方が力は強いはずだった。それなのに動けなかった。蛇に呑《の》み込まれている途中の獲物が全く抵抗せず、ただ虚空を見ている理由が分かった。

それでもなんとか顔を起こそうとすると、周囲が一瞬だけ青藍色に輝き、全身に衝撃が走った。乱れていた呼吸が一瞬止められたことでさらに乱れ、恐怖で僕の全身が縛りつけられた。

「ヒロト」

うすく笑うアヤメの顔が近づき、長い髪が僕の頬に当たる。アヤメが腰を動かしたせいで、スカートの中で密着している下半身に重い感触があった。

それと同時に、下敷きになった僕の尻に、ごりっとした何かが当たった。僕は一瞬で、それの正体を思い出した。

「アヤメ」

動かない唇で呼ぶ。声になっているかどうかは分からなかったが、僕はそのまま左手を伸ばして彼女の背中を抱き寄せた。ワンピースの生地の柔らかい感触があり、左の掌にアヤメの肩甲骨の形を感じる。胸に彼女の乳房が押しつけられる感触がある。首に彼女の吐息がかかる。

彼女の重心が頭の方にずれて、腰に押しつけられていた重みが少し減った。僕は左手で彼女を抱きしめたまま、右手を伸ばして尻ポケットに入れた。台所から借りてきた果物ナイフは、まだそこに入っていた。

どこをどう狙っていいか分からなかった。それでも僕は左手で強く彼女を抱きしめると同時に右手を振るい、自分ごと串刺《くしざ》しにするくらいのつもりで、思いきりナイフを突き立てた。

アヤメの悲鳴が聞こえた。勢いがよすぎてナイフの柄が滑り、手から外れる。アヤメは僕の上から離れて横に転がり、呻きながら腰を押さえた。抜けたナイフが飛び、血の飛沫《ひまつ》がわずかに散るのが、街路灯の明かりではっきりと見えた。

――やったか？

体を起こして立ち上がる。アヤメはまだ状況が飲み込めていないようで、倒れて腰の後ろを押さえたまま、押さえた手を凝視している。

最後の手段だったのだ。待ち伏せが失敗した時の。

なにも、彼女を殺す手段は能力だけではない。僕の方が腕力で勝っているのだから、崖《がけ》から突き落とすなり、刃物で刺し殺すなりしてもいいのだ。だが殺すイコール能力だと思っているアヤメにとっては盲点になるはずだった。そう思って、ポケットに果物ナイフを入れておいた。

全身ががくがくと震えている。膝が勝手に折れて座り込んでしまいそうだった。これで僕は人殺しだ。だがそれでも、死ぬよりはましだった。

「ヒロト」

アヤメは転がってうずくまっていた。自分の体に何が起きたのか分からないという顔で、腰の傷口を押さえながら、掌にどす黒い液体がべっとりとついているのを見ている。傷は深い。

――今だ。今なら殺せる！

彼女は混乱している。今攻撃すれば、こちらに向かって意識を集中する前に殺せる。僕はアヤメを見下ろした。

だが、アヤメが腰を押さえて呻くのが聞こえた。「痛い……」

弱々しい、泣いているような声だった。それを見下ろしている僕は、全身の熱がすっと引いてしまったのを感じた。

何をやってるんだ。今がチャンスなんだ。今しかないのに。

だが、どんなに焦っても、僕はうずくまる彼女に対して攻撃することができなかった。早く早くといくら念じても、痛い、痛い、と呻くアヤメを見てしまうと、能力が発動しなかった。一瞬、能力がなくなってしまったのだろうかと思った。だがそうではなかった。「殺意」が湧かなければ、能力は発動できないのだ。

「ヒロト」

僕が動けないでいると、アヤメが下から僕を睨《にら》みあげた。「ひどい……」

僕は、アヤメが腰を押さえたまま、ふらつきながらゆっくりと立ち上がるのを見ていた。アヤメの唇が動いて、「ひどい」「痛い」と繰り返しているのが分かった。

その弱々しい姿は、やっぱりただの女の子だった。僕はどうしていいか分からずにそれを見ながら、ごめん、と呟いていた。

アヤメが顔を上げた。頰に涙の跡があった。がくがくと震えながら、彼女は歯を食いしばって口走った。ころしてやる、と聞こえて、彼女と僕の体が青藍色に光った。

その瞬間、何かが弾ける音が公園に響きわたった。

大きな音だった。アヤメは能力の発動を止め、音のした方に振り返った。彼女に続いてそちらを見ると、いつの間にか、いくつもの乱暴な足音と人影が暗がりの中を迫ってきていた。

「警察だ。二人とも動くな！」

大人の男の人の声がして、もう一度、大きな音が響いた。花火のような音。警察だ、と言っていたということは、今のはもしかして拳銃《けんじゅう》を撃ったのだろうか？　たしかに一瞬、火花のようなものが見えた気がする。

「いいか二人とも動くな。能力を使った場合は射殺する！」

そう怒鳴ったのはスーツを着ている、大柄なおじさんだった。おじさんは五メートルほどの距離まで来ると、動くな、と怒鳴りながら手に持つ拳銃を僕たちの方に向けた。

その周囲にスーツの人がばらばらと走ってきて、全員が腕をいっぱいに伸ばして僕たちに銃口を向けた。五つ、六つと銃口が並ぶ。

警察が来た。しかも、僕たちの能力を知っている？

さっき怒鳴ったおじさんが、銃をアヤメに向けたままもう一度怒鳴った。「和田穂乃香《わだほのか》だな？　駅前広場での三件の殺人、及び一昨日の、六人に対する殺人未遂は認めるな？」

最初は呼ばれたのが誰なのか分からず、人違いをしているのだろうかと思った。だがすぐに分かった。アヤメを本名で呼んだのだ。

急に世界が反転してしまった気がして、それに頭がついていかなかった。どうして大人たちが、刑事たちがわらわら出てくるのだ。僕たち二人の戦いは、警察なんていう人たちが手出しできないものだったはずなのに。

しかし今の人の口ぶりからして、アヤメの殺人は警察に把握されている。

「ふざけるな」アヤメは傷口を押さえながら、大人たちを睨みつけた。「私が何をしたっていうの？　何の証拠があるの？」

「和田穂乃香。お前は遠距離の動物を殺傷できる能力を使って殺人を犯した。認めるな？」

「何それ？　馬鹿じゃないの？」

「諦《あきら》めなさい」

鋭い声が、僕たちと刑事たちの間を切り裂くように響いた。銃を持つ刑事二人がさっと左右に分かれ、その間から、白いシャツを着た人がすっと現れた。まわりの刑事たちより若い人だけど、男なのか女なのかよく分からない。刑事でもないらしい。何者なのだろう。

「和田穂乃香さん。あなたの能力はこちらでも把握しています。それから、これまでに行った殺人もすべて」

白いシャツの人は、よく通るのにどこか柔らかい声で言った。熱くなっていた頭が優しく撫《な》でられるようで、僕の全身の神経がふっと緩むのが分かる。

「吉岡空途さん」白いシャツの人は僕の方を向いた。「警察のメール相談に通報して下さったのはあなたですね？　あなたも能力を持っていますね」

アヤメに負けないいくらい綺麗な顔だちの人だった。僕は気おされたまま、何も言えずにただ頷いた。

だが、アヤメの方は降伏していなかった。

「……邪魔！」

アヤメが顔を上げると同時に、僕以外の全員が青藍色の光の爆発に飲み込まれた。刑事たちがうっと顔をしかめ、震える手に力を入れて拳銃を構え直そうとする。

白いシャツの人は手を上げてそれを制すると、鋭い視線をアヤメに送った。その瞬間、彼女の体がひときわ強烈な光に包まれ、巨大な何かに叩かれたようにばしっと弾かれて、仰向けに倒れた。周囲の青藍色が消え、暗くなった。

「……能力を持っているのは世界中で自分たちだけだ、と思っているようですね」白いシャツの人は、ゆっくりとアヤメに歩み寄った。「誤りですよ。私の他、日本国内だけでもすでに五十名ほどが確認されています。もっとも、こんな強力なものを持つのは数人ですが」

この人は一瞬でアヤメの動きを封じた。彼女よりはるかに強い能力を持っているのだ。白いシャツの人はアヤメの傍らに膝をつくと、後ろの刑事から渡されたアイマスクを手早く彼女にかけて視界を封じた。確かに、ああすれば能力はまともに使えなくなる。

「出血がだいぶありますね。動かないように」

それから刑事たちを振り返り、応急処置の用意と救急車を頼むと、アヤメを横向きに寝かせて止血を始めた。「マスクも取らないでください。取った瞬間に攻撃しなければならなくなります」

「……医者？」

僕の呟きに、シャツの人は頷いた。

「……医学部、脳神経病態制御学研究室の静《しずか》といいます。専門は精神科ですが、医師免許はありますのでご安心を」僕を見上げて頷く。「大丈夫ですよ。あなたもこの子も、死にはしません」

その一言が、僕の全身を一気に弛緩《しかん》させた。気がつくと僕は、脱力して芝生の上にへたりこんでいた。刑事のおじさんが駆け寄ってきて、大丈夫か、と声をかけてくれる。

その場の主役はもう僕やアヤメではなく、無線や携帯を使ったり、薬箱を持ってきてアヤメの手当てにあたる大人たちだった。僕は理解した。自分たちが「子供」であったことを。

考えてみれば当然のことだったのだ。僕とアヤメ。こんな近所に二人も能力者がいた。それなら日本全国ではもっとたくさん、同じような能力者がいるはずだった。確率から言って当たり前のことだ。どうして僕は、その可能性を考えなかったのだろう。一人で勝手に「世界で僕だけ」と決めつけ、アヤメと出会ってからも「僕と彼女だけ」などと思っていたのだろう。そんなはずがないのに。

そしてこんな危険な能力者がたくさんいるというなら、日本政府とか警察なんかも、当然そのことを知って対策をとっているはずだった。今ここにいる刑事たちのように、能力者による犯罪を取り締まろうとするだろうし、能力者が起こしたのではないか、という事件は徹底的に調べる。だって、ことは殺人事件なのだから。

呆然《ぼうぜん》としたまま静先生に手当てされているアヤメはおそらく、僕以上にそういう可能性を考えていなかった。だから人前に平気で姿をさらして殺人を犯した。真っ黒なワンピースを着た美少女、という目立つ恰好をしていても平気だと決めつけていた。だが、死者が出た現場にいる「黒いワンピースの少女」の目撃情報は、すでに警察に集まっていたのだ。

刑事の一人から話を聞いた。もともと、駅前での連続不審死は「能力者が関わっている可能性の大きい案件」として、特別な扱いをされていたのだという。警察はネットも監視していて、アヤメによる他の犠牲者も把握していた。そこに僕からの相談メールが来て、慌てて駆けつけたのだという。

僕は家を出る前、パソコンで警察の相談メールコーナーに投稿をしていた。いたずらだと思われるかもしれなかったし、それですぐに警察が駆けつけてくれるとは思っていなかったけど、もし行方不明になった僕の捜索願が出て、「念のために」と境崎公園に確認しに来てくれたなら、僕が殺された場合でも死体がすぐに見つかるかもしれない。その程度に期待して書いておいたものだった。だが、それが決め手になったのだ。

僕とアヤメは静先生に監視されながら、到着した救急車で病院に運ばれた。運ばれながら事情聴取をされ、僕は自分たち二人の戦いが、大人たちの手で遠くに持っていかれてしまったのを感じていた。

8

「……なんだか頭がついていかないわ。急にハリウッド映画の世界になっちゃったみたいで」

母が苦笑してそう言う。ダイニングの椅子に並ぶ刑事さんや静先生も、無理もありません、という顔で頷いた。母の隣では父が黙って眉《まゆ》をひそめているが、たぶん父の方がついていけていないだろうな、というのはなんとなく分かった。うちの母親はなんだかんだで、けっこう何にでも順応する。

「具体的に吉岡さんの生活がどう変化するかという観点で申し上げれば、ほとんど変化はありません。空途さんが週に一度、東京の塾に通うようなものだと思っていただければ」

「……まあ、そう思えばねえ」

母は溜《た》め息をつき、向かいあって座るスーツの人たちに「お茶、まだいかがですか」と訊《き》きながら立ち上がった。刑事さんたちは「いえ、もう結構」「ありがとうございます」とばらばらに答えた。コンビネーションが悪い。

テーブルに盛られたまま誰も食べなくて勿体《もったい》ないクッキーをいただきながら、それもたぶん仕方がないことなのだろうな、と思う。うちに訪ねてきた人たちはみんな、ばらばらのところに勤める人たちなのだ。静先生は国立大学の准教授だし、刑事さんは警察庁の刑事企画課というところの人で、あとの二人は厚生労働省と文部科学省の人らしい。あらかじめ電話があったとはいえ、四人も来ることは知らされてなかったらしく、ただ今、吉岡家のダイニングは家中から集めた椅子がひしめく大イベント中の状態になっている。ダイニングは狭苦しくなっているけど、母は器用に椅子の間を縫って、いつもお客さんが来ると出す自慢のハーブティーを七人分入れている。

アヤメは救急車で運ばれ、警察に保護された。僕も同様に保護されたが、アヤメに対する殺人未遂について何度も事情を訊かれた。逮捕される覚悟で全部正直に話したのだが、刑事さんは「分かりました」と言っただけで、今のところ僕がどうにかなるような雰囲気はない。静先生は僕の肩に手を置き、「たった一人で、よく頑張りました」と言ってくれたけど、大人に相談しなかったことは厳重に注意された。それが、昨夜のことである。

今日、予告していた通り午前中早々に、役所の人たちが四人も来たのだ。てんやわんやになる父と母を落ち着かせ、役所の人たちは昨夜のことと、僕の能力について両親に説明してくれた。もちろん父も母も最初は信じなかったけど、僕と静先生が目の前で実演したので、信じざるを得なかったようだ。その二人と僕に、静先生と刑事さんと役所の人二人が、かわるがわる説明してくれた（それぞれに説明する箇所の分担があるようで、だから四人も来たのだ）。「異能症」という病気は昨夜先生が言っていた通り、日本国内では五十人以上が確認されているとのことだった。もっとも能力の内容は人それぞれ違うようで、中には「近くにいる動物が興奮して襲ってくる能力者」なんていう、おかしな人もいるらしい。

役所の人は、僕のように危険な能力を持った人間がどのように管理され、もし犯罪行為に能力を用いた場合、どのように扱われるかも話した。もちろんすべて極秘の話であり、静先生はドアのガラスのむこう側にナメクジみたいにへばりついている海斗をちらりと見て、この話はここにいる七人の他には、絶対に他言しないように、と言った。どうせ話したところで誰も信じてはくれないだろうけど。

「……じゃあ、旅行の時にはこちらの番号にお電話するだけでいいんですね？」ようやく席に着いた母が、自分の前に置かれているパンフレットを持ち上げる。「旅行自体は行っても問題ないんですね」

「それは、もちろんです」刑事さんが頷く。「ようは連絡がついて、現在どこにいらっしゃるかが分かればいいということですので。……我々警察官と、似たような状態です」

今後、僕は週に一度、東京のある研究室に通って能力のコントロールを学ぶことになるのだという。行き帰りに時間はかかるけど、うちには手当てが支払われる上、なんと政府のハイヤーで送り迎えしてくれるらしい。VIPである。もしかしたら今後僕は、静先生のように「能力による犯罪」を取り締まる任務を与えられるのかもしれない――とちょっと想像したけど、口には出さなかった。そんなやばい任務、父や母は反対するに決まっている。

先生の話によれば、日本政府もまだ、公式に能力の存在を認めるにはほど遠い段階らしい。だが現実に、能力による犯罪が発生している以上、わけがわからなくても、とにかく対策をとらなくてはならない。大慌てで動いた結果、厚生労働省と文部科学省、さらに警察庁に、それぞればらばらに非公式の対策チームができているのが現状だそうである。

だが、大人たちはちゃんと知っていたのだ。こんな能力があるのは世界で自分だけだ、と悩んでいたことが恥ずかしい。その事実は僕をほっとさせたけど、正直なところ、ちょっと残念でもあった。昨夜の戦いがすごく遠い日のことのように感じられる。

挨拶をして役所の人たちが席を立ち、静先生が最後に頭を下げて玄関のドアを閉めると、僕はぼけっと突っ立っている両親の間をかき分けて靴を履き、外に出た。先に出ていた役所の人たちはもう車に乗り込んでいたし、刑事さんは後部座席のドアを開けたところだったが、静先生はまだ門のところにいた。

「静先生」

僕が呼ぶと、先生は振り返った。

「あの、ちょっと質問が」

僕はどう言っていいか分からなくて迷ったのだが、静先生は察してくれたようで、車に乗った三人に何か言うと、三人を出発させた。「私は駅まで歩きます。ご一緒にいかがですか」

頷いて門を出る。横に並ぶと静先生は僕より背が高く、一方でなんだか華奢な印象もあり、やっぱり男なのか女なのか分からなかった。

僕が黙っていると、静先生は先に言ってくれた。「……和田穂乃香さんのことですか?」

「はい。その……」どこまで言っていいのか分からない。彼女は未成年ではあるけど、殺された人が何人もいるのだ。「……死刑に、なるんですか」

「なりません。未成年ですから」静先生はあっさりと答えた。「書類上は保護観察という形になりますが、なにしろ特殊なケースですから。厳重な監視の下、能力の制御が行われることになります」

「できるんですか？」

「先程お話しした通り、異能症はある種の心の病がきっかけで発病します。したがって、安定剤等の投与を続けることで、能力の発動を抑え続けることができます」先生はそう答え、僕に微笑んだ。「人格が変わるわけではありませんし、体に過度の負担がかからないよう、ちゃんと医師が管理します。……状態が落ち着くまでしばらくかかると思いますが、会いにいくこともできますよ」

自分の気持ちを見透かされているようで、僕は俯いた。「……ありがとうございます」

「むしろこちらから、会いにきていただけるようお願いするかもしれません。今のところ、彼女が関心を持っている人間は、あなただけのようですから」

個人的には嬉しい言葉のはずだったが、素直に喜べなかった。人数は分からないけど彼女に殺された人たち。その遺族。それらのことを考えると、彼女のために、などという気持ちになっていいのかどうか、よく分からない。たぶん僕は、今になってもまだ、彼女がしたことの重大さをきちんと理解できていない。

でも、静先生の言葉で確信した。今なら分かる。彼女は僕以上に子供だったのだと。まわりに大事だと思える人間が誰もいなくて、だから命の重さがまだ分かっていないだけだったのだ。

彼女の言動は大部分がポーズだった。アヤメと名乗っていること自体がそうだし、話し方やファッションもそうだ。それは自分が特別だということを常に周囲にアピールして、自分を守るための鎧《よろい》のようなものだったのだろう。

そして彼女はきっと、自分で言うほど平然と殺人をしているわけではなかった。

昨日の昼、彼女は僕の目の前で、女性を三人殺した。だが、よく考えてみれば、日常的にあんなつまらない理由で殺人を犯しているなら、彼女の周囲にはすでに数百人の死者がでているはずだった。それがそうではなかったということは、彼女は僕の前でだけ、気軽に人を殺してみせていたのだ。「人は殺してもいい」——その考え方を、僕に対してアピールするために。

たぶん彼女は、心の底からそう思っているわけではない。もしかしたら能力を試している段階で、誤って誰かを殺してしまったのかもしれない。僕が弟を殺しそうになったように。彼女はその罪悪感を消そうとして、他の人を「気軽に殺して」みせた。そして「人は殺してもいい」という自分の考えを僕にアピールした。「世界で唯一」同じ力を持つ僕に、同じ考え方を共有してもらうために。

そんなことのために、何人もの人が殺されたのだ。きっと、何パーセントかは僕のせいだ。静先生は、違うと言ってくれるだろうか。

だからこそ、今の僕には知りたいことがあった。

「その……静先生」顔を上げるのが躊躇《ためら》われて、上目遣いで見上げるような恰好になる。

先生は少し首をかしげて先を促した。やっぱり女の人なのかな、と思う。

「別にそれでどうするとかじゃなくて、その、純粋に理論的な話なんですけど」どうしても長々と前置きをしてしまう。「……『なぜ人を殺してはいけないか』っていう質問に、答えられますか？」

こんなことを訊いていいのか、という気はしていた。でも、たぶんこの人なら大丈夫だろうと思った。不謹慎だと怒るとか、危険人物とみなすとか、そういうことはたぶん、されない。

「難しい質問ですね」静先生は穏やかなまま答えた。「多少、難しい答え方しかできませんが、よろしいでしょうか？」

黙って頷く。それよりも、本当に答えられるのだろうか？

「質問そのものに対しては、『解答不能』が答えです。分からない、ということではなくて、『なぜ人を殺してはいけないか？』という問いは、前提となっている『人を殺してはいけない』が正しいという証拠がないので、論理的には解答のできない問いなんです」

「……できない？」

「難しく考えることはありません。『なぜカラスは黒いのか？』という問いには答えられても、『なぜカラスは白いのか？』という問いには答えられませんよね。それは問いの前提となる『カラスは白い』が正しいという証拠がないからです。それと同じですよ」

「……はあ」この人はどこかの先生をやっているのかな、と思いながら頷き、それから慌てて訊き返す。「え？　つまり、人は……」

「ですが、なぜ皆は『人を殺してはいけない』と言うのか——という問いなら、答えることができます」静先生は落ち着いて言う。「さっきの問いとの違いが分かりますか？」

「……たぶん」立ち止まってしまう。

先生も立ち止まり、僕の方を向いた。

「この問題を考える時は、まず『いい』と『いけない』——つまり『善悪とはそもそも何なのか』というところから考えなければなりません」静先生は迷いのない口調で話す。「簡単に言いますと、善悪という概念は、社会秩序を維持するために、ヒト自身が創り出した発明なんです。『権利』とか『責任』といった概念と同じです」

何やら話が難しくなってきた。それでも、頑張ればついていくことはできそうだ。

「……つまり、ヒトが勝手に考えついたものだってことですか？」

「ヒト以外の動物も発明していますけどね。集団で生活する動物は、単純か複雑かは別としても、大抵『善悪』という概念を共有しています」先生は頭上の電線にとまっているスズメたちを指さした。「群れで暮らす場合、お互いが好き勝手をやって『いつ仲間に盗まれるか殺されるか分からない』社会よりも、みんなが協力して『困った時に助けあえる』社会の方が、構成員全員にとって得です。……これは、納得できますよね？」

「はい」だから人間はここまで繁栄した。

「だとすれば、その社会を維持するためには、ズルをして盗んだり殺したりする者が出ないようにしなければなりません。どうすればいいでしょうか？」

これは分かる。「ルールを作ればいいですよね。他人のものを盗んだら死刑、とか」

「正解です。優秀ですね」やっぱり先生なのか、静先生は頷いた。「ですが、ルールというものは、皆がそれを守ろうと思ってくれなければ効果がありません。そして皆に『ルールを守ろう』と考えてもらうためには、見かけ上、ズルをするメリットより、デメリットが上回らなければなりません」

先生は「ここまではいいですか？」という顔でこちらを見る。僕は頷いた。

「善悪という概念は、この『ズルをするデメリット』を大きくするための発明なのです。『善悪』の存在が信じられている社会では、ズルをする人間は法によるペナルティに加えて、『悪者になることで自尊心が傷つく』上に『皆から蔑《さげず》まれ、嫌われる』というペナルティも科せられることになります」先生は言った。「人間は、『善悪というものが世の中にあるのだ』とまず信じることによって、上乗せされるこのペナルティを有効なものにしているのです。子供のころから『自分がされたら嫌なことは他人にしてはいけない』とか『悪いことをすると死後、地獄に落ちる』と何度も教え込まれることによって、私たちは『善悪』という概念の存在を信じることができるようになります」

あるかどうかは分からないけど、まず「ある」と信じてしまう。その方がうまくいくから。

「……なんだか、いいかげんですね」

「人類の叡智《えいち》ですよ」静先生は微笑む。「ルールを維持するためには、現実にルールを破る者だけでなく、『ルールを破ってもいいのではないか』という疑問を口にする者も出ないようにしなければなりません。『善悪』の存在を皆で信じ込む、というやり方は、そういう者が出ないようにする、という点でも非常に便利なのです」

それじゃまるで洗脳じゃないか、と思う。しかしそれに違和感を覚えるのは、僕の中に「洗脳は悪だ」というルールがあるからなのだ。だとすると。

考え始めると頭がぐるぐるとこんがらがってしまう。僕は頭を掻いた。静先生はそんな僕の様子を見て、くすくすと笑った。「少し難しい話でしたが、よろしいですか？」

「……一応」

「もっとも、これは私の答え方です。他の人なら、他の答え方をするでしょう」

「はあ……」

僕はひそかに驚いていた。実のところこれまで、「なぜ人間を殺してはいけないのか」という問いにすんなりと解答を返せる人がいるなんて、思っていなかったのだ。実は誰もその問いの答えなんか分かっていなくて、実は人間は殺してもよくて、だけど子供たちがそのことに気付いてしまうと危険だから、みんなその疑問には見て見ぬふりをして、

「そんなことを質問するのはタブーだ」ということにしてごまかしているのかと思っていた。もっとも、静先生の答えは「要するにその通り」ということらしいのだけど。

「頭が疲れましたか」静先生は前を見た。「では、送っていただいたお礼も兼ねて、駅前でケーキでもいかがですか？　今後のことも、少し話し合いたいところですから」

「……いただきます」ありがたい。

再び並んで歩き出した僕は、隣の静先生をこっそり覗き見た。先生によれば、僕の質問にすんなりと答えられる大人は他にもたくさんいるという。僕が知らないだけで、現実はたしかにそうなのかもしれない。今の僕には、そう想像することができた。

どうやら、世界は僕が思っていたよりずっと広いらしい。

年収の魔法使い

駅前広場をぐるりと見回す。行き交う人たちの頭の上に、青藍色《せいらんしょく》の数字が浮かんでいる。

早足で通り過ぎる小太りのおじさん。3,662,320。

その斜め後ろのおじさん。3,201,715。

その次の男性は4,995,379。さっきの二人よりどう見ても若いのに、ずいぶんもらっている。

その二人の後ろを横切った地味系の女性。1,678,436。派遣だろうか。

交番のお巡りさん。二人とも似たような額だ。3,824,200と3,841,900。けっこうもらっている。

そのお巡りさんに道を訊《き》きにきたお爺《じい》さん。1,010,000。年金だろう。額が少ない。

ベンチに座ったまま、わたしはさらに視線だけ動かす。慣れてきたせいか、三、四人くらいなら同時に見ることができるようになってきた。息を止め、狙った通行人に意識を集中させる。

1,991,660。

3,043,839。

120,000。高校生だ。バイトの給料にしては少ない。毎月の小遣いも含まれるらしい。

9,964,275。ちょっと「おおっ」と思った。この男性はこれまでの最高額だ。ジャケットも時計もいいもののようだけど妙にゴールド率が高いから、水商売関係かもしれない。

わたしはそこで集中を解いた。通行人の頭上に浮かんでいた数字が、ぽ、と消えた。

「あー……やれやれ」

つい声が出てしまう。わたしは舌の上だけで小さく呟《つぶや》いた。「……何だろうね、この力」

1

全人口の半分くらいはそういう考えだと思うのであえて言うことでもないかもしれないが、好きな俳優やアイドルの私生活は見たくもないし知りたくもない。彼らは特別で別世界の人だから素敵なのだ。遠くから仰ぎ見ているだけなら美しい人でも、近付くにつれて素敵成分がどんどん薄れて最後には虹《にじ》のように消えてしまう。それが現実というものだし、好きな俳優やアイドルがトイレに行ったり屁《へ》をしたりしないのだと本気で信じて怒られない年齢はとうに過ぎてしまった。でもその一方で、現実を見ろ彼らにも毛穴があり体臭があり顔の皮膚には寄生虫がぶら下がっているのだぞと得意顔で講釈をたれる年齢もだいぶ過ぎているから、彼らはトイレに行かないのだという妄想を「嘘であると知りながら信じる」という器用な真似もできるようになった。というより、体臭などはむしろそれごと愛してやろうじゃないかと思えるようになった。包容力がついたのである。ただ単に悪化しただけかもしれないが。それでも、見なくていいものをわざわざ見ようとは思わないから、たとえばそこらでちょっといいなと思うような男性を見かけた場合でも、あまり聞き耳をたてたりまじまじと観察したりしないことにしていた。

だが、目の前の静《しず》先生に対してはそういう気遣いは全く必要ないらしかった。なにしろ、こうしてカフェのテーブルで向かいあってじろじろ観察してもまだ男なのか女なのか分からない謎の容貌《ようぼう》なのだ。わたしより背が高く声も低いのでおそらく男性だろうとは思うのだが、細身のパンツやよく見ると襟の形が面白くてどうやらわたしの知らない海外ブランドのものであるらしい白シャツからは、性別を判断する手がかりがない。持っているバッグまでユニセックスなショルダーバッグだし、どんなによく見ても喉仏《のどぼとけ》の有無が判然としない。鍛えているらしく、胸や尻《しり》を見てもぴしっと引き締まっているだけでやっぱり分からない。あるいは両性具有、天使のようなものなのだろうか。この人は。

天使を相手に、あまりに下衆《げす》で俗なわたしの能力について話すのは最初、気が引けた。わたしの能力は、「そんな力を身につけてしまうような人間の品性にも疑問符がつく」と、身上書を机上に置いた人事担当者の口調で言われかねないような能力だからだ。だってそうだろう。「凝視した相手の昨年の年収（手取り）が見えてしまう能力」なんて恰好《かっこう》悪いにもほどがある。まるで親元でさんざん甘え倒したあとはさっさと安定した男と結婚して仕事を辞めたいという、よくいる「悪い方の専業主婦志望者」の願望を具現化したみたいではないか。わたしは仕事を辞めない。年金暮らしの親にも今更頼らない。誤解なきよう。

とはいえ、会社のカウンセラーを通じて紹介してもらったこの静先生に相談しなければ、わたしはいずれ壊れていただろう。ほぼ一年前、この能力が自分に発現した時は「仕事のしすぎで頭がおかしくなったか」と、給与と保険だけで手一杯のところに新卒採用までやらせようとしてくる部長を恨んだ（人事部なのである）。「他人の頭上に青い光が見えるようになっちゃったんですけどこれって労災ですよね？」と訊《き》いてやろうかと、わりと本気で悩みもしたのだ。無論、そんなことをすればわたしが休職する羽目になってしまう。うちは休職中は給料が出ない。それに給与は山田《やまだ》さんと部長自身で組めばいいが保険まで山田さんに振ったら大人しい彼女は黙って壊れてしまうだろう。だから周りの人には言えなかった。しかしいざ相談してみると何のことはない。わたしのような奇妙な能力を発現してしまうことは一部学会で「異能症」と呼ばれ、すでに特殊な病気として認知されているのだという。およそ何だってそうだが、「悩んでいるのはわたしだけではない」と知ることは、精神衛生上とてもよかった。もっとも、話によるとこの能力、今のところ全くの正体不明で、人によっては能力者が宇宙を改変しているのではという仮説すらたてているのだそうだ。すごい話である。わたしは宇宙を改変している。他人の年収が手取りで見える宇宙にだ。

日差しがわりと暖かい日であるのだが、一月の下旬である。頭上にある傘型のヒーターがぶんぶん頑張っているとはいえやはり冷めるのが早いコーヒーをなんとなくかき回しながらぼけっと考えていると、向かいに座る天使、もとい静先生が柔らかい声で訊いてきた。「……何か、心当たりを思い出しましたか？」

「いいえ。……やっぱり以前話した通り、主な原因はあの父親だと思います。父親が実は無職で、しかもあちこちで借金作ってた、っていきなり知った時はもう、世界が崩壊したみたいな気分でしたから」

「お話を伺う限りでは、どうやらそれで間違いがないようですね。『年収を知りたい』というよりは、『目の前のこの人が実は生活能力がない人だったらどうしよう』という不安が原因、と解釈した方がいいですね」

「はい」そう言っていただけると下衆度が下がる気がしてありがたい。私は頷《うなず》いた。

わたしはこれまでの人生で二度ほど、「近しい人が実は無職で借金まみれだった」という事実にショックを受けた経験がある。最初は十七の時で、ある日学校から帰ると、青ざめた顔の母親から「お父さんが借金作ってた」と告げられた。驚くべきことに、父親は三年も前に会社を使い込みで首になっており、以後ずっと無職だったらしい。それから現在までの間の生活費はどうしていたのかといえば、借金をしたりたまたま競馬で当てたり、そうやってなんとか振り込んでいたのだそうだ。もちろんそんなもので三年ももつはずがなく、家族に言えないようなこともしていたに違いなかった。十七歳になっていれば、高校生のわたしにもそのくらいの想像はついた。

静先生には簡単に言ったが、その時のショックといえば、わたしの言語力で表現できる限界を二桁《ふたけた》くらい超えたものだった。どこにでもいる平凡な、そして優しい父親だとずっと思っていた父は「ちゃんとした人間」ではなかったのだ。しかも、わたしは知らないうちに、父が家族に言えないようなことをして稼いだ金で生活していたことになる。ひどいものだった。

つまり、まともそうに見える人でも、本当にちゃんと生活しているかどうかは分からないのだった。母言うところの「新しい、ちゃんとした父親」である継父《ままちち》だって、本当はちゃんと生活していないのかもしれなかった。母が「この人は大丈夫だから」と何度も言うので逆に不安にさせられた。あなたは前の父のことだってそう思っていたんじゃないのか、と言いたかった。それ以来わたしは、とりわけ男性を見ると、「こいつはちゃんと生活している人間なのだろうか？」と疑ってしまう癖がついた。新しく誰かと知りあっても、まずそこが気になった。そういう自分が嫌だったが、嫌だと思うとますます気になってしまうのだった。

で、それだけ気にしていたにもかかわらず、わたしはまた引っかかった。今度は友達から紹介された商社勤務だという男性で、三ヶ月ほどつきあった彼氏だった。デートすればあれやこれやと気を遣ってくれる一方、「家のハムスターが心配で」とか「今朝洗濯物を盗まれたから着ていく服がない」とかいった不思議な理由でデートそのものを断ってくることが多かったから不審に思っていたのだが、こいつもやっぱり使い込みをしていた。断っていたのはいずれも高い店に行くとか、そういうお金のかかるデートの時ばかりだったのだ。わたしが使い込みの星のもとに生まれたのか、それとも何か使い込みをするような男を引きつけるフェロモンでも出しているのか。その男がやたらと結婚を焦っていたことを思い出すと、今でもぞっとする。紹介してくれた友達とは今でも気まずいままだ。それが一年前。

以来、わたしは他人の年収（手取り）が見えるようになってしまったのだった。「この人は大丈夫なのだろうか？」と考えながら人を見ると自分の体が青藍色に光り、相手の頭上に同じ色をした数字がぴょこんとポップアップする。一の位まで正確な、昨年の相手の年収額である。

「……でも、最近は勝手に発動することがぜんぜんなくなりました。能力を客観的に見られるようになったからでしょうか」

「そうですね」静先生は頷いて微笑む。「小林《こばやし》さんは能力の制御もよくなさっています し、特に害のない能力です。何かに使えるかもしれない、くらいに考えておいた方がいいでしょう」

「あんまり使いたくはないんですけどね。でも確かに、友達の彼氏が嘘ついてるの、教えてあげたこともありますし」あの時はまだ能力が制御できていなかったのだが、そのおかげで友達には感謝されている。もっともあの男はそもそも持っているバッグからして偽ブランドだったから、能力に頼らずとも見抜けていたかもしれないが。「今の仕事辞めても、転職に役立ちますよね？」

「前向きで大変いいと思います。あまり周囲に知られない方がいい能力ではありますが、黙っていれば問題はないでしょうから、安心してください」静先生は頷く。「……やはり、手取りが正確に出る、ということで間違いがないのですね？」

「はい。申し訳ないけど会社の人でテストさせてもらったんです。わたしが給与明細を担当した人がまわりにいっぱいいるんで」

　プライバシーについては、ごめんなさいと頭を下げるしかない。とにかくわたしは自分の能力を正確に把握し、このわけのわからない能力の原理を探り、同時にこれから何に役立てていくかを考えなければならない。それが静先生と会っている理由の一つでもあった。

　そして、いろいろと検証を頑張った甲斐《かい》もあって、今ではこの能力について細かいところまで分かっている。頭上に出る数字はきちんと源泉徴収や保険料その他を天引きされた手取り額が基本だが、誰かから譲渡された分やギャンブルの当選金なども含む「収入」全額だった。借金など自分の収入でないものは含まれないようで、給料関係のトラブルで会社を辞め、聞くところによると消費者金融にも出入りしていたらしい人の数字はほぼ給与と同額のままだった。ただ、自分で事業をやっている人はどこからが経費か所得かはっきりしないからか数字がぼやけ、なんとなくの桁は分かってもきちんと数字が見えなかった。対勤め人限定の能力らしいが、これはわたしの父と元彼氏がそうだったからだろう。

「……でもこの力、どう役立てればいいんでしょうね。探偵に転職しましょうか。信用調査専門の」なにせ的中率百パーセントで一円まで当てられるのだ。「業界Ｎｏ．１になれるかも」

「年収が分かっても、それが分かった理由が説明できないと実用には向きませんね」

「……そうですね。じゃあ税務署のマルサとか？　でもわたし税務署嫌いなんですよね」

「他人から好かれることのない職務ですから、それに耐えられるかどうかも考えなければなりませんね」静先生はわたしの発想が微笑ましいのか、くすりと笑った。「すぐに転職しなければならないわけではありませんよ」

「……まあ、今の仕事に不満があるわけじゃないです。確かに」コーヒーを飲む。やはり少々ぬるくなっていた。

二週間に一回、わたしはこうして静先生に会い、体調や生活環境などについて話を聞いてもらっている。わたしのような「軽症」の例であれば気楽な場所の方がいいということと、そもそも先生は大学に籍は置いていても研究室を持っていないらしいことで、会う場所はだいたい外のカフェだ。それが趣味でもあるのか静先生はわたしの職場に近いマニアックなカフェをよく知っていて連れていってくれる。どの店も、お値段はともかく出てくるものがおいしくて雰囲気がいい。自宅に近ければ毎週末、ここで午後を過ごしたいと思うような店ばかりだ。しかも非公式ながら国から研究費が出ているとのことで、わたしはこれまで一銭も払ったことがない。わたしは十四日に一度のこの機会をいつも楽しみにしているし、静先生と話すようになってから能力もきちんとコントロールできるようになっていいことずくめだ。いいのだろうかと思うが、先生に言わせれば、貴重な症例なのだから当たり前なのだという。現在継続的に会っている患者の中には

「殺意を発するだけで人間を殺せる能力を持った子供」というとんでもないのもいるそうで、これは大変な緊張を強いられる。だからわたしに会うのは自分にとってもリラクゼーションなのだと、先生はそう言ってくれる。本当にそうなら嬉《うれ》しい。

静先生は私より先にケーキを食べ終え、うちの愛犬を膝《ひざ》の上に乗せて腹を撫《な》でている。喫煙席が店内に設けられていることもあって、オープン席にいるのは犬同伴のわたしたちだけである。うちの犬のことを話すと静先生は「リラックスできる方がいいでしょうから是非連れてきて下さい」と言っていたが、この季節にオープン席に座ってまで犬を連れてくることを勧めたあたり、要するに自分が触りたかったようだ。まあ、ヒーターの照射範囲内で縮こまっていれば快適ではある。わたしはおかわりをしすぎてそろそろトイレに行きたくなってきたのをなんとなくこらえながらコーヒーを飲む。実は食事中からずっと撫でたくて仕方がなかったようで、静先生はうちの犬を目を細めて撫で倒している。しかしやっぱり綺麗《きれい》な顔なので絵になる。通りを歩く人が時々先生を振り返り、「おおっ」という顔をするのも、まあ当然だろう。もう少し気軽な口調で会話してカップルを装えたらいい気分だろうにとも思うが、むこうはあくまで仕事として会っているのでこれは仕方がない。人見知りが激しく初めて会う人間は全員捕食者だと思っているかのように臆病《おくびょう》なうちの犬は、先生にはなぜかすぐに慣れ、今は腹を出して撫でさせており、どうやらこの人が有難くも無料で振りまいている癒《いや》しのオーラは動物でもちゃんと分かるらしい。不思議な人だと思う。某大学医学部の准教授。それしか知らない。だがわたしの出す光が見えているということは、この人も何かの能力者なのだ。癒しの能力なのだろうか。

などといろいろ想像を巡らせながら、わたしはふと、静先生に対して能力を使ったことはなかったな、と気付いた。この人の年収は一体いくらなのだろう。それが分かれば、謎につつまれ人間離れしているこの人のことが少し分かるかもしれない。

そう思ってつい能力を発動しそうになり、私は慌てて咳払《せきばら》いをすると「ちょっとその、お花を摘みに」[1]と平地ではあまり使われない言い回しをしつつ立ち上がった。うちの犬はわたしが席を離れても、先生の膝の上でダラダラしていてこちらを見もしなかった。現金なやつだ。

ドアを開けて店内に入り、勘違いした店員のいらっしゃいませを俯《うつむ》いてかわしてトイレに入る。少し頭を冷やさないと、静先生の年収への興味が抑えられなくなりそうだった。しかし先生も能力者である以上、わたしが能力を使えば発光でバレる。その場合、わたしが気軽に他人の年収を探ろうとするような人間であると思われる。仮にそうしたところで先生が怒るところは想像がつかないのだが、それでも御免だった。

だが用を足して洗面台に向かった私は、ふと思った。鏡を使って、自分に対して能力を発動することはできるのだろうか。自分の年収など知っているから仮にできたとして

1：登山用語。「花摘み」は女性がトイレに行く場合で、男性は「キジ撃ち」。

も「ああそうですよね」と思わされるだけだろうが、興味はある。

意識を集中し、鏡の中の一重瞼《まぶた》を他人だと仮定して「この人はちゃんとした人なのだろうか?」と考えてみる。すぐに頭の中で何かが膨らむ感触があり、わたしと鏡の中のわたしが当時に発光した。上体をそらして現れた数字を鏡の中に映し込み、わたしは素っ頓狂《とんきょう》な声をあげていた。

わたしの昨年の年収は把握している。賞与込みでだいたい手取り二百五十から六十万だった。

だが鏡の中のわたしの頭上には「10,563,350」という数字が浮いていた。

2

今でもたまに会う高校時代の友人に下村美紀《しもむらみき》というのがいて、こいつは「結婚するなら相手の年収は一千万以上がベスト。最低でも八百万は欲しい」とトンチキなことをのたまっている。バブル時代ならいざしらず、まだ二十代である彼女の感覚がなぜこうなってしまったのかよく分からない。今日び、五十代六十代を全部含めても年収一千万以上なんていう男性は五、六パーセント。八百万以上まで広げても十二、三パーセントしかいない。三十代までに限定すると八百万以上は四、五パーセントになってしまう。三十代の中央値が四百万ちょっとなのだ。ここからさらに既婚者を除き、さらに不潔ケチ醜男《ぶおとこ》マザコン犯罪者といった問題外のものもすべて除外して「まあ許せる」レベルの男だけに絞るとなると全体の一パーセントに満たなくなるだろう。となると迎え撃つこちらもせめて独身女性の上位二、三パーセント以内に入っていなければならない。二十八という年齢で、周囲に溢《あふ》れる「フェリス[2]出たての二十二歳」みたいなのを向こうに回して、である。非現実的だ。いつかそう言ってやらねばと思いながら、言えば喧嘩《けんか》になるからわたしはいつも黙っている。

だがこれからは喧嘩にならずに済みそうである。下村美紀がまた世迷言《よまいごと》を言ったらわたしが白い歯を見せて応《こた》えればいい。「わたしと結婚しようぜ！」と。

なんせ、わたしは年収一千五十六万三千三百五十円なのである。しかも手取りででである。そのわりに昼をバナナだけにして安くあげたり二回に一回の割合で「特に行く必要のない飲み」を断ったりしてなんとか貯金を作っているのが不思議でならない。なぜわたしは年収一千五十六万三千三百五十円でありながら百円ショップを愛好し電気のアンペア数を下げられないかと計画したりしているのか。これではまるで年収二百五十万から六十万程度の人間みたいではないか。残りの八百万はどこに消えた。浪費するダメ男とつきあったりパチンコ依存症になったり、そうでなければ部屋にキリンでも飼ってい

2：フェリス女学院大学。横浜にあるプロテスタント系の女子大。学生は才色兼備の淑女というイメージがあるが、卒業生は「そんなことないよー」と言う。

ない限りこんなことにはならないはずなのだが。

などと考えながらトイレを出てオープン席に駆け戻った。「先生、先生」

「はい」静先生はさっと真面目な顔になってこちらを見た。声をかける一瞬前まで緩みきった顔でうちの犬に何やら話しかけていたが、そんなことは今は重要ではなかった。

「どうしました？」

「いえ、その」わたしは席につき、うしろにテーブルを拭《ふ》く店員さんがいたのでなぜかいちごショコラパフェを注文し、それからトイレで目撃したものについて話した。「……わたし、そんなに高収入だったんでしょうか」

「まさか。そんなはずはありません」先生はばっさりと否定した。「しかし、能力が発動していながら間違いがあった、というのはまず考えられません」

「ですよね」

テーブルに肘《ひじ》をついて両のこめかみを押さえる。冷静に考えてみなければならない。

静先生も犬を撫でるのをやめ、それが考える時の仕草なのか、すでに空になっているカップの縁を人差し指でゆっくりとなぞった。

「……桁《けた》を見間違えた、という可能性は」

「だとするとわたしの年収、百五万になっちゃいます」

「餓死しかねませんね。……では表記が日本円でなかったとしたらどうでしょうか。たとえばそう、ハンガリーに行かれたことは？」

「だとすると何もしてないのに倍以上になったことになります」[3]

「よくご存じですね」

「たまたまこの前、ネットで見てたんです。世界経済に興味があったので」

「いい趣味をお持ちです」本気なのかどうか分からないが静先生は微笑んだ。「しかし、確かに一千五十六万三千三百五十円だというのですね。昨年のあなたの年収が」

「そんなわけないっていうか、なんか理不尽なんですけど」

「分かります」先生は頷《うなず》いた。「何か臨時収入があったことをお忘れではありませんか？　たとえば富くじのようなものを買っていた、など」

「富くじ」硬い言い方をなさる。「……いえ、ないです。宝くじとかって、買うと損なんですよね？　たしか」

「期待値的には」先生はやはり硬い言い方をした。「ですが、もし今買ったこれが大当たりしたらどうしよう、と考える楽しい気分はプライスレスですから」

「ま、そうですけど」こっそり二、三枚だけ買うタイプなのだろうか。

わたしはいちごショコラパフェが来たのでとりあえずスプーンを取った。「……わた

3：ハンガリーの通貨は「フォリント」。1フォリントがおおよそ0・4円（二〇一七年五月現在）。1000フォリント札のマーチャーシュ一世を始めとして、印刷されている肖像画は音楽室のベートーヴェンのような感じのものが多く、怖い。

し、臨時収入のあてなんかありませんよ。ギャンブルとか株とかFXとか、全くやってませんし」

「どなたかから何かを譲り受けたりは？」

「ないです」即答し、アイスのうちストロベリーソースのかかった部分をごっそり取って頬張りながらあらためて考える。「……やっぱりないです。そもそも口座のお金、増えてませんもん」

「ふむ。一九八九年四月に川崎《かわさき》市の竹やぶから合計二億二千万円の入ったバッグや手提げ袋が見つかったという事件がありましたが……」静先生はわたしを見る。「竹やぶにお住まいではありませんよね」

「マンションの三階です」わたしも頷く。「うち床下とか、そもそも他人が何か捨てていくような場所がないです」

「宝飾品の形で、ということも考えられますが」

「それはないです」わたしは首を振った。「宝くじなんかは知りませんけど、売って換金しなきゃいけないものとか、相場が変わるものは年収に入らないみたいなんです。うち、去年親御さんがなくなってアパート相続した人がいますけど、その人の年収、むしろ相続税で減ってましたもん」

「手取りの形で見えるということは、換金した時に初めて算入されるのかもしれませんね」静先生は、わたしが職場の人に能力を使っていることについてはつっこまないでいてくれた。「となると、一時的にどこかから振り込まれて、すぐに引き出されたか……ご両親などがそのようなことをした可能性は？」

「ないです。そもそも、そんなのわたしの『収入』じゃないですよね？」

「能力の趣旨から考えれば、そういったただの『入金』を年収に数えてしまうのは、最もありえないことでしょうね」先生は膝《ひざ》の上でだらしなく口を半開きにしているうちの犬を撫でつつ、ふうむ、と唸《うな》る。「口座の中身がいつの間にか減っていた、というのなら犯罪だと分かりますが、増えていた、というのは……」

静先生と二人で腕を組む。なぜ頼んでしまったのか分からないいちごショコラパフェを頑張って食べすぎたせいで、体が何やら寒い。

「……分かりませんねえ」

「うちに帰って、いろいろ確認してみます」

遠くで烏が一羽、かあ、と鳴いた。

「……だから、そんな近い親戚《しんせき》じゃなくても、もしかしたらっていうレベルでもいいんだけど」

――ないわよそんなの。何よそれ。何？　お金がないの？

「あるよ。ちゃんと働いてるもん」

――ならどうしていきなりそんな話するのよ縁起でもない。とにかく、人のお金を当てにしたいなら、当てになるような旦那《だんな》様を早く見つけなさい。

「してないって。ちょっと気になっただけ。はい。ありがとう。切るからね」

携帯の画面をたあん、と叩《たた》き、電話を切る。父の方は何も言わないのだが、母は最近、電話するたびに「いい人見つかった？」と訊いてくる。今回もどうせまた訊かれるのだろうなと思ったら予想通り訊かれた。どうも三十近くなって独身の娘は「先の生活のことをちゃんと考えていない」と映るらしい。先のことはちゃんと考えているし貯金もしている。ただ結婚の話がないだけである。

無論、母に小言を言われるために電話をしたのではない。親戚に死んだり気まぐれを起こしたりして、わたしに何かくれようとしている人がいるのではないか、ということを訊いてみただけである。予想通りバリンジャー隕石《いんせき》孔にテニスボールを投げ入れたかのような手ごたえのなさで、わたしはやれやれと溜《た》め息をついた。異能症のことは話していない。頭の古い人だから、わたしがおかしくなったと決めつけるだろう。そして「いつまでも独り身だから」云々《うんぬん》と言うのだ。話すものか。

携帯をベッドに放り出し、天井を見上げる。突然出現したわたしの八百万の正体は、一体何なんだろう。昨年、不意の入金などなかった。源泉徴収額も二百五、六十万を前提にしていたし、銀行預金以外にわたしは何ら資産と呼べるものを持っていない。あるのはこの犬くらいだろうか、と、わたしはクッションの上の定位置でだらあんとしている愛犬に視線を移す。こいつが金の卵でも産むのだろうか。だがそういう、換金しなければならないものではないはずなのだ。それ以前に犬は卵を産まない。

……待った。銀行預金。

わたしはようやく一つ忘れていたものを思いだして、テレビ台の下で眠っていたノートパソコンを引っぱりだしてローテーブルの上に据えた。LANケーブルは接続してあるがアップデートが溜まっていて、ネットにつなぐまでに再起動しなければならないのがなんとももどかしい。気持ちを落ち着かせ、同僚の中国土産でもらった甜《てん》茶がいいかげん古くなっているのを思い出して淹《い》れることにし、カップを持って台所から戻るとようやく再起動が済んでいた。すぐにネットにつなぎ、昔なんとなく作ったものの、怖くなってしまって千円だけ入れたまま放置していたネットバンクの口座にログインする。ログインIDを忘れていて二回もエラーが出たが、口座の残高はきちんと表示された。

普通預金残高　8,001,002円

わたしはしばらくの間、ローテーブルの前に正座したまま動けなかった。カップの甜

4：アリゾナ州にあるクレーター。直径約1・5キロ、深さ約170メートル。航空写真で見るとなぜか不安を覚える巨穴。

茶がたてる湯気がふわりと動き、消える。

……あった。

だが、この金は一体何だ。

全く身に覚えのない金額だった。わたしは混乱と不安で、ただ画面の見間違いではないかと思って目を凝らしていた。見間違いではないし、表示ミスでもなかった。最初に入れた千円はそのままなのだ。二円は利息か何かだろう。だがそれ以外に、いきなり謎の八百万円が振り込まれている。静先生の言う通り、能力は間違っていなかったのだ。

甜茶のカップに手を伸ばし、その熱さでようやく少しだけ冷静になったわたしは、画面を切り替えてこの八百万円が振り込まれた日を探した。そもそも動きの全くない口座だからすぐに分かった。振込があったのは十二月十八日。身に覚えのない日だった。その前後に何か特別なことがあった記憶はない。悲しいことにクリスマスにもなかった。ただ「今日だけはいいや」とばかり、ケーキをホールでごそっと買ってきて、二日かけて削って平らげ、これはやりすぎたな、と後悔したくらいだ。そんなわたしを憐《あわ》れんだサンタクロースがプレゼントをくれたのだとしても、振込が十八日では時系列がおかしい。

十二月十八日の欄には、振込者が「サトウ　ダイスケ」と表示されている。全く覚えのない名前だった。同僚に一人、高校時代と大学時代の友人に一人ずつ「サトウ」はいる。だが名前が違う。あるいは結婚して佐藤姓になった男性が身近にいただろうかと考えたが、そもそも記憶にある「ダイスケ」は高校の担任とかそういったもので、わたしに八百万も、しかも何の断りもなく振り込んでくれるはずがない相手だった。そもそもわたしに振り込むなら、どうして普段使っている都市銀行の口座ではなくこちらなのか。こっちの口座は何年も放置して埃《ほこり》が積もっているし、そもそも作ったこと自体、覚えている限り誰にも話していない。銀行の人間以外は存在すら知らない口座だったはずだ。

画面を見る。「サトウ　ダイスケ」という名前はあまりにありふれている。偽名ではないか。

そう考えた瞬間に背筋が冷えた。これは何か、危ないものが絡んでいるのではないか。

「……いや、竹やぶの二億二千万かも」

自分にそう言い聞かせるように、そう声に出して呟いてみる。静先生と別れた後に検索してみたのだが、川崎のあの事件は結局、税金逃れのために現金を捨てていったという真相だった。これもそういうものなのだろうか？　だとしたら、わたしはこの預金をどうすればいいのか。

「……使うぞ、こら」

そう呟いて、今買いたいあれこれを思い浮かべてみる。全く気が休まらなかった。実際その状況になってみて初めて分かった。身に覚えのないお金をもらっても、人は不安になるだけなのだ。それともわたしが、自分で思っていたより真面目だったのだろうか。

時計を見ると、もう午後十時になっていた。

風が吹いたらしく窓がかたりと鳴る。わたしはそれだけで少しぎくりとした。怖い話でも聞いてしまった後のように神経が過敏になっていた。カーテンが少し開いていることが気にかかり、立ち上がる。得体の知れない不安が、窓に映るわたしの周囲をうねっているように見えた。わたしはなんとなく窓ガラスに近付き、表の通りを見下ろした。いつも夜中まで点滅しているが一度も入ったことのないラーメン屋の看板に、街路灯の黄色い光。

その下で、男がこちらを見上げていた。

あれ、と思った時には、男はもうくるりと背を向けて通りを歩き出していた。黒っぽいダウンジャケットを着た、普通の男だ。

確かにこちらを見上げていた。遠いので目が合ったかどうかは分からない。

……今の、何？

うちは五階建ての何の変哲もないマンションだ。周囲に目を引くような何かはないし、まわりの窓もみんなカーテンが閉まっている。見上げる理由なんて何もないはずだ。なぜ見上げていたのだろう。それに、わたしが見下ろした途端に背を向けて歩き出した。逃げたのだろうか。

だとしたら、あの男はうちを見ていたのだろうか。

言いようのない不快感が背中をせり上がってきた。気持ち悪い。何だ、あの男は。いきなり振り込まれていた八百万円。それがなぜかわたしの「年収」になっている。

そして、うちを見上げていたらしい見知らぬ男。

カーテンを閉めて窓から離れた。自分の部屋の静けさが耐えがたく不安だった。一体、わたしに何が起こっているのだろう？

3

いくらなんでもそのまま放置しておくことはできず、かといってお気楽に引き出して使ってしまうこともできず、わたしはとにかく静先生に相談しようと思い、翌日の日曜日、朝に電話をかけて事情を説明した。前回会った時に出張に行くという話を聞いていたのだが、それはどうも今日からのことであるらしく、先生からは困った声で返答があった。

——タイミングが悪かったですね。私は今日から出張で、十時には出発するのですが。

「あ、そうなんですか。どこですか？」

——ロンドンです。

遠い。「いえ、でしたら帰ってきてからでいいです。すみません日曜の朝から」

——お気になさることではありません。もう九時ですよ。

朝だ。「ご出張って、何日までなんでしょうか」

——ロンドンには四日間、いられるのですが……。

どうも楽しみにしているらしい。しかし先生は電話越しにふうむと唸《うな》った。

――やはり心配ですね。とにかく一度お会いした方がよさそうです。

「でもこれからもう出発なんですよね？」

――いえ、すぐに来ていただければ十五分はお会いできます。品川駅《しながわ》まで来ていただけますか。

情熱的なことだ。しかし助かる。「ありがとうございます。分かりました。じゃ、品川駅構内の時計の下でいいですか」

――そうですね。ですが、品川となると……。

「あ、まずいですか？」

――いえ、駅近くのいいお店が思い出せないのです。コンコース内のあそこは混んでいますし、高輪《たかなわ》口のあちらもコーヒーはそれほど……。

「……いいですよ。どこでも」急いでいるのかいないのか分からない。「じゃ、とにかく急いで行きます」

わたしは急いで部屋着を着替え、マンションを飛び出した。


「……そういうわけで、親戚とかにも特に何もなかったんですけど」

「振込の前後で全く連絡がない上に、小林さんからも一ヶ月以上連絡をしていないわけですよね。それなのに『サトウ　ダイスケ』氏からは、問い合わせ一つない」

最後の方は走ってきたのでまだ少々息が上がり気味なわたしと対照的に、静先生はしっかりニューヨークチーズケーキを頼み、コーヒーを味わっている。「とすると、誤振込か無作為の振込か、あるいは先に金銭を送りつけることで何かを請求する、ネガティヴオプション[5]の一種か……」

「間違って振り込まれたお金って『年収』に含めちゃっていいんですか？」

「誤振込の場合でも、所有権は振込を受けた口座名義人に移る、という判例があります」どこでそんな勉強をしてきたのか、静先生は即答した。「ですが当然、その分は不当利得返還請求の対象になります。……つまり、間違えて振込んできた人が請求してきたら、返さなければならなくなるのです」

「それだと……わたしの能力は『年収』に数えないでしょうね。振込んだ人に請求するつもりがないなら、別ですけど」すぐ返さなければならないような入金は「収入」では

5：ネガティヴオプション商法。「送りつけ商法」等とも言う。いきなり勝手に品物を送りつけ、「代金払え。返品する場合は〇日以内だ」とか言ってくるやり方。だいたい日持ちしない生もの等を送りつけてくる。もちろん払わなくてよく、送られてきた日から二週間、または引取請求をした日から一週間が経ったら、品物も処分してしまってよい（特定商取引に関する法律第五十九条一項）。

ない。そこははっきりしている。

「小林さんの能力が発現した経緯からすれば、当然、そうですね」

一体いつ口に運んだのか、先生はもうケーキを食べ終えていた。どうやらこの人には、カフェに入った以上意地でもコーヒーなりケーキなりを楽しまなければならぬ、という固い信念があるらしいのである。

わたしは頭を巡らせる。なにしろあと九分しか時間がない。「じゃ、さっきおっしゃった『無作為』ってやつじゃないですか？　いらないお金があって、誰でもいいから適当な人の口座にあげちゃえ、っていう」

静先生はあと九分でも優雅にカップを傾けている。「それでしたら、むしろどこかに寄付するのが自然ですね」

「税金逃れとか」

「その場合は現金にしてどこかに隠すでしょう。口座上の資産のやりとりはすべて記録に残りますから、脱税の手口には不向きです」

「じゃあやっぱり、その……何か犯罪関係の？」

静先生は肯定も否定もせず、沈黙した。わたしとしてはその可能性はあまり考えたくなかったのだが、もう残ったのはそれしかない。

「……たとえば、『振り込んだ金を勝手に使った』って言いがかりをつけて絡んでくるとか」

「口座に記録が残っているので、無理だとは思いますが……」先生は音をたてずにソーサーにカップを置き、わたしを見た。「……小林さん。やはり私はこちらにいた方がいいのではないでしょうか。どう考えてもこれは異常な状況です。あなたの身が心配です」

「いえっ、いえいえいえ。そんなにしていただくことないですよ」

「出張など今から連絡しても取りやめにできます。いざという時に、すぐにお会いできない場所にいるというのは、どうも……」

「いえいえいえ。大丈夫ですって」身を乗り出す先生を押しとどめる。「これまでずっと何もなかったんですから。まさか先生のいない何日かの間にいきなり何か起こるなんて、ないですよ。大人しくしてますから」

先生はまだ納得しない様子ではあったが、腕時計を見ると、眉《まゆ》をひそめた。「……そうしていてください」

「はい。それはもう」

窓の外からうちを見上げていたらしき男の話はしていなかった。わたしの勘違いかもしれないのだし、能力やネット口座のことに関係があるのかないのかもまだ分からない。一応、耳に入れておこうかどうかと迷いはしていたのだが、今それを言ったら先生は即、携帯で出張取りやめを打診しかねない。やめておいた。

「……もう時間です。あと四分しかない」静先生は困ったように言う。「仕方がありません。私が戻るまでは、くれぐれも自重していてください。何かあったらすぐ私の携帯に電話を入れるようにしてくださいね」

「はい」何もしていないのに叱られているようである。「あと四分って、あのぅ、それ、電車の発車時刻までじゃないですよね？」

「いえ、発車時刻です。……それでは」

静先生はそう言うとさっとトレイを返し、風のように去っていった。間にあうのだろうか。


わたしは午前中に品川まで出てきたものの、特に何もせず帰ることになった。帰り道、多少の買い物は試みたのだが、結局、謎の預金残高のことが気になり、気がつくと店頭に吊《つ》られているニットを摑《つか》んだまま固まっていたりした。そもそも何も買いたいものが思い浮かばなかったので、買い物は諦《あきら》め、自宅の最寄駅近くで本屋にだけ行った。家に帰って楽な恰好で横になって、ノートパソコンをいじりつつ預金残高の正体をいろいろ推理するのがいちばんいい気がした。そしていざそうなってみると、静先生が出張でいない、ということが妙に心細く感じられた。問題の口座を管理するひまわり銀行のネット事業部に電話で問い合わせてみようか、とも考えたのだが、なんだか余計な勘ぐりをされそうなのでやめた。もしかしたらわたしの中にはそれだけでなく、「せっかくだから黙っておいた方がいいんじゃないか」と小狡《ずる》く考える部分があるのかもしれなかった。しかしまあ、いきなり濡《ぬ》れ手に粟《あわ》で八百万、などと言われたら、大金持ちとか皇族なんかでない限り誰でも少しはそうなるだろう。

などと自分に言い訳をしながら駅前通りを自宅に向かっていると、横から声をかけられた。

「すみません。小林千尋《ちひろ》さんでしょうか？」

ただ声をかけるだけでなくいきなり名前を言われたので、わたしは立ち止まって振り向いた。スーツを着てその上に黒とグレーのダウンジャケットをそれぞれ着た男性の二人組だ。サラリーマンなのかそうでないのかよく分からない印象。しかしだいたい、駅前通りで声をかけてくるようなやつはろくな用件ではない。キャッチセールス、化粧品詐欺に美術品詐欺。でなければＡＶに出ないかという誘い。しかしこの人はわたしの名前を呼んだ。

「……どちら様ですか」

見覚えのない相手だ。名前を訊かれてもイエスともノーとも言わないことにした。

「ああすいません」歳上に見える黒のダウンの方がポケットを探り、名刺を出してきた。

「佐藤《さとう》興産の水田《みずた》と申します」

名刺を受け取る。佐藤、という名前が気になった。「……何の用ですか」

「小林千尋さんですよね？」

「ですから何の用ですか」グレーの方が黒の横に並んだので、なんとなく威圧感を覚える。

「預金口座の確認に来ました」黒の方は微笑んで言った。「うちの会社名義で、あなたの口座に誤って振込があった件で、ご相談に」

「振込……」ありました、と頷いた方がいいのか、あくまですっとぼけた方がいいのか分からない。「……振込、ですか」

「ひまわり銀行ネットに、口座をお持ちですよね」黒の方は手続き通り、という調子で言った。「口座番号は４９７……」

「ああ、分かりました分かりました」こんな往来で口座番号を全部言われたくなかった。

「わたしの口座です。それが何か」

黒の方はグレーの方と頷きあった。「昨年の十二月十八日、この口座に八百万円が振り込まれていることはご存じですよね？」

わたしはまだ未練がましく黙っていたが、黒の方はわたしの沈黙など屁《へ》でもないという様子で続けた。

「実はそれが当社による誤振込というわけでして、そのままにしておくわけにもいきませんから、大変ご迷惑をおかけしますが、元の当社の口座に戻す手続きにご協力いただきたいのです」

「戻す……」

「誤振込の場合、振込元金融機関から振込先金融機関を通じて、組戻《くみもどし》という手続きが必要になるのですが」黒の方はわたしを見据えたまま喋《しゃべ》った。特に睨《にら》んでいるわけではなかったが、有無を言わさない表情だった。「それには口座名義人の方の承諾が必要になるわけでして」

グレーの方と合わせて、左右から挟まれるような恰好で見下ろされている。わたしは頷くしかなかった。「……それは、分かりました」

「では少々書面へのサインなどもありますので、あちらの喫茶店までちょっとお願いします」

黒がそう言うと、グレーの方は私の横に回り、さあ、と促した。

「あの……」仕方なく歩く。

「もちろん承諾は義務ではありませんが」黒の方はグレーと反対の方に回り、わたしを両側から挟んだ。「拒否された場合、裁判所を通じて不当利得返還請求訴訟を起こすことになります。もちろんその場合、こちらからの請求額には訴訟費用と利息と慰謝料が上乗せされます」

慰謝料。嫌な言葉だった。裁判になったら、わたしが口座のお金をがめていたという扱いにされてしまうのだろうか。

「もちろんこちらとしましては、そこまでするのは申し訳ないということで」黒の方は店の場所を知っているらしく、どんどん路地に入っていく。「ですからこの場で、書面だけで済ませた方がね、まあ、お互いにとって有益かと思いまして」

この二人の様子からして、どうやら、私が承諾を拒否する気にならないうちにさっさと手続きをしてしまおう、ということのようだった。確かに静先生も言っていた。わたしには拒否して彼らを困らせる余地があるのだ。だがその場合は訴訟になるという。となると、二人に従うしかなかった。振り込まれた八百万の存在を知ったのはつい先日である上に、わたしはこれを自分のものにしてやろうなんていうつもりは毛頭……まあ、指先程度しかなかった。それなのに慰謝料請求などされてはたまらない。

わたしは黙って歩き、黒の方が開けた喫茶店の入口を仕方なくくぐった。それからすぐに、くぐったことを軽く後悔した。午後二時になっていたが、隅の棚に古い漫画雑誌が積み上げられ、ひと目でイミテーションと分かる観葉植物の鉢がうっすらと埃を積もらせている薄暗い店で、静先生ならコーヒーとケーキが絶品でない限り絶対に入らなそうなところだった。実際に人気はないらしく、陰気そうなマスターが一人でグラスを磨いている他は、一人も客がいない。

黒とグレーはさっさとわたしを観葉植物で遮られた奥の席に連れていき、黒はわたしの正面に、グレーは隣に座った。なんで隣に座るのかと思ったが、座るな、と言って喧《けん》嘩腰《かごし》になってしまえばわたしが悪役になってしまうかもしれない。

「コーヒーでいいですね」

黒の方はダウンジャケットを着たままで（そういえば店内は暖房があまりきいていな

い）、わたしの意向など端《はな》から聞くつもりはないといった様子で決めた。

「あの……」

そんな喧嘩腰にならなくても承諾します、と言おうとしたが、そう言うこと自体が何か喧嘩腰になってしまいそうで言えなかった。何より、二人とも体格がよくて怖い。

それを実感した瞬間、ようやくわたしは自分のうかつさに気付いた。何もこいつらが指定する店についていかなくても、もっと明るくてひと目のある普通の店にすればよかったのだ。書類にサインするだけなのだから。

この店で男二人と座りながら長々と居座る気はしなかったので、わたしはコートも脱がなかった。黒の方もわたしに対して「上着を」云々《うんぬん》の気遣いは一切見せなかった。さっさと済ませて終わりにしたいのはむこうも同じらしい。

「サインしていただくのは委任状になります。我々がいただく委任状は八百万の引き出しについてだけで、本来なら慰謝料その他もあるのですが、それは手間になるので今回はなしで結構です」

そう言いながら鞄《かばん》をごそごそと探っている黒の方を見て、わたしは初めて不審に思った。こいつらは本当に、「サトウ　ダイスケ」の口座名義人なのだろうか？

名刺はもらったが、あんなものはいくらでも偽造ができるし、そもそも「佐藤興産」という会社が本当にあるのかどうかも分からない。だいたい、こいつらの言うようなただの誤振込なら、わたしの能力は「年収」と数えないはずなのだ。

そしてわたしは、重大なもう一つのことに気付いた。

……そもそもこの二人は、どうして私を捕まえられたのか。

この二人はわたしを「訪ねてきて」いた。ということはわたしの住所を知っていたのだ。確かにひまわり銀行の方には住所なども教えている。だが金融機関が顧客の個人情報を本人に無断で漏らすはずがないのだ。それならこの二人は自分で調べたのだろうか。なぜそこまでするのだろう。まずはひまわり銀行を通してわたしに連絡をとろうとするのが普通ではないか。

だいたいこの二人は「サトウ　ダイスケ」からの振込の事実は知っていても、自分たちが口座名義人だという証拠は一つも見せていないではないか。この二人は一体何者なのだろう？

まともに訊いても答えるはずがないと思ったが、わたしは自分の能力を思い出していた。目の前の黒と隣のグレー、二人に向けて、「この人はちゃんとした人間なのだろうか？」という不安感をぶつけてみる。二人の頭上に、青藍色の数字がぽこんと浮かんだ。

0

二人とも同じ、この数字だった。

4

「どうしました」

黒の方から言われて慌てて視線をテーブルに落とす。委任状がわたしの前に、こちらを向けて置かれていた。傍らにボールペンもある。

黒の方が委任状の下部を指さす。「そこにサインと印鑑をくれれば結構です。印鑑は持ってますか」

「いえ……」

本当は持っていたが首を振った。ちょっと待って、と言いたかった。しかし黒の方は「ではサインだけでも結構です」と言ってボールペンを取り、差し出してくる。

どうしよう。

黒い方はボールペンを差し出したまま動かない。いつまでもこのまま待たせておくわけにはいかないのだが、明らかにわたしがそう思うことを狙ってやっている。やはりおかしい、と思った。まともな人間はこんなことはしない。ボールペンを出したとしても脇に置いておくだけだ。

上目遣いで黒とグレーの頭上を窺《うかが》う。「0」という数字はやはりそのままだった。能力が反応した以上、この二人は仕入れなどをする事業者ではなく、おそらくは勤め人のはずだった。だが「0」ということはつまり、この二人には昨年、給与が一銭も払われなかったのだ。どういうことだろう。「佐藤興産」という会社は一体何なのだろうか。しかもこの二人、昨年一銭も給料をもらっていないにしては普通のスーツを着ているし、わたしの住所を調べたりしてお金を持っている様子がある。収入はあるはずなのだ。

収入はあるはず。なのに、わたしの能力では「0円」とされる人間。

「早く書いてください。こっちも忙しいんだ。それとも拒否するんですか」黒の方がボールペンを突きつけてくる。「拒否したら慰謝料ですよ」

目の前に突きつけられたボールペンの軸から目をそらしながら考えた。収入があるはずなのに「0円」扱いされるということは、それはまともな収入ではないのだ。たとえばわたしの能力では借金はカウントされないし、請求があれば返さなければならないような金銭もカウントされない。だとすれば、たぶん犯罪による不法な収入もカウントされない。捕まれば返還せねばならないし、父や元彼の使い込みが発現のきっかけになったわたしの能力が、そんな収入をカウントしてしまうとは思えない。

二人とも「0円」だ。つまりこいつらは少なくとも昨年の一年間、すべて不法な収入で暮らしてきたことになる。詐欺師。暴力団員。どちらだろうか。どちらも大差ない。そういえば、なんとなくスーツを着慣れていないように見える。

サインをしてはまずい。そう思った。こいつらはわたしを丸めこんで、口座の八百万円を奪おうとしている。よく考えたら、銀行から引出をするにしても振込をするにしても、委任状一つでさせてしまう銀行があるのだろうか。銀行届出印とか身分証明書が必要になるのではないだろうか。こいつらはそれをどうするつもりなのだろう。偽造するつもりなのだろうか。

　そしてもっと重要なのが、ここで一度言うことを聞いてしまったら、これから先、わたしがターゲットになる可能性があるということだった。やつらが本当にひまわり銀行ネットの八百万だけで満足して、わたしの他の預金には一切手を出さないという保証などどこにもないのだ。サインしてしまえば「わたしのサインのサンプル」がこいつらの手に渡る。それをもとにサインを偽造されるかもしれないし、そういえばこの委任状、署名欄とその上の行の間に何センチも空白がある。空白のところで切って別の文章を書き込めば、全く身に覚えのない委任状ができてしまう。

「おい」黒の方の声色が変わった。「早く書けよ。裁判所行くか？」

　隣のグレーの方からも睨まれているのが分かった。わたしはさっと視線を動かし、店の中を見た。マスターはこちらを見ないどころか、奥に引っ込んでしまった。もしかしたらグルなのかもしれない。そうでなくても、この店は前からこいつらの「仕事場」で、わたしはそこにのこのこついてきてしまったのだ。

　逃げなきゃ、と思う。サインを断れば何をされるか分からないが、サインしても自分が無事でいられる保証はない。逃げなくてはいけなかった。だが相手はこちらの住所を知っている。逃げたところで家に来られてしまう。わたしはもう一度後悔した。こんなことなら静先生を引き留めておけばよかったのだ。先生は今頃、機上の人だろう。

ドアベルが、がちりがちりと濁った音をたてた。わたしはずっと水底にいて初めて息継ぎができたような気分でそちらを振り返った。観葉植物の鉢越しでよく見えなかったが、ハーフコートを着た男の人が一人で入ってきて、勝手に席に着いた。

とっさに能力を発動させていた。新たに入ってきて、店員の姿を探しもせずにコートを脱ぎ、メニューを開いている男の人の頭上には「4,787,200」という数字が出ていた。この人はまともな人だ。いや、本当にそうかどうか分からないのだが、少なくともこいつらの仲間ではない。

「よそ見をしてないで早く書いてください」

振り返ると、黒の方はまだボールペンを差し出していた。口調が少しまともに戻ったということは、こいつも新しく来た人を意識しているのだ。

助けを求めようか、とも思った。だが無関係のあの人にどうやって説明するのか。説明したところで一体どうやって助けてもらえるというのだろう。暴力を振るわれているわけではないのだから、この二人に「こっちの話だ」と言われてしまえばそれまでだ。そもそも席を立てるのだろうか。家は知られている。こいつらを怒らせたらその後、何をされるか分からない。

恐怖と絶望感で泣きたいような気分だった。わたしはこれからどうなるのか。お金は渡すから許してくださいと言ったところで、こんな連中だ。ヤクザに一度でもお金を渡してしまったら、後からあれやこれやの理由をつけて骨までしゃぶられる。そしてそれはわたしの骨だけじゃなくて、場合によっては家族や友人にも及ぶだろう。では、払わないことも払ってしまうこともできないのだろうか。

それでも未練がましく視線を泳がせる。マスターはいつ注文をとったのか、いつの間にかカウンターの中にいてコーヒーを淹《い》れている。だがあくまで俯いている。助けてくれる気配はない。観葉植物だの謎の衝立《ついたて》だのが邪魔になって窓は覗《のぞ》ける程度にしか見えない。窓の外に男の人が立っている。もちろん声は届かないし、店内の人以上に当てにならない。

なのに、わたしはなぜか能力を発動していた。窓の外の男の人の頭上に「4,787,200」という数字がぽこんと現れる。

あれっ、と思った。この数字はどこかで見たことがある。

考えるまでもなかった。わたしは今度は、不審に思われるのも構わずに、入口近くの席に座っている方の男の人に再び能力を使った。4,787,200。全く同じ数字だ。

――けっこうもらっている。それに、同じ数字。

記憶を探る。たしか、前にもこういうケースがあった。ということは……。

「おい」

隣のグレーの方に脇腹をどやされる。だが、それを無視してわたしは立ち上がっていた。

「どこ行く」

黒の方が椅子を倒さんばかりにして立ち上がる。私は「トイレ」と大きな声で言った。二人が動きを止め、黒の方は「あ？」と言い、グレーの方は舌打ちした。

わたしはバッグをテーブルの下に残したままさっと動いて席を立ち、文庫本を出して手に持ったまま、眉を上げてわたしを見ている男の人に言った。

「助けてください。後ろの二人に脅されてるんです！」

男の人は一瞬、不審げにわたしと後ろの二人を見比べた。「おい」という声が後ろから飛んできた。

だが、男の人の反応は速かった。開いていた文庫本をぱたんと閉じると、さっと立ち上がって私の隣に来た。「詳しく話してください」

窓の外にいる方の人も店内の様子を見て、入口に向かって歩き出した。

思った通りだ。この二人は警察官だ。わたしか、ダウンジャケットのあいつらを見張っていたのだ。

わたしの勝ちだった。

5

四日後、仕事を上がった七時半過ぎ、ロンドンから帰ってきた静先生と例によってオープンカフェのテラス席で会った。この寒いのに、しかも夜なのにわざわざうちの近くのオープンカフェということは要するに犬を連れてこいということなので、わたしはその通り、一度帰宅してから犬を連れて出てきた。ワインの充実した店なのでお茶ではなくディナーになったが、先生いわくここは焼菓子もおいしいらしく、帰りに買っていこうと思っている。テラス席なのが少々辛《つら》く、店長も「中の席も空いていますが」と心配していたが、かぼちゃのスープとラザニアの温かい夕食は、外で食べるとよりおいしかった。

今回、静先生はロンドン土産と言って、ユニオンジャック柄のパッケージがされた巨大な板チョコ[6]を渡してくれた後、ほとんど喋っていない。例によって「一体いつの間に」というタイミングで食事を終え、うちの犬を膝の上に乗せて撫でているだけである。なにしろ、わたしが報告することが多すぎるのだ。

「……つまり、『給料が全く同じ二人組』だから私服警察官だろう、というわけですね」

「はい。前、交番のお巡りさんを能力で見た時のことを思い出したんです。確率は低いですけど、公務員なら俸給も手当ても決まってるから、同期で同じ部署の人同士なら額が全く同じっていうこともありますよね」

「私服警察官はあなたと暴力団員二人の、どちらをマークしていたのですか？」

6：海外の板チョコは大抵、下敷きのようにでかい。

「ヤクザの二人の方だったそうです。店が空《す》いてたから入るのを躊躇《ためら》ってたそうですけど、わたしを心配して監視しててくれたんだそうです」

まさかこんな形で自分の能力が役に立つとは思っていなかった。だが、刑事さんたちは黒とグレーの二人組を恐喝罪の現行犯で逮捕してくれた。実際に、彼らの口座に八百万を振り込むことについての委任状を書かされていたところだったからだ。

だが刑事さんたちは、あの二人組をただの恐喝犯として逮捕したのではなかった。彼らは三ヶ月前、某所で発生した殺人事件の容疑者でもあったのだ。

「わたしの口座の八百万円、人殺しの報酬だったみたいです」ラザニアにフォークを刺す。表面は冷めたもののまだ中のミートソースが温かく、猫舌のわたしにはちょうどいい。「依頼人がそそっかしい人で、あのヤクザたちに人殺しを依頼したくせに、報酬を間違ってわたしの口座に振り込んじゃった、っていうことらしいです」

刑事さんから聞いたところによれば、おそらく報酬の半分を前金として払い、ヤクザ達が殺人を済ませた後の残りの半分がわたしの口座に振り込まれたのだろう、ということである。つまり総額で千六百万円。仕事としては随分高いが、人間一人の命としては安すぎる。

殺人を依頼した人は誤振込に気付いたが、どうにもできなかった。警察の捜査の手が迫っていたからだ。組戻請求などすれば口座のお金の動きがばれる。自分が殺人の依頼をしましたと言っているようなものだ。だからわたしの口座に入ってしまった八百万円はそのままだった。

だが、ヤクザの方はそれではおさまらない。残りの半分はどうしたんだとしつこく請求してくる。依頼人はもう八百万を用意することができなかった上、請求に耐えかねて自殺してしまった。依頼人はもう八百万を回収しようとしてきたのである。先日の夜、わたしを直接脅して、八百万を回収しようとしてきたのである。先日の夜、わたしの家を見上げていた男は、わたしの住所を調べていたヤクザの一味だったようだ。

「……そこまでは、分かったんですけど」

実は、ここからが問題なのだ。だとすると結局、わたしの年収が八百万増えていた理由は何なのか。誤振込では年収に数えられないはずなのだが。

だが静先生は、どうやらそれが分かっているようだった。「ご説明しますよ。Are you ready for this?」

「なんで英語なんですか」

「失礼。ロンドンに行っていましたので」

「それが言いたかったんですね」よほど楽しかったらしい。「たったの四日間じゃないですか」

「まあ、そうなんですが。……ええと、ですね」静先生は咳払《せきばら》いして話し始めた。「殺人の依頼人は独身で、子供も兄弟も親も、誰もいなかったのですよね」

「はい」

「だとしたら、そこが重要なのです。……法定相続人がおらず遺言や遺贈もなかった場合、まずは相続財産管理人が選任され、債権者と特別縁故者の捜索がされます」静先生は犬を撫でながら言った。「そのいずれも現れなかった場合、受け取り手の全くない相続財産は、最終的には国庫に帰属します」

「……それ、聞いたことありますけど」法律のややこしい話はよく分からない。「それとわたしの能力が、どう関係してるんですか？」

「判例では、誤振込の金銭も口座名義人に所有権がある……というのは、お話ししましたよね？　その場合、振込依頼人からあなたへ不当利得返還請求が来る」

「ありましたね。そんな話」わたしはなんとなく頷いたが、それで気付いた。「あれっ？　でも、請求してくる人が死んじゃってる場合って……」

「請求できる権利は、相続されます」先生は頷いた。「ですが今回の場合、相続人がいないわけですから、かなり時間はかかりますが、最終的には国が請求権を相続することになります」

「……じゃ、国から請求が来るんじゃないですか？」

「法的にはそうなのですが、この場合はもう一つ問題があるのです」静先生は膝の上の犬を撫でながら、流れるように話す。「民法には、公序良俗に反する契約は無効、という規定があります。たとえば愛人契約ですね。愛人になることの対価として金銭等を支払う、といった契約は、法律的には無効なのです」

　随分と時代がかった話だが、現代でもまだあるのだろうか。

「はい」

「法律的には無効なのですから、愛人契約に従って金銭等を支払うという行為も無効になります。すると愛人がもらった金銭等は『法律上の原因なく』受けた利益、ということになり、払ってしまった方は、先程お話しした不当利得返還請求権を行使して、愛人に対して『やはり無効だから返せ』と言えることになってしまいます」

「……それ、おかしくないですか」自分が愛人契約をしたんだろうに。

「おかしいですよね。そのためにあるのが、民法第七百八条にある『不法原因給付』の規定なのです。『不法な原因のために給付をした者は、その給付したものの返還を請求することができない』――自分から不法な給付をしておいて、法律の力でそれを取り返すなどということは許さない、というわけですね」犬の背中を見ていた静先生は視線を上げ、わたしを見た。「あなたが得た八百万円も不法な給付です。もちろん、ここで依頼人が給付するつもりだったのは、逮捕された暴力団員たちですから、あなたに対して不法な給付があったとは言えません」

「……はい」当然だ。わたしは殺し屋ではない。

「ですが判例には、不法原因給付の反射的効果として、給付した者は所有権を失う、としたものがあります。つまり、不法な給付をしてしまった以上もう所有権はないぞ、ということです」

「……はあ。つまり」頭の中を整理する。「今回の八百万はその『不法な給付』だから、もう所有権はわたしのもので、返せって言えないわけですか」

「今回のようなケースは前例がないので、確実には言えません。不法な給付をした者が破産して、請求権が破産管財人に移った場合、不法な給付物でも返せと言える——という判例もあります。破産管財人が不法なことをしたわけではありませんからね」

「じゃあ……」今回の依頼人は死んでいる。最後には、請求権は国に移るのではなかったか。

「ですが、国があなたに八百万円の返還請求をしてくるかというと、疑問が残るわけです。もともとは殺人の対価として払われた金銭です。それを裁判で争って、民法の解釈問題まで起こして、国民に対して請求する——というのは、はたして国がしてよいことなのかどうか」

先生は、説明終わりという様子で背もたれに背中を預けた。「……あなたの能力が八百万円を年収に数えたということは、国は請求してこない、ということなのでしょう。充分考えられることです」

「……なるほど」

やっと謎が解けた。だから年収に数えられたのだ。やはりわたしの能力は間違っていなかったらしい。「えっ、じゃあ」

「落ち着いてください」先生は身を乗り出す私を押しとどめる。「まだ、そうと決まったわけではありませんから。……誤振込と知りながら引き出すと、詐欺罪になる可能性もありますしね」

「えっ」それでは駄目ではないか。

「そんな顔をなさらないでください」静先生は苦笑した。「今は使わない方がよい、というだけの話です。……何年か経てば、国が請求してこないことが確定するでしょう。その時まで待っていてはいかがですか？」

「……まあ、いいですけど」つい唸ってしまう。結局、当てにしない方がいい、ということか。

「残念に感じるのは分かりますが、何か損をしたわけではありませんから」

静先生は穏やかに慰めてくれる。わたしは頷いた。ようは「真面目に働け」ということらしい。

カフェを見回す。商店街の一角なので、この時間でもまだまだ賑やかにお店が開いている。店頭には音楽が流れ、ネオンの赤も点滅している。仕事帰りの通行人もまだ多い。

まあいいか、と思った。謎は解けた。人殺しも捕まった。わたしには、もしかしたら頼りになるかもしれないものが増えた。悪くない結果である。それに、この能力の使い道も一つ見つかった。まともな人を装った犯罪者の識別ができるのだ。

わたしは食後のコーヒーを飲み、ゆっくりとリラックスして自分の未来を考えた。年収が見える魔法使い。女刑事でも目指してみようか。

嘘をつく。そして決して離さない

かしゅっ、かしゅっ……と、雪を削る音が聞こえてくる。

音はずっと一定のリズムで続いている。誰かが自宅の前で雪かきをしているのだ。一途《いちず》な正確さで続くその音が、ぎゅむぎゅむと雪を踏む僕と鈴乃《すずの》の足音をかき消している。

本当なら真っ黒のはずの夜空は一面、灰赤に染まっている。真夜中だというのに周囲はぼんやりと明るくて、目を凝らせば本が読めるかもしれない。異常気象ではなかった。街路灯や車のヘッドライトなど、人工の明かりが周囲に積もる白い雪に反射し、夜空を赤く染めるのだ。

「明るいね」

「うん」

一歩後ろを歩く鈴乃と短く言葉を交わし、赤い夜空の下を歩く。弱くだが、降り始めている。僕は目を細める。雪の中を歩く人は口数が少なくなる。口を開ければ雪が入ってくるからだ。

前方に、雪かきをしている人のシルエットが見えた。黒い影が腰を曲げて、かしゅっ、かしゅっ……と、同じ動きを繰り返している。あれも意味がないな、と思う。雪は今夜半まで降り続けると聞いている。今かいてもまた積もる。どうして今やるんだろう。

が、僕はそこで立ち止まった。雪かきをする人の胸のあたりに、青藍色《せいらんしょく》の小さな光が灯《とも》っている。赤い空と、かすかに橙《だいだい》がかってぼんやり光る周囲の雪。その中で、ぽつんと一つだけ灯った青藍色の光はとてもよく目立った。

思わず呟《つぶや》いていた。実物を見たことはないが、きっと似ている。

「蛍……」

1

地下鉄駅前のバスターミナルで鈴乃と並んでバスを待っていたら、いきなりすぐ横にトラックが停車してクラクションを鳴らしてきたのでびっくりした。

「よう。修哉《しゅうや》君、鈴乃ちゃん」

あまり広くない道に強引に停めた大型トラックの運転席から、洋介叔父《ようすけおじ》さんが笑顔でこちらを見下ろしていた。

「叔父さん」まくった袖《そで》からのぞく腕が焼けている。秋冬の訪れが内地[1]よりはるかに早い札幌《さっぽろ》ではすでに肌寒い日すらある時季なのだが、屋外にいるとまだ日には焼ける。

「帰りかい？　家まで乗っけてってあげようか。鈴乃ちゃん、バス停から歩くの大変じゃないか？」

「そこまで虚弱じゃないし」僕は鈴乃にかわって断る。隣の彼女もふるふると首を振っている。「それに無理でしょ。二人乗りでしょそれ」

「三人入るぞ。なんなら修哉君は荷台でもいい。鈴乃ちゃんは助手席な」

違法だ。「やだよ。それに叔父さん寄り道してる暇あるの？」

「ねえなあ。だからこれから稚内《わっかない》まで一緒にドライブするか」

「誘拐だから、それ」無茶を言う。「それよりそこに停めてるとバスの邪魔になると思うけど」

「おっ、やばい」トラックの後ろにすでに路線バスが入ってきている。叔父さんはさっと身を乗り出してそれを確認すると、じゃあな、と豪快に言ってトラックを動かし、去っていった。

叔父さんのトラックを見送っていた僕は鈴乃につつかれ、ほぼ入れ替わりでやってきた路線バスのドアが開いていることに気付き、慌てて鞄《かばん》から通学定期を出す。列の前に並んでいた人たちは乗り込んでしまっていて、僕たちより後ろにいた人たちが僕たちをよけて先に乗ろうとし始めていた。急いで乗り込む。夕方、郊外の住宅地に向かうバスは混んでいる。席は空いていなかったので、仕方なく車内の手すりを摑《つか》んで立つ。

変わった叔父である。市内の流通センターから北に向かうと僕たちの通学路にぶつかるらしく、帰宅途中に声をかけられたのは二度目になる。

しかし。

揺れる車内で手すりを握る力を強めながら、蛍があったな、と思う。運転席から身を乗り出した時にちらりと見えた。叔父の左胸のところに、ゴルフボールくらいの大きさの青い光が灯っていた。正確には「青藍色」と言うらしい。「蛍」と名付けたのは隣に

1：北海道から見た本州・四国・九州・沖縄のこと。何やら差別的な言い回しだが、北海道の人は「道外」という程度の感覚で使っている。

いる鈴乃だが、これは僕の話を聞いて名付けただけで、彼女には見えていないらしい。この奇妙な光は一体何なのか。子供の頃は親に訊《き》いたりしていたが、父も母も見えないらしく、怪訝《けげん》な顔をするだけだった。僕にだけ見えるということはつまり僕の幻覚なのだろう。蛍の光が「影を作らない」不思議な光なのも幻覚だからだろう。そう気付いて以来、蛍のことは鈴乃以外には話していない。

久しぶりにまた見えたよ、と言おうとしたが、隣の鈴乃は携帯からイヤホンを伸ばして何かを聴いていた。僕は窓ガラスの上のスポーツジムの広告に視線を戻し、何やら妙に光沢のある筋肉を見せつける広告の男性を見て、通ったからってあの体にはならないよなあ、とぼんやり考える。

雨沢《あめさわ》鈴乃。家が向かいで幼稚園からずっと一緒の幼馴染《おさななじみ》である。小学校中学校と同じクラスになったり別々になったりしながら、結局高校まで一緒になった。そのため今でもこうして一緒に帰る日がある。お互い部活があるから毎日というわけではなくて、文芸部の鈴乃が例会で遅くなる金曜日とか部活が休みになるテスト前、他に用事がなければ一緒に帰る。帰りが遅くなった彼女が校門で待っていることもあるが、だいたいは僕が練習を終えたら文芸部を覗《のぞ》きにいく。中学時代からなのでもう四年半続く習慣で、今ではほとんど自動的である。

一緒に帰る途中も別に和気《わき》藹々《あいあい》と懇談しているわけではなく、二人とも別のことを考えながら黙って歩いていたりする。僕が携帯のゲームをやっていたり鈴乃がイヤホンをつないで何か聴いていたりもする。それを見た友人からはお前ら仲悪いのかと訊かれたりするが、仲が悪いのならそもそも一緒に帰ったりしないだろう。お互いに「沈黙していても大丈夫な相手」というだけの話である。話が苦手なくせに沈黙を気にする僕としては鈴乃は安心して黙っていられる貴重な相手で、たぶん僕以上に喋《しゃべ》らない彼女にしてもそれは同じだろう。

　携帯で聴いている演奏がよほど気に入ったらしく、鈴乃の右手が見えない鍵盤《けんばん》を叩《たた》いている。左手も地味に和音を鳴らしている。彼女は昔ピアノを習っていたので、演奏を聴いていてノッてくると無意識にエアピアノを始める。

　演奏が終わったらしく鈴乃が小さく拍手を始めた。肩をつつくと、鈴乃はイヤホンを片方外して僕を見上げる。

「何聴いてんの？」

「ブーニン。ショパン・コンクールの」

　鈴乃はクラシックしか聴かない。はてブーニンとは何者だったか。ロシア人らしき名前だが頭にはなんだか豚のキャラクターが浮かんでしまう。鈴乃からイヤホンを片方受け取り耳にはめると、絢爛《けんらん》豪華なピアノの音が奔流となって耳に流れ込んできた。「おおっ、派手」

　鈴乃が頷《うなず》く。

「あっ、今のミス？」

鈴乃が頷く。

「でもなんか、ミスに聞こえないね」

鈴乃が頷く。イヤホンのコードが短いので、バスが揺れると時折肩がぶつかる。

僕は基本的にJ‐POPしか聴かないのだが、鈴乃が聴いている演奏を横から聴くと、だいたい「いいな」と思う。彼女の家にはCDがたくさんあるから今度ショパンでも借りてみようかな、と思うが、小さい頃僕は鈴乃の発表会に行って、彼女の出番が来る前に熟睡してしまった前科があるので（母に叩き起こされたので、鈴乃の演奏は聴けたけど）、どっかり腰を据えてCDを聴いていて寝てしまわないかどうか。

悩みながら隣を見ると、鈴乃が僕の顔色を窺《うかが》うようにしていた。

イヤホンを外す。「どうしたの？」

鈴乃は黙って僕を指さす。友人たちの会話のテンポについていけないと言う彼女は、僕に対してはしばしば言葉を発さずにジェスチャーで済ます。解読には多少の経験とテクニックがいるが、要するに今のは「そっちこそどうしたの？」という意味らしい。

勘が鋭いな、と思いながら答える。「……さっき、『蛍』が見えた。久しぶりだ」

「……まだ、見るんだ」

「うん。最近見なかったから、もう見えなくなったのかな、って思ってたけど」

鈴乃は窓の外を見たまま無言になる。僕も黙り、二人、黙ったまま窓の外の景色を見る。見慣れたショッピングセンターの看板が通り過ぎ、「折田整形外科」という狙ったのかただの本名か分からない医院が現れ、キリンの絵の描いてあるペットクリニックの看板が窓の外を過ぎていく。よく考えればペットクリニックの看板にキリンはおかしいのではないかと思うが、それについても特にコメントを挟むことなく僕はなんとなく黙っている。

「……幻覚、なのかな。ほんとに」

鈴乃が、考え込んでいる様子でぽつりと言う。

「そうなんだろうけど。……まあ、あんまり気にならないけど」

「平気？」

「ぜんぜん平気。どっちかって言うと綺麗《きれい》なくらい」

バスが乱暴に停車し鈴乃がふらついたので、僕はすぐ彼女の鞄を摑《つか》んで引き寄せる。ふらつき方が危なかったから立ちっぱなしで貧血でも起こしたのだろう。車内の空いた席を探してきょろきょろする僕に鈴乃は小声で「大丈夫」と言う。

鈴乃は体が弱い。どこが弱いのかはっきりせず全体的に弱く慢性的に弱い。二千グラム足らずの未熟児で産まれたというし、胃炎中耳炎盲腸炎その他炎症系はひと通りやっている。二年に一度はインフルエンザで高熱を出し、月に一度は風邪で学校を休む。小さい頃は学校でよく吐いたし、何の前触れもなく貧血を起こすし、小学校の頃いきなり心臓を止めて倒れたこともある。彼女が無表情のまま、じっと病苦に耐えている姿を見るたび、僕はどうしようもなく腹が立つ。どうして鈴乃ばっかり。もっと悪い奴とか嫌な奴がいくらでもいるんだからそいつらが病気になればいいのに、と、わりと自分勝手にそう願ったりする。

だから僕は思う。病気相手に百戦錬磨の鈴乃の日常を考えれば、幻覚の一つや二つ、ものの数に入らないだろう。

「まあ、そのうち消えると思うよ」

僕としては、それでこの話は終わりにしたつもりだった。鈴乃は自分が病気がちなだけに他人の病気にも敏感で、心配性なところもある。あんまり気をもませたくなかった。

「鈴乃が気にすることないよ。別にどうってことないんだし」

「うん。修《しゅう》くんが気にならないんなら、別に気にしないから」

これは気にしているなと思い、僕はすぐ鈴乃の手を見る。

予想通り、鈴乃は開いた手の親指をぎゅっと握り込んでいた。彼女は嘘をつく時、いつもそうなるのだ。前に指摘したこともあったのだが、どうも直らないらしい。もっとも彼女が嘘なんてつくこと自体、かなりのレアケースだから、この癖を知っているのは僕くらいしかいない。

余計なことを言ったな、と、少し反省する。

あとから考えれば、これが全ての発端だったのだ。これから起こる、激流のようなすべてのことの。

2

それから一週間後、月曜日の夜。

部屋で宿題を片付けた僕は部屋のカーテンを開け、道を挟んで斜向《はす》かいの雨沢家を見た。鈴乃の部屋には明かりが灯っており、カーテンに彼女の影が映っている。窓辺に座っているようだ。ということは、まず間違いなくピアノを弾いているのだろう。それを確認して、僕は鈴乃に電話で話を聞いてみることに決めた。

ここ数日、彼女の様子が変なのが気になっていた。文芸部の友人は元気がないようだと言っていたし、部室にもあまり顔を出さず、金曜日の例会にも出なかったらしい。だからその日は一緒に帰っていなくて、自分の目で確認できなかったのだが、今日、教室を覗いてみたらどうやら本当に元気がなかった。

それに加えて今、鈴乃はピアノを弾いている。もちろん彼女は今でも時折ピアノを弾くのだが、とりわけ悩んでいる時や落ち込んでいる時に弾くのである。

「もしもし鈴乃。あのさ、ちょっと聞きたいんだけど」携帯を持ったまま部屋の窓を開ける。外の冷気が顔に当たって、思いのほか涼しい。やっぱり窓を閉めようかと思ったが我慢した。

鈴乃の部屋のカーテンが開かれ、彼女が姿を見せる。うん。どうしたの？　という声にかぶせて、電話の外でもからからからからという音が聞こえてくる。むこうも窓を開けたのである。

小さい頃はこうやってお互い窓を開けて大声で意思疎通をしたこともあったし、一度糸電話をつないでみようと試みてそれ自体は成功したけど肉声が聞こえるので意味がないことも分かった。後で糸が垂れ下がって通行人に引っかかり、僕は母に鈴乃は祖母にそれぞれ怒られた。二人とも携帯を買ってもらってからはそうしたことはやらなくなったのだが、冬場以外は二人ともなぜか窓を開けて喋る。冬場でも窓際に来て喋る。電話なのだからわざわざお互いの姿を見ながら話す必要はないのだがなぜだろう。時々可笑《おか》しくなる。

「いや、松本《まつもと》君もそう言ってたし、なんか最近、元気ないみたいだけど……何かあった？」

鈴乃は沈黙する。部屋の明かりで逆光になるので、姿が見えても表情は分からない。しかし下を向いているようには見える。

「……何もないよ。……いきなり、どうしたの？」

相変わらず嘘をつくのが下手だと思う。何もないなら今の沈黙は何だ。

「んー……いや、話したくなったらでいいけど」ひと呼吸おいて、どうしようかな、と迷う。

「えーと、なんか元気ないみたい、って話、聞いたから、実は今日、ちょっと教室覗いてみた。……放課後すぐ帰ってるみたいだって聞いてるし」

「図書館に行ってるから」

鈴乃はどうも勉強好きらしく、しばしば閉館時間ぎりぎりまで図書館にいて色々難しい本を読んだり調べものをしたりする。中学の頃はまだしも最近では実存主義だの超ひも理論だのジャンルと専門性を問わなくなってきたので、ついていくのがけっこう大変になりつつある。だから、何か専門的な勉強にはまって図書館に入り浸っている、ということであれば分からなくはないのだが。

しかし鈴乃は、唐突に訊《き》いてきた。「……叔父さんと仲、いい？」

「え？」最初は訊かれたことがよく分からなかった。「叔父さん、って洋介叔父さん？」

「うん」

「いや、たまに訪ねてくるくらいだから。……鈴乃、ちゃんと話したことあったっけ？」

「ううん。……ごめん。それならいい」

「……そう」

洋介叔父さんが、何か関係あるのだろうか？

無理に訊き出す気はなかったが、気になった。鈴乃の相談に乗るのは初めてじゃないし、逆に僕が相談に乗ってもらったことも何度もある。たとえ話を聞いたその場で解決案が出なくても、言葉にすれば問題を整理するきっかけにはなるし、誰かがそれを聞いてくれているというだけで気が楽になったりするもので、人に話してみることのそうした効能は、お互いよく知っているはずなのだが。

どっか痛いとかじゃなくてもだるくてしんどいなら学校休んじゃえ、ととりあえず言い、ついでに明日さされそうな部分だけ英語のテキストの訳を訊いて「数学の今井《いまい》先生はしおれたマッチ棒に似ている」という話をして電話を切る事にする。

切る前に一応言った。

「今更変な遠慮するなよ。どうせ僕はできることしか手伝わないんだし」

そういえば何が今更なんだろうと思ったが、電話口からは、大丈夫、ありがとう、と返事があった。電話を切り、鈴乃のシルエットに向けてちょっと手を振って窓を閉める。鈴乃は手を振り返すこともなく、窓も閉めないまままなぜかじっとこちらを向いたままだった。


まさにその夜に電話があったのだ。洋介叔父さんが死んだ、という電話が。

出たのは母だった。いつもと違う深刻な声が電話口で聞こえ、出ていってみると母が受話器を握りしめ、怒ったような顔で話していた。電話機を睨《にら》みつけるような目つきに、これまで聞いたこともないような早口。母の様子が異様で、僕は立ち去ることができず突っ立っていた。いつの間にか寝室から父も出てきていて、母に何か訊いた。母は答えないまま早口で喋り、受話器を置いてから父に何か言っている。小声なので少し離れた僕には聞こえない。母は父を見上げながら早口で喋り、それから僕に振り返った。「修哉、明日、学校休みなさい」

「どうしたの」

「洋介叔父さんが亡くなったらしいの。明日お通夜だから北広島《きたひろしま》行くからね」

いきなりでわけがわからなかった。洋介叔父さんは先週、大型トラックでバス停に乗り込んできていた。「嘘？　叔父さん何で死んだの？」

母が静止する。それを見て、しまったと思った。母は僕の母である以前に叔父の姉である、ということにようやく気付いた。今のは無神経な言い方だ。

どうしようと思ったら父が口を開いた。「詳しい話は明日聞く。お前はもう寝なさい」

母は叔父さんと仲が良かった。少し歳が離れているし、弟を可愛がっていたのだ。それなのに明日はいきなり弟の通夜だという。……だとすれば、僕はどうすればいいのか。とっさにそんなことが分かるわけもなかった。高校二年生の僕に、大学卒で二十九歳年上で元銀行員で現在ベテラン主婦の母親を力づけるのは無理だ。

「……分かった。僕、制服でいいんだよね？　学校には自分で電話しとくから」

父が頷く。「そっちのことはお前に任せた。自分で支度しろ」

父と視線を合わせ、うん、と頷く。父と二人で母を支えなければならない。

だが結局、僕は母には一言もかけられなかった。階段を上って部屋に戻ったところで、僕は立ち止まった。思い出したことがあった。

叔父さんには、蛍がついていた。

洋介叔父さんは事故死だった。運転中ではなく、帰宅途中に歩いていて飲酒運転の車に撥《は》ねられたという。犯人はすでに逮捕されている。葬式の間、僕が知り得たのはそこまでだった。

そして本来なら、僕はもっと別の感情に支配されていたはずだった。あの底抜けに快活で分かりやすい叔父がいきなり消えてなくなるという驚きと悲しみ、喪失感、あんなに強そうで、ついこの間まで笑っていた叔父がなぜかお棺の中で動かず目を閉じている違和感、何度か遠目に見ただけの小さい従弟《いとこ》が泣いているやりきれなさ。母とそれに寄り添う父の後をただついて歩くことしかできない無力感。そういったものが、もっとはっきりあってよかったはずなのだ。

それなのに通夜と告別式を終えて帰るまでの二日間、僕の心の大部分を占めていたのは、何かもやもやとして輪郭も距離感もはっきりしない不安感だった。それがなぜ存在するのかを考えてはいけないような気のする、扱いにくい不安感だ。

叔父さんには蛍がついていた。ゴルフボールほどの小さな蛍で、一瞬ちらりと見えただけだったが、最後に会った十日前、確かについていた。そのことがいつまでも頭から離れない。

蛍の意味は。

これまで蛍が見えた人はどんな人だったかと考える。知らない人ばかりだったが、大人ばかりだった。そういえばおじさんとかおばあちゃんとか……中年以上の人ばかりだ。みな知らない人だから、それ以上の情報はない。共通点もなさそうに思える。だが。

告別式を終え、家に帰ったのは夕方だった。なんとなくまだ線香の煙がまとわりついているような気がする制服を着たまま、僕はのそのそと自室に戻った。窓際に寄り、それから何か視線を感じて窓の外を見る。ついさっき日が落ちてまだ深い青色をしている空。影絵になった周囲の家の壁。アスファルトの上の暗がり。斜《はす》向かいの家の二階。明かりがついている。

窓辺に鈴乃の姿があった。こちらを向いている。僕はそれで思い出した。叔父さんが亡くなった日、鈴乃が唐突に叔父さんのことを訊いてきた。そして自分のことについて、いつもは訊けば話すのに下手な嘘をついた。それはつまり、僕に言えない悩みがあるということだ。

そしてそれはちょうど、僕が蛍の話をした日あたりからでもある。

蛍。叔父さん。元気のない鈴乃。

突然、不安感がはっきりとした形をとって僕の背中に凝集した。

……まさか。

窓辺に立って携帯を出し、鈴乃に電話をかける。窓を開ける。こちらを見たまま突っ立っていた鈴乃のシルエットは電話の着信音に反応して振り返った、振り返ったままの姿勢でしばらく動かず、それからゆっくり、僕の方に向き直った。僕は携帯を示して、鈴乃が出るのを待った。

鈴乃はしばらく僕を見ていたが、やがて、ゆっくりと部屋の奥に消えた。

「……もしもし？」

電話口から鈴乃の声が届く。窓辺に鈴乃のシルエットが現れる。しかし、窓が開く音がしない。

まず何を言えばよいのか。それが分からず、僕は少し悩んだ。「……えーと……ただいま」

「おかえり」

「うん。あ、部長に休む連絡ありがとう」

「うん」

「……で、ちょっと、聞きたいことがあるんだけど」

反応はない。僕は鈴乃のシルエットに向けて尋ねる。「蛍のこと。……鈴乃、何か知ってるんじゃない？」

やはり反応はない。窓辺のシルエットも動かない。僕はじっとそれを見たまま待った。

随分待った気がする。ようやく電話口から声がする。

「……知らない。どうして、そう思ったの？」

「知ってるんだよね？　僕には話しにくいことを」

　当然そのはずだ。僕の問題で悩んでいたなら、僕には話さない。そして。

　携帯を握る手が汗ばんでぬらつくのを自覚する。ここ数日鈴乃は、図書館に行っている、と言っていた。それは本当かもしれない。だが、そこで調べていたのは、自分の趣味ではなく。

「……知ってるんだな？　蛍の性質。蛍は」

「治らないの」鈴乃は強い声で遮った。「私、調べてたの。眼科とか、精神科の症例とか。修くんと同じ症状の人も見つけた。でも、完治した例はない、って」

「鈴乃」

「黙っててごめんね」

　鈴乃はそこまで一気に喋ってからひと息置き、それからとりなすように続ける。「でもね、悪くなることもないみたいなの。目が悪くなるとかそういうのもないし、だから、気にしないのが一番だと思う」

　それ以上は訊けなかった。必死で言葉を紡ぐ鈴乃を止めて、「ありがとう」とだけ言って電話を切る。閉まったままの窓のむこうで、鈴乃のシルエットは携帯を持ったまま動かなかった。僕はカーテンを閉め、鞄《かばん》をつかんで家を出た。蛍の正体を確かめなくてはならなかった。

だが、本当はもう分かっていた。鈴乃もすでに知っていたのだ。蛍がつくのはどんな人か。知っているから、僕につい訊いてしまった。どの程度親しい人なのか。叔父さんの死が、僕にとってどのくらいの喪失になるのか。

自転車を出してまたがる。少しだけ涙が出た。鈴乃は嘘をついている。僕のために。

3

日が落ちると急に寒くなる季節だった。自転車でスピードを出していると風が当たって尚更《なおさら》肌寒い。

僕は市内の総合病院に向かっていた。幸いにして僕自身はまだだが、鈴乃は小さい頃から何度も世話になっている病院だ。考えつく限り全ての診療科があり、大勢の患者が入院している。だから緩和ケア科などもあるし、末期の患者もたくさんいる。

自転車で走ること三十分。途中、何度も引き返しそうになった。蛍の正体。そんなものもう確かめたくなかったし、こんな方法で確かめるのも嫌だった。それでも引き返さなかった。引き返せなかったのだ。確かめずにおく、という選択肢は僕には与えられていなかった。

玄関をくぐり、面会時間が終わっていないことを祈りながら長期入院患者の病棟に向かう。遅めの時間帯にもかかわらずベンチで大量に待たされている外来患者。廊下を忙しそうに行き来する看護師。そして寝巻き姿の入院患者。すれ違うたびについ、胸のあたりを見てしまう。幸いなことに、蛍は一つも見えなかった。白い迷宮のような廊下を早足で歩いて長期入院患者の病棟に辿《たど》り着く。入口近くで車椅子に乗っている初老の男性がいた。病院のものであるらしい寝巻きのような服。袖《そで》にマジックで「五十嵐《いがらし》」の名前。そして。

胸に、小さな蛍がついていた。

それを見つけた時は、ぎょっとしてつい立ち止まってしまった。「五十嵐さん」も僕の視線に気付き、震える手で車椅子を動かしてこちらに来た。思わず逃げ出そうとする僕を見上げ、か細い声で尋ねてくる。「面会ですか？」

本当は忍び込むつもりで来たのだ。僕はどう答えるべきか分からずに焦った。焦りながらも、視線はつい五十嵐さんの胸に光る蛍を追ってしまう。

「うーん、面会時間、もう終わりなんだけど……」

五十嵐さんはか細い声で言って唸《うな》る。その胸の蛍から目が離せず、立ちすくんでいると、奥から「立石《たていし》」という名札をつけた看護師のおばさんが小走りで出てきた。「すいません五十嵐さんお待たせして」

五十嵐さんは立石さんに振り返り「面会、いいですかね？」と言って僕を指さした。

「あら。もう面会、終わり……」

言いかけた立石さんに五十嵐さんが言う。「ちょっとくらい、いいんじゃないですか。

せっかく来てくれたんだし」

「そうね」立石さんはすぐに頷いて僕に尋ねる。「どなた？」

「あの……」

答えは用意していなかった。しかし僕が口ごもっていると、立石さんは何かに気付いた様子ではっとして僕の顔を見た。「……ひょっとして、佐々木《さ さ き》さん？」

もちろん知らない名前だ。僕が肯定も否定もできずにいたが、立石さんはむしろそのことから何かを確信したらしく、切迫した調子で訊いてくる。「お孫さんね？ ご両親に内緒で来たのね？」

事情を知っているらしく、五十嵐さんも合点した様子で声をあげる。「ああ、そうか佐々木さんか。うん」

反射的に頷いてしまう。

立石さんは笑顔になった。「……よかった」

「ねえ。よかったですねえ」五十嵐さんがかすれた声でしみじみと頷く。「面会、いいですよね？」

「はい。私の権限で許可します」立石さんは決然と言い放ち、僕を促す。「こっちだから。おいで」

何かわりと重い事情がある人の孫だと誤解されたらしい。困ったことになったと思いながらも、今更違うとは言いだせなかった。五十嵐さんに頭を下げ、ずんずんと歩く立石さんに急いで従う。立石さんは僕をちらりと見て「よく来てくれたわ。ありがとう」と言った。

「あの、僕は……」

言いかけたところで立石さんは病室の一つに入り、少しして僕を招き入れた。

ベッドは四つあったが、人が寝ているのは奥の一つだけだった。掛け布団が人の形に膨らみ、呼吸器をつけた顔が天井を向いている。寝ているのは白髪のおばあさんだった。年齢は分からないが、八十は超えているように見える。それを見て、僕はぎょっとした。胸のあたりに、煌々《こうこう》と輝く蛍がついていた。

これまで見たものの中で最も大きいその蛍はいつもの透き通った青藍色でなく、暗い赤紫で暴力的に輝いていた。死の色は何かと問われたら、僕はきっとこういう色だと答える。光の中には黄色く光る静脈のような筋が何本も走り、一本一本が蚯蚓《みみず》のようにぐねぐねと動いて形を変えている。

呼吸器の音が荒々しく続く。僕は動けなかった。禍々《まがまが》しいまでの力強さで輝く蛍は佐々木さんの胸の上にのしかかって全身を蝕《むしば》み、横たわる老女を今しも食い尽くそうとしている夢魔のように見える。血は一滴も流れていないのに、それは凄惨《せいさん》な光景だった。

立ち尽くしている僕を遠慮しているものと思ったらしく、立石さんは僕の背中に手をやって促す。僕は促されるままにふらふらと、眠っている佐々木さんのベッドに近づく。立石さんが佐々木さんの肩に優しく触れ、彼女の耳元に口を寄せて言う。「佐々木さん、お孫さんが来ましたよ」

佐々木さんが、ゆっくりと細目を開けた。瞳《ひとみ》が動き、僕を捉《とら》える。逃げ出したかった。僕は赤の他人なのだ。しかし佐々木さんの瞳は僕の目をしっかりと捉えたまま動かない。ベッドから離れるどころか、目をそらすこともできなかった。

「佐々木さん、分かる？　ええと」立石さんは僕を見る。「お名前は？」

「し……」本名を答えたら、無関係な人間だとばれてしまう。一瞬そう思ったが、僕は正直に名乗った。「修哉……です」

立石さんは佐々木さんの耳元に言う。「……修哉くん。分かります？」

佐々木さんの目が、ゆっくりと二回、まばたきをする。

立石さんはすまなそうに言う。「ごめんなさい。もう覚えていないかもしれない。目もあまり見えないの」

「いいえ、いいです。……いるのが分かれば」僕はとっさに言った。「すいません。今まで来なくて」

「いいのよ。今日来てくれただけで充分ありがたいの」立石さんは佐々木さんに「ね？」と声をかける。それから椅子を出して僕を座らせ、佐々木さんの頭を持って、座る僕に合わせて動かす。

座ってしまうと膝頭《ひざ》が震え始めた。座ったせいで蛍の光が顔の近くに来て、それは眩《まぶ》しいほどだった。蛍の中でぐねぐねと動く筋が今にも飛び出し、僕の皮膚に喰《く》らいついて体内にもぐりこんできそうな気がする。

……嫌だ。怖い。ここにいたくない。

僕は立ち上がりかけ、足が動かなくなっていることに気付いた。

その間に立石さんは掛け布団を少しめくり、佐々木さんの手を外に出した。僕に囁《ささや》く。

「手、握ってあげれば分かるから」

促されるままに手を伸ばし、佐々木さんの手に触れる。冷たく、乾いていて、物のような手だった。佐々木さんの視線が、ゆっくりと手のほうに移る。それからまた、ゆっくりと僕の顔に戻ってくる。

突然、蛍が急速に膨張を始めた。光の色が濃くなり、みるみる強くなっていく。縦横に走る筋がのたうちながら広がって繋《つな》がり全体を網の目のように覆う。僕は悲鳴をあげて手を離し、飛びのいた。蛍は佐々木さんの全身が見えなくなるほどに輝きを増し、それでもまだ膨張を続ける。僕は逃げ出した。必死で手と足を動かして病室から飛び出した。膨張する蛍が追いかけてくるような気がして廊下を逃げ戻り、病室の扉が見えない位置まで走って座り込んだ。頭を抱えて目を閉じる。目を閉じても、蛍の光は瞼《まぶた》の裏に張り付いてまだ膨張を続けていた。逃げた病室のほうから慌ただしい物音が聞こえてきた。僕は耳を塞《ふさ》いでうずくまった。何も聞きたくなかった。しかし物音は聞こえてきた。

僕のすぐ脇を右から左へ、左から右へ、足音がいくつか通り過ぎ、がらがらと何かを押す音が通り過ぎた。赤紫色の光が瞼の裏に焼きついて消えなかった。周囲で何が起こっているのか、具体的には分からなかったが、はっきりしていることは一つ。

僕は、命が消える瞬間を見てしまったのだ。

そして、これが蛍の正体。これまで分からなかったのは、たんに蛍のついた人のその後を知ろうとしなかったからに過ぎない。洋介叔父さんは事故。佐々木さんは病気。おそらく、五十嵐さんもじきに何かで死ぬ。

原因は問わない。蛍は、死にゆく運命の人につくのだ。

いきなり肩を揺すられた。顔を上げると、立石さんがしゃがんで僕の顔を覗《のぞ》き込んでいる。「修哉くん、大丈夫？」

「……あの、佐々木さん……おばあちゃんは……」

立石さんは一瞬、躊躇《ちゅうちょ》したようだったが、僕の目を見て僕がすでに分かっていると悟ったらしく、はっきりと言った。

「亡くなったの。つい、今しがた」

立石さんが心配そうなので、僕はつとめて平静を装って立ち上がった。

「会っていく？」

「……いいですか？」

「もちろん」

僕は逃げ出した病室に戻った。立石さんが一緒のせいなのか、恐怖はもう消えていた。

佐々木さんは目を閉じていた。静かに横たわる様子は一見、先刻と全く変わらないように思えた。ただ呼吸器が外されているだけだ。

しかし決定的に静かだった。呼吸器は沈黙し、蛍も消えていた。僕はベッドの脇まで歩いていった。佐々木さんの寝顔を見下ろす。

……さっきは、すいませんでした。

彼女に謝らなくてはならなかった。本物の孫でなくてすいません。怖いとか思ってすいません。いきなり手を握ってすいません。それなのに手を離してすいません。……逃げ出してすいません。最後の瞬間までそばにいなくてすいません。

ぐす、と洟《はな》をすする音がした。立石さんが隣に来ていた。「……修哉くん、ありがとうね」

立石さんは拳《こぶし》で涙を拭《ぬぐ》った。「……佐々木さん、ずっと寂しそうでね。息子は来ないのか、孫はどうしている、って、毎日言ってて……普通ならもう、とっくに限界だったのに、ずっともたせてたの。……きっと、待ってれば誰かが来てくれる、って思って頑張ってたのね」

立石さんは僕に向かって頭を下げた。「ありがとう。佐々木さんも、きっと嬉《うれ》しかったでしょう。……ほら、少し笑ってるでしょ？」

僕は佐々木さんの顔を見る。笑っているのかどうかは分からなかった。

佐々木さんの息子夫婦には立石さんが連絡した。立石さんは僕が来たことについては「黙っていてくれる」らしかった。それでなんとなく事情が分かった。優しい看護師さんだった。

そうした立石さんの気遣いは、しかし、ほとんど僕の意識に上らなかった。佐々木さんの事情についても、僕はほとんど考えなかった。頭の中はほとんど別の問題で占領されていた。

蛍の正体。

確かめてしまった。自分の手で。蛍は、近いうちに死ぬ運命の人につく。

僕は立石さんに礼を言って、俯いたまま病室を後にした。

前のほうから足音が近づいてきて、僕は顔を上げた。白衣を着た医師だった。反射的に胸元に目をやってしまい、蛍がいないことを確かめる。いなかった。この人は大丈夫だ。

肩から力が抜けた。しかしそれと同時に、僕は無意識のうちに人の姿を探していた。病棟には人の姿は少なかった。僕の視界には誰もいない。ふっと力が抜ける。息をしていなかったことに気付いた。

廊下をまた踏み出す。後ろに足音が聞こえる。振り向こうとする首に力を入れて止めた。

見ない方がいいんじゃないのか？

しかし足音が僕を追い抜く。視界の隅にサンダルを履いた足が入る。それでつい視線を上げてしまう。

看護師だ。でも背中だけ。蛍は分からない。

緊張がわずかに解ける。しかし看護師の背中から目線が動かせない。

……この人は大丈夫なのか？

そう思った途端、看護師が立ち止まって振り返った。胸元に目をやる。蛍はいない。

また力が抜ける。

何を思い出したのか来た方向に戻っていった看護師をやりすごし、病棟から出る。長い廊下を歩くうち、僕は早足になっていた。廊下を何度か曲がり、階段を下り、そこでまた看護師に行き遭う。蛍がいないことを確かめて安心する。外来受付のかすかなざわめきが近づいてくる。角を曲がって受付に出ようとして足が止まった。僕は深呼吸をし、勢いをつけて足を動かし、一気に受付に出る。

外来受付は広く、夜間診療の時間になっているようだが人は多かった。すぐそばを通り抜ける看護師を見る。蛍はいない。ソファに腰掛けている外来患者が六名。蛍はいない。玄関から出て行く患者二名を目で追う。蛍はいない。受付のカウンター内を確かめる。

蛍はいなかった。それを確かめ、僕はようやく足を踏み出す。新しい人が視界に入らないうちにと思い、早足で玄関に向かう。

玄関ドアを抜けると星空が目に飛び込んできた。周囲に人はいない。僕は立ち止まって呼吸を整えた。

自転車にまたがり公道に出る。前方に人影を見つけ、胸元を見る。とっさにブレーキを握っていた。蛍が――

違った。蛍に見えたのは、携帯の液晶のライトだった。ほっと息をつき、力が抜けて足がペダルからずり落ちる。前から歩いてきたその女性は僕をちらりと不審げに見たが、すぐに携帯に視線を戻して歩いていった。

自転車を漕《こ》ぎ始める気力が湧かない。僕はハンドルに突っ伏したまま呟《つぶや》く。

「……冗談じゃないよ」

人を見るたびにいちいちこんなに緊張していたら、僕の方がもたない。

ハンドルを握る手がじとじとと湿っていた。知らずに汗をかいていたらしい。少し休もうとしたが、できなかった。こんなところでぼやぼやしていて、また人が通りかかったら。

僕はペダルを踏みしめた。反対側の歩道に通行人を見つけ、その胸元に蛍がいないのを確かめながら、ギヤを変えて加速した。

早く帰ろう。早く、家へ。

交差点を曲がり、県道を横断する。ビルの玄関からスーツの男性が集団で出てきた。全部で五人。一人ずつ確認する。前の四人は異状なし。のびあがって、陰に隠れていた五人目も確認する。異状なしを確認してまた走り出す。スーツの五人は自分達の話に集中していて、僕を不審に思うような様子はなかった。

前方を確認しながら、反対側の歩道に視線を飛ばしながら、時折後方を振り返って見落としがないかを確認しながら、僕は自転車を漕ぐ。交差点にぶつかり、赤信号で停止する。それと同時に周囲を見回し、通行人の胸に蛍がいないのを確かめていた。まず、ざっと全体を見回す。それから、一人一人の胸元を順に確かめる。視界の左端から順に。

……よし。異状なし。

停まっている車の運転席を確認しようとしたところで、ふと考えた。

……僕は、何をやっているのだ？

通行人の胸元をいちいち確認してどうしようというのだろう。もし蛍を見つけてしまったら。

……見つけてしまったら、どうするのだろう。

そんな肝心なことを全く考えていなかったことに気付いた。もし見つけてしまったら、その人はもうすぐ死ぬのだ。僕に何ができるのだろう。肩を叩《たた》いて「あなたはもうすぐ死にます」とでも言うのか。

馬鹿な。それではまるで死神だ。でも。

僕は自転車を停めたまま考える。蛍に恐怖しながらも、ずっと気にかかっていたことがあるのに気付いたのだ。どこかに突破口があるような。

……佐々木さんは老衰だった。鈴乃によれば実際には「老衰」などという死因はなくて、人が死ぬ原因は必ず体のどこかの異状に還元できるのだそうだけど、とにかく、あの人の死は医者でもない僕にはどうしようもなかった。だが、洋介叔父さんはどうだろう。

　洋介叔父さんは事故だった。僕は、その運命を事前に見ていた。以前、鈴乃が哲学か何かの本を読みながら僕にした質問を思い出す。

〈起こることを誰かが事前に知っている未来の事象が、決定論的でありうるだろうか?〉

　その時のことはなんとなく覚えている。確か二人してさんざんああでもないこうでもないと頭を捻《ひね》り、その結果、答えは「否」に落ち着いたのではなかったか。

　運命を知ることによって、それを変えようとする力が働く。たとえ小さな働きかけであっても、変えようとした人の介入によって状況が少し変わる。そのずれがまた別のずれを生む。ずれは連鎖的に繋《つな》がり、ネズミ算式に増え、最終的に全く違う結果をもたらすことがある。北京《ペキン》で蝶《ちょう》が羽ばたくことでニューヨークに嵐が起きるかもしれない。バタフライ効果、というやつだ。

　叔父さんには事故死の運命が出ていた。しかし、事故ならば避けられたのではないか。帰り道で車に撥ねられたという。周囲の車に気をつけていたら。その道を通らなければ。いや、確実にするならその日、出勤しなければいいのだ。

　そして僕には、そうすることができたはずだった。あの時は蛍の正体を知らなかったから機会を逃してしまったに過ぎない。もしあの時に知っていたら、僕は何か対策を講じていただろう。もちろん、死因が分からない以上、僕にどれだけのことができたかは分からない。でも、ガテン系の叔父さんなのだ。出勤してその先で事故に遭うのではないか、という予測はできただろう。

予測ができていたとしたら。

事故というのは、いくつもの偶然が重なって起きる。その中には本人の不注意も含まれるだろう。もし僕があの時、注意を促していたら、叔父さんはもっと気をつけていたかもしれないのだ。たったそれだけで、叔父さんは事故に遭わずに済んだかもしれない。

……もっと早く、蛍の正体を知っていれば。見え始めた時点で研究していれば。

奥歯を噛《か》みしめる。……叔父さんの死は避けられたかもしれない。母や従弟があんなに泣くこともなかったかもしれない。

溜《た》め息が出る。いつの間にか信号は青に変わっていたが、走り出そうとするとまた赤になってしまった。

それでも僕は、構わずに走り出した。横の車が動き出す前に渡りきれた。

知らず、また加速していた。僕のこの能力。これを使えば、少なくとも不慮の事故で死ぬ人は助けられるのではないか。手が震える。武者震いというやつかもしれない、と思った。

……僕には、人の命を救う能力があるのかもしれない。

それは恐ろしい、しかし希望に満ちた発見だった。僕は遠回りをして帰った。途中ですれ違う人すべてを確認し、蛍を探しながら。

4

家に着く頃には背中に汗をかき、ぜいぜいと肩で息をしていた。太股《ふともも》も張っている。少し遠回りをしすぎた。

家の門の前に、鈴乃が立っていた。一輪挿しの花のように儚《はかな》げな彼女の立ち姿を見て、僕は反射的に胸に目をやり、蛍がいないと確かめてほっと息をついた。自転車を停めて降りる。

「修くん」

「……確かめて、きた」

家の明かりに顔半分だけ照らされた鈴乃が、目を見開くのが分かった。

「……蛍は、死ぬ運命の人のところに現れるんだ。死ぬ原因は分からないし、死ぬまでの詳しい時間も分からないけど、まず小さな青い光で、それが大きくなる。じきに赤紫になって……」

鈴乃は無言である。

佐々木さんの映像を思い出し、僕は顔をしかめる。「……死の直前に急激に光が強くなって、それから死ぬ。……鈴乃、何日も調べて、前から知ってたんだろ？」

鈴乃は答えない。答えない鈴乃に追いすがるように、僕は疑問をぶつける。

「……どうして教えてくれなかった？」

鈴乃はまだ答えない。僕は歩み寄り、俯いた鈴乃の肩に手を置く。

「確かに蛍はたまにしか見ないけど、もし見つけたら、その人を助けられるかもしれないだろ？　それならもっと早く教えてくれてれば……」

鈴乃は俯いたままで、無理に下を見て僕と視線を合わせようとしない。

「なあ」

「だって」

鈴乃が顔を上げると同時に、僕はいきなり眩しい光をぶつけられ、目がくらんだ。

車のヘッドライトで照らされていた。鈴乃の肩を摑んでいたのに気付き、恥ずかしくなって道端に身をよける。車は狭い路地をのろのろと出発して、僕達の脇を通る。ひと昔前のデザインをした白のスカイラインだ。運転席に座る中年の男性が見えた。

見たのは一瞬だが分かった。蛍がいる。巨大な赤紫の光に電光のような筋が走っていた。

あれはかなり危険だ。おそらく数十分か、早ければ数分後の光り方だ。

車はゆっくりと走り去る。僕は運転席の男性を凝視していた。中年。知らない人だ。スウェットのようなものを着ていた。あの人はもうすぐ死ぬ運命なんだ。健康そうなのに、どうして。

車に乗っているなら交通事故かと思った。だが交通事故による死者は「歩行中の高齢者」が多いし、あの車は高速道路の入口には向かっていなかった。中年男性の死亡原因を記憶から探り出す。一位は癌だったはずだ。だが二位は……

——自殺だ！

僕は走り出しかけて踏みとどまり、駆け戻って自転車にまたがった。

「修くん」

「あの人、自殺かも。止めてくる」

それだけ言って思い切りペダルを踏み込む。足が滑って脛《すね》をペダルに打ちつけた。体に電流が走ったが、かまわず膝《ひざ》を振り上げ、ペダルを踏み直す。自転車はスタートが遅いのがもどかしい。

あの男性は一時間以内に死ぬ。だがそれは、本当に決まっていることなのだろうか。叔父さんの時だってそうだった。僕が運命を変えられるかもしれない。

これまでも何度か考えたことだった。どうしてこの僕に、こんな能力が与えられたのか。

それはもしかしたら、運命を変えるためなのかもしれなかった。あの蛍は死の運命に捕らわれた人が出すSOSではないのか。それを受け止められるのは、世界で僕一人。きっと、僕にこの力を与えた何者かが言っているのだ。死の運命を変えろ、それがお前の使命だ、と。

変速を一番重くして立ち漕《こ》ぎを続ける。路地を抜けて体を倒し、車が曲がった方向に向かう。角を曲がる瞬間に歩いているおばさんを発見し、避けようとハンドルを切ってバランスを崩し、一瞬、浮遊感を覚えたが、体を強引に捻《ひね》って立て直す。体勢が整うと同時に背中に冷たいものが走ったが、構わずに再加速する。追うべき車は二十メートルほど前で右折し、国道に入った。

追いつけるだろうか。こっちは自転車だ。スピードが違いすぎる。住宅地の狭い路地ならともかく、信号に引っかかりにくい国道に入ってしまったらあっという間に見えなくなってしまう。

「待って！」

思わず叫んだが、車はそのまま曲がって見えなくなってしまう。

……諦《あきら》めるもんか。

最高速度のまま国道にぶつかる交差点まで出る。ブレーキを軋《きし》ませて車体を右に回す。前方を見渡すと、追っている白のスカイラインの姿がまだ見えた。幸運だった。スカイラインは右折して国道に入ろうとしているが、対向車が多くて曲がれていないのだ。

……今のうちに差をつめる。僕は再び尻《しり》を上げて立ち漕ぎを始めた。とにかくまず追いつくのだ。横に並びさえすれば、窓ガラスを叩《たた》いて停車させることができる。

しかし、左側の路地からダルメシアン犬を連れたおじさんが出てきた。このままいくとぶつかる。僕は体を倒してハンドルを切り、おじさんの背後をすり抜けようとした。

しかしその途端、ダルメシアンが何かを見つけたのか、突然反転しておじさんの後ろに飛び出した。進路をもろに塞《ふさ》がれた僕は慌てて両方のブレーキを握る。金属のこすれる甲高い音がし、後輪を左右に振ってアスファルトを焼きながら自転車が止まる。おじさんは驚いたような顔で僕を見たまま硬直した。それから「すいません」と弱弱しい声で言ってダルメシアンを引っ張る。

勢いを殺された僕はのろのろとダルメシアンをやり過ごし、変速を軽くしてあらためてスタート体勢を作る。しかし交差点の信号が変わり、まだ二十メートル近く距離があるのにスカイラインは右折して視界から消えてしまっていた。相手の入った道を頭の中で検索する。あの道はまっすぐ延びていって橋を渡る。近くに信号はない。僕は間髪を容《い》れずに加速した。変速を重く変えながら車道に出る。路上駐車の車が進路を塞ぐが、もうブレーキを踏む気はない。右手で手信号を出して車道にふくらみ、歩道に乗り上げて通行人をかわし、また車道に戻る。体を倒しながら交差点を右折する。しかしスカイラインはもう加速していて、橋のむこうに消えようとしていた。

小さくなってゆく相手に心の中で叫ぶ。待て。待ってくれ。あなたは死ぬ。そのまま行くと死ぬんだ。少しでいい。止まってくれ。話を――

スカイラインが視界から消えた。

追いつけない。車に自転車で追いつくなんて、無理だ。

急にペダルが重くなった。呼吸が苦しい。腿が張っている。ハンドルを握る掌《てのひら》がヒリヒリする。

とうとうスピードを落としかけた時、背後からクラクションを鳴らされた。しまった、と思って歩道に上がるが、クラクションは暴力的に鳴り続けたまま近づいてきた。振り返ると、後部のドアを開けたまま車が接近してきていた。見覚えのあるパールホワイトのアルトだが、なぜこちらに来るのか分からない。僕の視線は接近してくるアルトのバンパーに釘《くぎ》づけになる。轢《ひ》かれる、と恐怖したが、助手席から顔を出したのは鈴乃だった。

「修くん、乗って！」

アルトは後部のドアを開けたまま歩道に寄り、減速しながらもぐんぐん近づいてくる。僕は自転車から飛び降り、脚をもつれさせながらも勢いを殺さずに駆け出し、開かれたドアにつかまって後部座席に飛び込んだ。

アプリコットカラーの車内に転がり込む。座席の感触とエンジンの振動を感じた。

「乗ったわね？　ドアを閉めて下さる？」

頭上から優雅な声。運転しているのは鈴乃の祖母の春江《はるえ》さんだった。

「ドアを。それからシートベルトをお締めになって」

ぴしりと背筋を伸ばして命令する春江さんに圧倒され、僕はあたふたと体を起こしてドアを引っ張り、後部座席をまさぐる。

「おばさん、どうして」たしかこの人は「おばあさん」と言うと怒る。

「加速します。摑まりなさい」

言い終わる前に春江さんはアクセルを踏み込み、アルトは後輪をきゅるきゅる鳴らして急加速した。急激なGでシートに押し付けられながらも、僕は大急ぎでシートベルトを締めた。僕の生存本能が最大音量でアラームを鳴らしている。この運転はやばい。

運転席の春江さんは厳しい表情で前方を睨《にら》みながら、しかし全く躊躇《ちゅうちょ》なくアルトを加速させる。

「鈴乃。ターゲットはどの車?」

「白の、ええと」

「セダンです。たぶんスカイライン」

「白のスカイラインね。分かりました。それを止めればいいのね」

まさかぶつけるんじゃあるまいな、と思う。しかしこの加速を見る限りではやりかねない。春江さんはアクセルから足を上げない。薄闇と電灯でまだらに染まった周囲の景色が、異常な高速で後方に流れていく。

交差点で突然ハンドルを叩いて派手にクラクションを鳴らし、しかしあくまで優雅な声で春江さんは僕に尋ねる。「修哉さん。ターゲットの行き先は見当がつきますかしら」

「いえ……」

「それじゃ、このまま追いつくしかなさそうね」

言うなり春江さんは急ハンドルを切る。僕は左右に振り回されて窓ガラスに激突する。後方を見ると、右折して侵入してきたらしいトラックが泡を食った様子で停車していた。春江さんはダッシュボードを探り、何かのプレートの束を出して鈴乃に示した。「貼りなさい。半分は後ろのガラスに」

鈴乃から渡されたプレートの束は、大量の高齢者マークだった。

「……あの、おばさん、これは」

「それを貼っていればまわりの方が退《ど》いて下さるわ。目立つところに貼って頂戴《ちょうだい》」

「おばあちゃん、まだ着ける歳じゃないのに持ってたの」鈴乃がずれたことを訊《き》いた。

「こんなこともあると思って買っておいたの」春江さんは前を見たまま言う。こんなことというのはカーチェイスのことだろうか。

春江さんは訓戒調で言い切った。「備えあれば憂いなし」

備えって言うけど高齢者マークってこういう用途に使うんだったっけ、などと疑問に感じないでもなかったが、僕は命じられた通り、なるべく目立つようにリアガラスに吸盤式の高齢者マークを貼りまくった。

「摑まりなさい」

春江さんの命令に何かと思って前方を見たら、交差点の赤信号が目前に迫っていた。ブレーキを踏むのかと思ったら春江さんはアクセルを踏み、高齢者マークをべたべた貼ったアルトは最高速度で十字路を突き抜ける。背後でブレーキ音が鳴った気もするが、怖くて振り返ることができない。

鈴乃が鋭い声で言った。「見つけた。あれ」前方を指差す。

「そのようね」春江さんがハンドルを握りなおす。そして低い声で呟いた。「年貢の納め時です。観念なさい」

数秒してようやく僕にも白のスカイラインが視認できた。春江さんはアクセルを地の底まで踏み込んだままで、アルトは追い越しと二重追い越しを駆使してターゲットに迫る。

しかしそこで、スカイラインがいきなり左折し、路地に入った。

予想外の行動だった。スピードを出しすぎていたアルトは曲がりそこね、路地を越えてそのまま直進した。春江さんは「あら、お逃げになるのね」と呟いて急停止する。僕は助手席のシートに鈴乃はダッシュボードにそれぞれ額をぶつけた。

春江さんは素早く後方を確認すると、腕を振り上げてハンドルを切り、クラクションをけたたましく撒《ま》き散らしながらアルトを転回させる。左、右、とハンドルを切り、アルトは見事に路地に飛び込んだ。

助手席のシートに摑まって横Gに耐えながら、僕は前方に目をこらす。スカイラインの姿はなかった。

春江さんがブレーキを踏み、ようやくまともな速度まで減速させる。

「いない……」

鈴乃の呟きにかぶせて春江さんが指示を出す。「遠くへは行っていません。修哉さん、右側の道をチェックしてくださる？」

「はい」

「鈴乃、あなたは左。それからテレビをつけなさい」

カーナビをそう呼んだらしい。鈴乃がスイッチを入れ、現在地周辺の地図を表示させる。

春江さんは前方を注視しながらアクセルを踏む。

「ここから入ったなら、目的地は近くのはずです。修哉さん。鈴乃。二人で推理して」

……目的地。あのおじさんの目的地。自殺者の目的地。

僕は急いで思考をめぐらせる。手がかりはないか。あの人はどうやって死ぬつもりだろう。どこで死ぬつもりだろう。

記憶を探る。あの人の服装はスウェットだった。出かけるような恰好《かっこう》ではない。部屋着のままで出てきたような感じだ。だとしたら。

「……人のいないところです。人ごみをあの恰好で歩いてたら不審者に見られる。でも……」

その後が分からない。

だが、鈴乃がカーナビの画面を指差した。「これ、空き地？」

見ようとして腰を浮かせたらシートベルトに引っぱられた。僕は下腹部の痛みをこらえてシートベルトを外し、身を乗り出す。

表示された周辺地図は細かく区画されており、このあたりはずっと似たような路地が続くことを示している。確かにこのあたり、駅方面に行かなければしばらく住宅地が続く。しかし鈴乃が指さした場所は、かなり大きく区切られた土地だった。空き地にしては広すぎるが文字情報は表示されない。公園だろうか？　しかし、公園にしては大きな建物も建っている。

「……工場？」

「この辺りに工場はないわ」春江さんが三方向をくるくる確認しながら言う。

鈴乃がきっぱりと言った。「ここだと思う」

春江さんは鈴乃をちらりと見て、カーナビの画面を確認し、無言で加速した。

「鈴乃」

鈴乃が振り返る。「たぶんここ、学校だと思う」

「でも、学校なら表示が……」言いかけて、僕も気付いた。「……学校跡、か」

鈴乃が頷く。なるほどそれなら、カーナビに表示されなくてもおかしくない。

「そういえば、このあたりの学校も最近、廃校になったわ」春江さんが言い、そして溜め息をついた。「……子供が少ないのは、寂しいわねえ」

拓北《たくほく》第二小学校は確かに廃校だった。なるほどここならひと気がない。あの人はこれを知っていたのか。あるいは、ここの卒業生かもしれない。

白のスカイラインは確かに、その正門前に停まっていた。それに後ろからぶつけるようにアルトを停め、僕達三人は急いでその運転席に駆け寄る。スカイラインは沈黙していた。窓から覗き込んだが、誰も乗っていなかった。

ボンネットに手を当て、春江さんが言う。「まだ熱があるわ。遠くへは行っていないようよ」

開け放たれた正門から敷地内に入る。普通こういうものは閉めておくはずだから、誰かが開けたのだろう。そうすると、建物内にもどこかから誰かが侵入している可能性がある。

校舎を見上げて、僕は立ち止まった。

「修くん」

「屋上だ。……飛び降りるつもりなんだ」

夕刻の薄暗がりに紛れてはっきりとは見えないが、屋上で赤い光が動いた気がした。よく見ると動く影がある。僕が指さすと、鈴乃と春江さんも人影を見つけた様子で頷きあった。

駆け出そうとすると後から腕を掴まれた。春江さんだ。「見つからないで近づいた方がいいわ。植木に沿って迂回《うかい》なさい」

鈴乃が頷く。「私、行ってくる。おばあちゃん、ここにいて」

「膝さえ良ければねえ」春江さんは溜め息混じりに言って頷き、携帯を出した。

「修哉さん、あなたの携帯を貸していただけるかしら？」

「あ、はい」僕は急いで携帯を出して手渡す。

「警察と救急……いえ、消防ね。私が通報します。それと、様子が変わったら鈴乃、修哉さんの携帯であなたに電話するわね」

「うん」

鈴乃の瞳《ひとみ》を覗き込むように見つめ、何か手渡してから春江さんは付け加える。「……無理しちゃ駄目よ」

うん、と頷いて、鈴乃が駆け出した。

追って駆け出そうとしたら、また春江さんに袖を掴まれた。「修哉さん」

「はい」

春江さんは僕をじっと見た。

「……鈴乃をお願いします。あの子は」

「分かってます」みなまで聞かなくても分かる。僕は力を込めて頷いた。

「もう一つ」春江さんは威厳に満ちた声で断言した。「相手は他人です。何の義理もありません。だから、何があってもあなたと鈴乃が優先。……いいかしら？」

「はい」

そして駆け出す。時間はもうない。僕達が屋上に辿《たど》り着くまでに、あの人が飛び降りてしまうかもしれなかった。

鈴乃は速く走れない。校舎の下に辿り着くまでに追いつけた。玄関前で立ち止まった鈴乃は、僕を見つけると、息を切らしながら駆け寄ってきた。「修くん」

「どこから入る？」

鈴乃は校舎を振り返る。玄関のガラスドアは閉まっているが、鍵《かぎ》がかかっているかは分からない。だが、あの人はどこかから入ったはずだ。僕は非常階段に向かった。屋上に直通で、しかもドアが粗末なのはここだ。しかしノブは回らなかった。鍵がかかっている。

「くそっ……」

ではどこだ。玄関を振り返る僕の脇から鈴乃が手を伸ばし、ドアノブを回そうとする。

「駄目だ。鍵が」

「うん」

鈴乃はなぜか動じず、ポケットからヘアピンを出して鍵穴に挿し込んだ。

「鈴乃」

「待ってて」

鈴乃は鍵穴に入れたヘアピンをしばらく動かした後、それを押さえたままポケットからもう一本ヘアピンを出した。さっき春江さんから受け取っていたのはこれらしい。二本目のヘアピンを鍵穴に突っ込んでかちゃかちゃと鳴らすと、かたん、という音がした。鈴乃は当然のようにノブを回してドアを開いた。

「うわ」ピッキングだ。

「靴、脱いで。足音するから」

「あ、うん」

鈴乃に続いて靴を脱ぐ。……やっぱり鈴乃は、あの春江さんの孫娘だ。

金属製の階段が足の裏に冷たい。靴を脱いだのは正解で、僕と鈴乃は足音をさせず、しかし素早く駆け上がることができた。

「鈴乃、無理するなよ」前を行く鈴乃に囁く。心臓が弱いのに階段を駆け上がるから、後ろから見ていて不安になる。

「大丈夫」しかしすでに苦しそうだ。

手すりを摑みながら五階分の階段を上り、屋上のコンクリートに足を踏み入れる。振り返ると、住宅地の夜景が広がっていた。風はない。

春江さんから連絡がないということは、まだあの人はそこにいるのだろう。柵《さく》沿いにゆっくり移動して、階段室の陰に一旦《いったん》隠れる。

壁に背中をぴったりとつけて体の位置を変える。覗き込むと、柵の外、縁ぎりぎりに佇《たたず》む男の姿があった。僕達に背中を見せてはいるが、男のいる位置までは十メートルくらい距離がある。

再び階段室の陰に隠れる。

「……いた？」

「いた。でも柵の外だ」

今度は鈴乃が身を乗り出し、男の位置を確認して戻ってきた。

「……どうする？」鈴乃が囁く。

「警察とか、消防とかどのくらいで来る？」

鈴乃が携帯を出し、春江さんにかける。小声で話しながらいくつか頷いて顔を上げる。

「さっき通報したって。あと二、三分」

……二、三分。

再び顔をのぞかせ、男の背中を見る。男の蛍は、背中越しでも分かるくらいに肥大していた。佐々木さんの蛍を思い出し、頭の中で大きさを比較する。二、三分の余裕はあるかもしれなかったが、それは落ちて即死する運命なら、の話だ。落ちるのは五秒後で、死亡するのが二、三分後――という可能性もあった。

「……待ってる時間、ないよ。もう、いつ飛び降りてもおかしくない」

「じゃあ……」

「まず、とにかく柵の中に戻さないと。力ずくでいいから引っ張り込んじゃいたい。でも……」

男に気付かれずに、手の届く距離まで近づけるだろうか？　相手は縁ぎりぎりに立っている。驚かせればバランスを崩して落ちかねない。

しかし鈴乃の決断は早かった。「私、こっち側から出る。話しかけてこっちの方、向かせるから」

「分かった」

その間に僕は反対側から出て、背後に忍び寄る。失敗するかもしれないが、それしかなかった。

反対側の角に行こうとしたら、鈴乃に袖を摑まれた。

「どうした？」

「修くん」鈴乃は一瞬ためらったようだったが、すぐに僕の目を見て言った。「失敗しても、仕方ないんだからね」

「うん。お互いにね」それから僕は、半分以上自分に言い聞かせるつもりで呟く。「待ってたら確実に駄目なんだ。やるだけやるしかない」

鈴乃は頷き、それから足音を忍ばせて階段室の角から出た。僕は反対側の角に待機して、男の様子を窺《うかが》う。

男がむこうを向いた。鈴乃が話しかけたのだ。男は振り向いてバランスを崩しかけたが、自分で手すりを摑んだ。

鈴乃が続けて話しかけているようだ。男の注意が完全にむこうを向いた。しかし、鈴乃が一歩、近づこうとすると、来るな、という怒鳴り声が聞こえてきた。

僕は階段室の陰から出た。コンクリートをひたひたと走って間合いを詰める。男の背中が近づいてくる。……もう少し！

そこで男が振り向いた。僕はその腕に飛びついてしがみつき、柵の内側に引っ張った。

「こっちです。戻って！」

男は驚愕《きょうがく》した顔で僕を見て、それから咆哮《ほうこう》して体をよじる。「離せ！」

反対側から鈴乃が、柵越しにその胴に飛びつく。

「離せ！」

「落ち着いてください」

「何すんだ！」

「落ち着いて」

体のあまり大きくない人だから、と思っていたのが甘かったのだ。なりふり構わなくなった人間は凄《すご》い力だった。僕は腕にしがみついたまま振り回され、柵に何度もぶつけられた。それでもひたすらしがみついた。摑んでさえいれば、飛び降りることはできない。

男は凄い力で腕を振りほどこうとし、空いた手で僕の顔面を殴りつけた。目の前に火花が散り、視界が回転する。それでも離さないつもりで僕はしがみつく。だが頭がぐらぐらして力が入らない。

男が絶叫し、僕が摑んでいた腕がするりと抜けた。瞬間、男の体が下にずれた。

足を踏み外したのだ。しがみついていた鈴乃の体が浮き上がり、柵を越えそうになる。僕はバランスを崩して柵のむこうに落ちる寸前に鈴乃の体をつかまえ、思い切り後ろにのけぞった。

視界がスローモーションになる。鈴乃の体が柵の内側に倒れる。柵のむこうで男の体が消える。柵のむこうから届く絶叫を聞きながら、僕と鈴乃が後ろに倒れ込む。背中を地面に打ちつけ、腹の上に鈴乃の体がのしかかる。一瞬、息が止まった。

僕は仰向《あおむ》けにのびて、それから体を折って咳《せ》き込んだ。傍らで、鈴乃がむっくりと起き上がる。背中が痛むのも構わず、僕も体を起こす。

男の姿は柵のむこうに消えていた。

……駄目だった。失敗した。

しかし僕は聞いた。立ち上がった鈴乃が柵から身を乗り出して下を見て、「おばあちゃん」と言うのを。

鈴乃が振り返る。そして言った。「大丈夫みたい」

立ち上がる。わけがわからないまま柵に飛びつき、下を見る。鈴乃の言った意味が分かった。

春江さんのアルトが窓ガラスを砕かれ、ひしゃげていた。男はその脇に倒れていたが、むっくりと起き上がった。春江さんはアルトで落下地点に突進し、車体をクッションにしたのだ。

ドアが開き、春江さんが窮屈そうに身を縮めて車から降りた。

「おばさん！」

「おばあちゃん！」

僕と鈴乃は同時に叫んだ。春江さんはそれを聞くと僕達を見上げ、僕達に向かってまっすぐ拳を突き出し、ぐっと親指を立てた。

……やった。

僕と鈴乃は弾《はじ》かれたように顔を見合わせ、それから親指を立てて返した。

春江さんが大声で呼ぶ。「鈴乃、怪我はない？」

「大丈夫。おばあちゃんは」

「私はぴんぴんしてるわ。車は弁償させます」

春江さんはそう怒鳴ってから、男の脇にゆっくりとした動作でしゃがんで、体についたガラスを払ってやる。男は腕を押さえているし頭から血を流しているが、意識はしっかりしているようだ。

僕はそれを確かめ、深く長く息を吐いた。

……運命に、勝った。

校門からパトカーと梯子《はしご》車、それに救急車が連なって入ってきた。春江さんはヒーローインタビューを受けるかのように、駆けつけた車に向かって立ち上がった。

「……そうか。じゃ、とりあえずもう心配いらないんだ」

「うん」

5

夜中になって鈴乃から電話があったので、いつも通り窓を開けて話している。

結局あの後、春江さんに言われ、僕と鈴乃は急いで屋上から脱出して逃げた。警察と消防署には「廃校舎の屋上で飛び降りそうな男性をたまたま見つけた春江さんが車で駆けつけ、車の屋根で相手を受け止めた」と説明してもらった。警察の人も消防署の人も驚愕していたらしいがまあ当然だろう。春江さんはあとで消防署から表彰されるらしい。

なぜそういうことにしたかは言うまでもない。蛍の説明をしても信じてもらえるわけがない以上、独断で動いた僕達は表彰どころか、軽率な行動をとったとして大目玉をくらう可能性があったのである。

飛び降りた男性の名前は藤岡清《ふじおかきよし》。詳しい事情は知らないが、どうも相当の借金があったらしい。自宅のアパートで首を吊《つ》ろうとしたが死に切れず、それならばと生まれ故郷のこの町に戻り、懐かしい町並みをぐるぐる見て回った後、母校が廃校になっているのを見て、その校舎から飛び降りることにした、とのこと。ただその借金はどうも、警察や春江さんと話したところかなり過払いがあったのではないかという話になり、以後は弁護士に相談して事にあたることになったらしい。怪我自体も頭部裂傷と鎖骨骨折程度。後遺症の心配はないようで、春江さんは大破したアルトを弁償させるといきまいている。そういえばこういう原因で車が壊れたら保険っておりるのだろうか。春江さんは「落下物ですから」と言っていたが「おっさん」は落下物に含まれるのか。

何にしろ、死の瀬戸際に触れるというとてつもない体験だった。未《いま》だに興奮冷めやらぬ僕は電話でも饒舌《じょうぜつ》に喋った。人の命を助けた（のは、実際には春江さんだけど）という高揚感と、能力を初めて人のために活《い》かせたという充実感で浮かれていた。

喋りながら考えていた。この能力はもっと有効に活かすべきではないか。世界中の人をすべて救うことはできなくても、せめて目に見える範囲の人を見落とさないようにするべきだ。蛍の光は、小さいうちは注意して見ないと気付きにくいから、とりあえず、明日からは他人を注意して観察することにしよう、と決めた。それが特別な能力を与えられた僕の役目ではないか。

そう考えていたら、鈴乃が唐突に言った。「修くん、明日から一緒に学校行こう」

「え。……ああ、うん」

これまで一緒なのは下校時だけだった。わざわざ朝、待ち合わせたり誘いあったりする必要性を感じていなかったのだ。むこうもそうだと思っていたのだが。

「それから、明日から自転車で行こう」

「自転車で？　……いいけど、でも一時間とかかかるんじゃないの？」それが大変なのは僕よりむしろ、体力のない鈴乃のほうではないのか。

「近道、探すから。……ちょっと早起きになっちゃうけど」

「それはいいけど」早起きが辛《つら》いのも、低血圧で寝起きの悪い鈴乃のほうだ。さすがに疑問に思って尋ねる。「なんでいきなり、そうしようと思ったの？」

鈴乃のシルエットに尋ねる。

「……体力、つけなきゃ、って思って……」

それはないだろう。鈴乃のような体質が「体力」云々《うんぬん》で解決できる問題ではないことくらい、本人が一番よく分かっているはずだ。むしろ自転車で長々と走って負荷をかけるとか、冬場に外にいて体を冷やす方がよくない。

僕は窓枠に身を乗り出す。「鈴乃、あのさ」

「ごめん」

さすがに通じないと思ったらしい。鈴乃はそう言って僕を遮って、しばらく下を向いていたが、ややあって顔を上げ、しかし遠慮がちに言う。「私いま、電車、怖いの」

「え？」

一瞬、なんだそれは……と思ったのだが。

次の瞬間、僕は総毛立つ感覚をこらえなくてはならなかった。「おい、まさか」

「大丈夫。そんな、ひどいことはなかったから」鈴乃のシルエットがふるふると動く。

……女子高生がいきなり「電車を怖く」なる理由は一つしかない。鈴乃は痴漢に遭ったのだ。

僕は憤然として頷く。「分かった。明日から自転車で行こう」

「ありがとう。……ごめんね、つきあわせて」

「そんなの気にするなよ」

答える声につい怒気が混じってしまう。確かに鈴乃は大人しそうに見えるから、痴漢にはには狙いやすいタイプだろう。しかし犯罪者のそうした卑劣さを考えるにつけ、どうしようもなく腹が立つ。かたや被害者のほうは、一度そういうことがあった後では常に不安感がつきまとうことになる。バスだけで通学するルートもあるが、バスも怖いだろう。それなら遠慮などすることはない。僕が一緒にいて不安感が和らぐならいくらでもつきあう。

「でも、そうしたら帰り、どうしようか。遅い時はいいけど……」

「私も帰り、なるべく残るようにするから」

突然降って湧いた痴漢話になんとなく調子を狂わされたまま、その日は電話を切った。

急にやることが増えた気がする。守るべき人がわらわらと出てきた、と言った方がいいだろうか。しかしそれは面倒ではなく、腕まくりをして「よし」と向きあいたくなる忙しさだった。

どうも、僕はこれまでよりも一回り、しっかりしなくてはならないようだ。

部活の練習が終わり、今ひとつ汗をちゃんと拭《ふ》ききれない湿った体を引きずり、僕は校舎に向かう。日はすっかり落ちているが、鈴乃はたぶん今日も部室で僕を待っている。

とりあえず僕達は朝夕、一緒に自転車通学することになった。それで生活習慣がいくつか変わった。その結果僕の生活は、何か妙に充実し始めた。

まず昼がパンになった。僕は出るのが早くなるからと理由をつけて、弁当の代わりに昼飯代をもらっていくことにした。洋介叔父さんの告別式から帰ってきた母は表面上いつも通りに振る舞っていたが、正直、弁当まで作ってもらうのは申し訳ないような情況で、これはちょうどよかった。昼にパンを買うため購買に走り売り切れやすい人気商品をいち早くキープする、という労働が一つ加わったけど、これは慣れてしまえばどうということもなく、むしろ楽しむこともできたし、人気商品を複数キープできた時は友達に高値で売って差額をいただく、というダフ屋行為もできるようになった。もっともこれは後に、購買に「商品は自分の分だけ買いましょう」という貼り紙が出てやめることになる。誰でも考えることは同じようだ。

それからこうして、金曜だけでなく毎日、部室で待っている鈴乃を練習後に迎えに行くことになった。鈴乃は今のところ毎日、部室で僕を待っている。帰るのが最後になることも多いから、部長から部室の鍵を預かっているらしい。

廊下で文芸部の松本君と行き会う。松本君は僕を意識するでもなく無視するでもない様子で短く言う。

「雨沢さん、いるよ」

「うん」

そのまま通り過ぎようとしたら、松本君に呼び止められた。「……高橋《たかはし》君、毎日、一緒に帰ってんの？」

「うん。ちょっと事情があって」

「前は違ったよね。……つきあいだした？」

「いや」ちょっと考えて頷く。「うん。まあ、そんな感じ」

「ふうん。んじゃ」

帰っていく松本君に余裕で手を振る。前は慌てて否定していた。でも今それをやっては下手に勘ぐられるだけで、もういいや、と開き直ることができるようになった。鈴乃が困るようなら事情を説明しようと思っているけど、その鈴乃にしたって毎日僕と一緒に登下校していたら他の男とつきあえるわけがないから、今のところは困っていないだろう。

部室を覗く。例によって最後まで残っていた鈴乃がぱっと顔を上げ、振り返る。

そして以前からやっていたように、和気藹々《わきあいあい》としているでもなくむっつりとしているでもない調子で一緒に帰る。

会話は全体的に少なくなった。やってみて初めて分かったことだが、自転車では二人一緒に走っていても会話が困難なのだ。鈴乃は人や車が少ないコースを見事に選びぬいていたので走りやすかったが、その分右左折が多くテクニカルだった。それに加えて鈴乃はもともと自転車に乗るのが下手であり、お年寄りのように左右にふらつくので、並走すると危険なのである。かといって一列縦隊で走ると、基本的に後れがちな鈴乃がついてきているかどうか分からなくなって振り向いた途端に追突されたりもする。そんなこんなでわりと大変なのだが、なぜだかあまり疲れる気はしなかった。雪が降ったらどうしようか、という点は気になっていたが。

黄信号の国道を渡りきって振り返る。鈴乃は遅れたらしく、中央分離帯のところでハンドルに突っ伏していた。信号が変わるのを待ち、急いで渡ってきて肩で息をしている彼女が落ち着くまで待つ。そういう時に、ぽつりぽつりと話をする。

「……明日も朝、見回りするの」

「うん。一応。……つきあってくれる必要はないんだけど……」

鈴乃は答えない。

毎朝、学校に着いたら、校内を一回りして蛍がついている人がいないかをチェックするのが習慣になっていた。相手は健康な高校生ばかりだから（教職員は不健康な中年だったりするが）蛍がつくということもまずないはずで、実際、始めてひと月が経っても一人も発見していないのだが、念のため、ということもある。

そんなふうにして生活習慣が、基本的には面倒臭い方向に変わったのだが、僕は意外なほどすぐにそれに慣れていた。それはおそらく僕に、早く慣れようとする気持ちが強くあったせいだと思う。生活習慣を少しだけ変えたのは鈴乃や周囲の人を守るためだから、なんとなく世界の中で自分の重要性が増したような気がして、正直に言えばけっこう気が乗っていたのである。

朝の見回りについては、最初のうちは恐怖感もあった。もし蛍が見えたらどうしようと思うと、こんなことはやめて大人しくしていよう、という気持ちになることが何度かあった。それでも耐えた。僕が蛍を見過ごせば、その人は百パーセント死んでしまう。それを九十九パーセントにできるだけでも、僕がしていることに意味はあるはずだ。そう考えて自分を奮い立たせた。

走り出してしばらく後。信号待ちで並んだ時に鈴乃が話しかけてきた。会ってほしい人がいる、と。

「……うん。友達？」

鈴乃はこちらを見ず、最低限の音量で答えた。「お医者さん」

「かかりつけの？」

鈴乃は首を振る。「修くんの」

「僕の……」

「修くんの病気、専門に研究してる人がいるの」

そんな人といつの間に知り合ったのだろうと思ったが、考えてみれば鈴乃は僕の「幻覚」について、かなり詳しく調べているようだったのだ。

「でも、蛍が見えるのはただの幻覚じゃなくて……」

言いかけた言葉を飲み込む。鈴乃はじっと僕を見ている。この顔になるとちょっと、断るのは無理だ。とにかく承諾する。「……うん。分かった。どこでいつ？」

承諾した理由はもう一つあった。僕の「病気」を「専門に研究している」人がいる、ということは、僕と似たような能力を持つ人が他にもいる、ということなのだろうか。

もしそうだとすれば、それはとても魅力的な話だった。どんな場合も人間、同病相憐《あわ》れむ気持ちに変わりはないもので、同じ悩みを持つ人に会えるかもしれない、という事実は、それだけでひどくありがたい。その人達はこの能力とどのようにつきあっているのだろうか？


放課後すぐ、鈴乃に教えられた市中心部のカフェに行くとその人がいた。オープン席の椅子に鞄を置き、パラソルの支柱につながれているシベリアンハスキーを削り取らんばかりの勢いで撫《な》で倒していた白いシャツの人は、僕が近づくとまだ声もかけていないのにすらっと立ち上がって会釈した。すらりとした長身で肩幅が広く、恐るべき美形の男性なのかそれとも女性なのかはっきりしない。医学部の准教授で脳神経病態制御学研究室の静《しずか》先生、ということだったが、向かい合わせで座っているだけでなんとなくリラックスできる不思議な雰囲気の人なので、自己紹介にはある程度納得がいった。撫でられていたハスキーの方は「もっと撫でて！　もっと！」と言いたげな顔で先生を見上げてハッハッと荒く呼吸している。撫でるのがうまいらしい。

先生はまず、僕のこの不思議な力について説明してくれた。一部学会で「異能症」と呼ばれ、研究が始まっているということや、僕以外にもたくさんの能力者がいるということ、そしてこの能力が不安症などの精神障害をきっかけにして発現することなど。異能症の患者は平行世界を選択しているかもしれない、などというとんでもない話も出たが、僕が笑いも怖がりもせずに聞けたのは、自分自身が能力者であると同時に、時折鈴乃とスケールの大きな話題で喋《しゃべ》っているせいで、多少なりとも宇宙などについて知識があったおかげだろう。平行世界も多元宇宙も、もし存在するとしたら僕たちのすぐそばにあるはずなのだ。

それから僕は、問われるままに自分の「症状」を話した。自分の能力が「病気」として扱われることに違和感がないではなかったが、とにかくこの人から一つでも多くこの能力に関する話を聞き出したかったし、僕は本当に久しぶりに、鈴乃以外の相手に対して蛍の話をした。隠さず話せるというのはやはりいい。心が軽くなっていくのが自分で分かった。話す前、静先生はいいですか？　と僕の承諾をとってからICレコーダーをテーブルに置いたが、それにも抵抗はなかった。

それとは別に大学ノートにもメモを取っていた静先生は、僕の話が一段落したのを見て取り、一つ頷いた。

「……ありがとうございます。大変、参考になりました」

真摯《しんし》な眼差《まなざ》しを向けられてそう言われると少し照れる。静先生は、「蛍」ですか……と呟いて頷いている。僕達のつけた呼び名は、医師からすると少し詩的に過ぎるのかもしれない。

「予知能力か……」注文したコーヒーがいつの間にか冷めている。日が陰っているせいで少し涼しくなってきたようだ。「あるんですね。ほんとに」

先生の方のカップはすでに空になっている。「素粒子がとり得る配列の数は有限です。それはつまり、未来のある時点で起こっている事象のパターンも有限だということです」

「スケールが大きすぎて、なんだか」コーヒーはぬるい上に酸味が強くなっていた。

「……それで、僕の能力なんですけど、やっぱりその、強迫症とかが原因なんですか」

静先生は頷き、むしろ不安症でしょう、と付け加える。「予知という形で症状が現れたのでしょう。地震を恐れるあまり、現実に地震予知ができるようになった……という症例も、報告されているんです」

「だとすれば、僕は……人の死が怖い、ということですか？」

「見えるようになる以前、強く不安を感じていた時期があったはずなんです。もしかしたら、強い恐怖を感じた何かの体験があるかもしれません。……心当たりはありませんせんか？」

思い出せない。僕が蛍を見るようになったのは小学校の高学年くらいからだが、その時期に何かあっただろうか。記憶を辿ってみるが、親しい人が死んだということはなかった。

「すいません……思い出せません」

「いえ。無理に今、思い出す必要はありません。ですが」静先生はテーブルの上に両手を組んで少し前屈《まえかが》みになる。「今後、治療していく上で、思い出す必要が出てくるでしょう」

その言葉が引っかかった。「……『治療』？」

「異能症は治療が可能です。完治した例はあまりありませんが、症状を自分の意思でコントロールできるようになる可能性は、かなりあります」

「ちょっと待ってください」

話が食い違っている。「僕はこの能力を治すつもりはありません」

静先生は沈黙した。口許《くちもと》に手をやり、視線だけが何かを探すようにわずかに動く。

「もちろん、治療を望まれるかどうかは、高橋さんご自身が決めることです」

そう言ってから、僕の目を覗《のぞ》き込む。「……治療を望まれないのは、なぜですか？」

「だって、この能力があれば」妙な感じだった。自分は間違ったことを言っていないはずだ。なのに、静先生の視線にあうとなぜか裸で晒《さら》されているような不安感を覚える。

「……見えた人を助けられるじゃないですか。死の運命が事前に分かれば、対策がとれます。現にこの前だって……」

僕は藤岡清さんの件を話した。現実に、僕は人の命を救えたのだ。治療するなどという考え方は理解できない。なぜ能力を有効に使おうとしないのか。

静先生は僕の瞳に視線を据えたまま、穏やかな表情で聴いていた。

そして、ゆっくりと確認するように問う。「……今の生活は、大変ではありませんか？」

「それは、少しは……」

「大変なのに、あなた自身、現状に満足していると言い切れますか？」

「現状……」

「つまり、学校の見回りなどをしている今のやり方に、です」

「それは、だって、僕にはそれぐらいしか……」

言いかけて、僕はその先を続けられなかった。

……本当に僕には、それぐらいしかできないだろうか？

頭の中にイメージが浮かぶ。家族や友人の輪。学校の人の群れ。街の全景。日本列島。イメージはどんどん巨視的になってゆく。

僕が見さえすれば死にゆく人を助けられるかもしれないのだ。助けられるなら、できれば多くの人を助けたい、という欲が出る。家族や友人だけでは済まない。学校を見回れば学校の人は助けられるかもしれない。街をパトロールすれば行き会う人は助けられるかもしれない。家を一軒一軒訪問すれば、行き会う人以外も助けられる。それなら、なるべく人の多い札幌駅付近。いや、東京に行くべきだろう。駅を、空港を、いや、他人に協力してもらって日本中を回って。

だがそうなると、僕自身の生活は一体どうなるのだろう。学校に通っている時間はない。しかし一日中通行人たちの危険予知マシーンとして働き続けるのも無理がある。だが休日を作ったとして、その間に助けられたはずの人が死ぬかもしれない、という状況で心が休まるとも思えない。ということは、僕は死ぬまで休みなく働き続けないといけないのだろうか。そこまでする義理はない。

では、どこまでする義理があるのだろうか？　一体、どこで線を引けばいいのか。

僕は分かっていた。線を引くことなどできないのだ。他人を救おうとどんなに駆けずり回っても、救えない他人は必ずいる。無限に思い浮かぶ。能力を効率的に使おうと工夫すればするほど、至らない部分が気になるようになる。いずれ充実感を罪悪感が上回り、僕は充実感に引かれるのではなく罪悪感に追われることにより、走り続ける羽目になるだろう。

それでは僕が絶対にもたない。走り続ければ肉体が疲労で、留《とど》まれば精神が罪悪感で、どちらにしろ潰《つぶ》れる。

……そういうことだったのだ。

僕は手で顔を覆ってのけぞる。

のけぞったまま訊いた。「……鈴乃に頼まれたんですね？　僕の治療を」

「……雨沢さんは、あなたを心配しています。心労だけではありません。それよりむしろ、二次災害の危険の方を」

「二次災害……」

「仮に『蛍』が見えたとして」静先生はそこで、呼吸を整えるように一拍置いた。「見えた場合にことごとく介入してゆくことは、危険ではないでしょうか？　あなたが日常的に目にする年代の人間……つまり、例えば高校生の場合、死亡原因の第一位は『自殺』です。ですが、第二位は『不慮の事故』……それも交通事故なんです。その運命を変えようと近づいて、あなた自身がその事故に巻き込まれないと言えるでしょうか。現に」

静先生は僕の目を見据える。「……藤岡清さんの件では、あなたも雨沢さんも、あるいは春江さんも、かなり危険な目に遭ったのではないですか？」

「それは……」静先生はすでに鈴乃から、そのあたりの事情も聞いているらしい。「でも、それなら……別について回らなくても、気をつけろって忠告するとか、それだけでも……」

「あなたがそれだけで満足できるかどうかという点に、私は疑問を感じます。同様に、もし忠告だけで済ませた相手が死亡した場合に、あなたが悩まないかどうかについても」

「それは……」想像してみる。……自信は、ない。

「あなたがどういう方かについて、私は雨沢さんから伺っています。こうしてお会いしたところ、私はその通りの印象を受けました」

静先生は一切の曖昧《あいまい》さを排した、きっぱりとした声で喋る。しかし、その視線は優しかった。

「……それに、不安症や強迫症にかかりやすい性格、というものがあるのです。真面目で優しく、他人を放っておけず、何かがあればすぐ自分を責めてしまう──そういう性格です」

鈴乃だってそうじゃないか、と思う。しかし、下を向くしかなかった。

そこで僕はようやく気付いた。そういうことだったのだ。鈴乃が蛍の性質を知り、なお、僕に言わなかった理由。電車を使わなくなった理由。

考えてみれば、鈴乃に誘われた時点でおかしいと思うべきだった。どうしていきなり、朝も帰りも一緒に行こう、などと言いだしたのか。大変なのは分かっているはずなのに、自転車で行こうなどと言いだしたのか。そもそもどうして僕を誘ったのか。

鈴乃が僕を誘ったのは、僕が蛍を見る確率を少しでも下げるためだったのだ。登校時の満員電車やバスはもとより、人通りの多い道も避けて、僕が日常、目にする人の数をできる限り減らす。鈴乃が選んだ通学路に、妙に人が少なかったのもそのためだ。

考えてみれば、道端で会う人というのは健康な人の割合が大きい。つまり、死ぬとしたら事故等による死である確率が平均よりかなり高いことになる。それでも僕は、見つけたら追いかけてしまうだろう。見なかったふりをして通り過ぎるより、その方が楽だから。

鈴乃は、僕がそうすることを知っている。だから。

……毎日、朝が弱いのに早く起きる。体力がないのに一時間も自転車を漕ぐ。帰りだって僕が練習を終えるまで毎日待つつもりだったのだろう。僕を蛍から遠ざけるために。そしてもし蛍を見つけてしまったら、僕を自分の手で守るつもりで。

この一ヶ月あまり、僕は鈴乃を守っているつもりでいた。実際は逆だった。鈴乃の方が僕を守ってくれていたのだ。

僕は深く溜め息をついた。テーブルに肘をついて頭を抱える。「……まったく、あいつは」

静先生は無言で待っている。

僕は考える。優先すべきは、何か。

結論は分かっている。治療を受けるべきだ。自分のことをこんなに気にかけてくれる人がいるのだ。その人に心配をかけておいて、赤の他人のために駆け回ることなんてできない。

……でも。

いいのか。

僕はそれでも決心がつけられなかった。本当に、この力を使わずに眠らせてしまって
分からなかった。僕は頭を抱えたまま静先生に問う。「僕と同じ症状の人もいるんで
すか？　その人は……どうしましたか」

静先生は少しだけ間を置き、それからはっきりと言った。

「海外ですが、報告があります。確認しましょう」

顔を上げる。静先生は鞄を探り、数枚のプリンタ用紙を出してテーブルに並べた。

「その人から聞いた話をもとに、あなたの言葉を借りますと『蛍』……の、見え方をC
Gで作ってもらったのがこれです」

静先生が広げた紙には、いくつかの蛍が印刷されていた。小さい青藍色のものが、大
きさを変えて三枚。それから、肥大して暗い赤紫になったものが一枚。僕はその絵に引
きつけられた。

「あなたが見ているのは、これですか？」

「これです。ぴったりです」

「……同じ症状ですね」

「その人は？」

顔を突き出して訊く僕の目から視線を少しもそらさず、静先生は答えた。

「……亡くなっています」

僕は脱力して椅子の背もたれに背中を預ける。静先生は僕をいたわるような目で続けた。「事故死です。……蛍を見た人を追い、事故に巻き込まれました」

自分の顔が驚愕《きょうがく》で固まるのを隠せなかった。

……鈴乃は、このことも知っていたのだろうか？　僕もいずれ、その人のようになるかもしれない、ということも。

もう、迷うことは許されなかった。治療を受ける。少なくとも鈴乃が、毎日一時間も自転車に乗らなくてもいいように。

静先生から治療の方針を聞いた。それによると、基本的には「気にしない」というのが一番なのだそうだ。蛍が見えたらどうしよう、という恐怖が症状を悪化させる。以前、鈴乃にも言われた通りである。まずは精神療法。どうしても症状がおさまらない場合、抗不安薬を用いるかもしれない、とのこと。しかしその前に、症状が始まった原因を思い出さなくてはならない、とのことだった。逆行催眠でもかけるのかと思ったが、忘れている事実が危険なものかもしれない以上、それはなるべく避ける、というのが静先生の意見だった。

しかし医療行為である以上、さしあたっては、まず両親に事情を説明するところから始めなければならなかった。この病気の説明を担当する人が厚生労働省とか文部科学省にいるのだそうで、それは静先生が手配してくれるらしいが、しばらく時間がかかるとのことだった。

学校に戻り、部活の練習に最後だけ出た不完全燃焼のまま鈴乃に会いに文芸部の部室へ行く。治療を受ける、と言ったら、鈴乃は笑顔を見せた。

だからもう一緒に登下校する必要はない。そうも思ったが、それは言わなかった。

6

僕は反省した。自分の能力がもたらすものを、まだ甘く考えていたのだ。ヒーロー気取りで見知らぬ他人を助ける。たとえそうすることでいい気になっていたとしても、その行いは褒められるべきことだと思う。だがそれは、起こり得るリスクを全て自分で負えたら、の話だ。

僕が運命に介入しようと動けば、鈴乃に心配をかける。それだけならまだしも、鈴乃は必ず僕を手伝おうとして巻き込まれることになる。なぜなら彼女には、それをするだけの勇気と知性があるからだ。

春江さんが言っていた。相手は他人。だからどんなことがあっても、僕と鈴乃が優先。鈴乃の危険を減らすためなら、赤の他人など見捨ててみせる。そうしなければならなかった。

そう決意して一週間。僕は朝の見回りをやめ、治療の第一歩として、症状が現れ始めた頃の記憶を再生させようと、アルバムやら父が撮影したビデオやらを見た。父や母から話も聞いて確認した。僕はその時期、親しい人間だけでなく赤の他人の死とも無関係だったから、発病の原因については未《いま》だに分からなかった。だが、いずれ思い出すだろう。

しかし、結果的に僕は、それでもまだ認識不足だったのだ。それゆえ、僕はある晩を境に、のんびり「反省」などしていられない状態にされてしまった。

それはちょっとした偶然だった。古新聞を回収業者に出すため、母に言われてまとめていたのだ。あまりに大量の紙を一つにまとめ過ぎた上に、まとめた新聞を縛った紐《ひも》が緩かったことで、持ち上げたら結び目が解《ほど》けてしまった。

古新聞の束が景気よくばらけて広がる。

溜め息をついてそれらを集め直しているうち、僕は紙面のある見出しを発見した。社会面のやや大きめの記事で、日付は一ヶ月くらい前だった。

アパートから出火　男女三名死亡

「死亡」の文字にまず目が留まった。記事の中心に、上空から撮影した焼けたアパートの写真があった。

そしてその下に、死亡した三人の顔写真が並んでいた。

荒磯光司さん（二九）、保科智恵美さん（二八）――

藤岡清さん（四三）。

あの人がいた。

十月二日午後十一時頃、札幌市西《にし》区二十四軒《にじゅうよんけん》二条《にじょう》のアパートの一階から出火。アパートは全焼。隣の民家も一軒が半焼。二〇二号室の荒磯光司さんと保科智恵美さん、それに二〇三号室の藤岡清さんが逃げ遅れて死亡した。周囲に火の気はなく放火と見られる――

……十月二日。僕たちが藤岡さんを助けた日の、翌々日だ。

近所ではなかった。ニュースでも話題にはなっていたはずだが、僕は覚えていない。もともと僕は新聞をちゃんと読まないし、朝のニュースも毎日しっかりとチェックしているわけでもない。何かの加減で見落としていたのだ。

古新聞を集めようとして廊下にしゃがみこんでいた僕は、いつの間にかすとんと腰を下ろしていた。そのことにすら気付かないほど、意識がどこかに飛んでしまっていた。

藤岡さんは死んでいた。一ヶ月も前に。やはり死んだのだ。助けられたと思っていたのに。

呆然《ぼうぜん》とする僕に、頭の中のもう一人の僕が容赦なく囁く。

——運命は、変えられないのだ。死ぬべきものはどうあがいても死ぬのだ。

……鈴乃が、静先生が、僕に治療を勧めた本当の理由。

僕だけが知らなかった。鈴乃は知っていたはずだ。静先生もおそらく知っていて、しかし僕には話さなかった。話さずに僕が治療を始める気になるなら、それでいいのだから。

藤岡さんの運命は変えられなかった。そして、それだけではない。

荒磯光司さん（二九）、保科智恵美さん（二八）

この二人が、巻きぞえで死んだ。死ぬべき運命であった藤岡さんの巻きぞえで。

もともと藤岡さんは火災で死ぬ運命だった？……それは、違う。火災が起きたのはあの日から二日後。藤岡さんの蛍は明らかに、あの場で彼を死なせる大きさになっていた。だが助かった後の彼を、僕はよく見ていない。蛍はちゃんと消えていただろうか？　種火がくすぶるように、彼の胸に残っていたのではないか？

他の二人には蛍が現れていただろうか？　僕の介入がなければ、藤岡さんは火災で死ぬことはなかった。この二人は？　そもそも火災なんて本来は起こらないはずのことだったんじゃないのか？　藤岡さんがあの夜、飛び降りて死ななかったから——

……そのせいで死んだのだとしたら。この二人は僕が殺したようなものだ。

「違う」

口に出してそう呟き、その言葉の空虚さを実感して逆に息苦しくなった。違う。僕のせいじゃない。僕に責任はない。後でこんなことになるなんて知らなかったんだ。頭の中にざわざわと湧く「殺したのではないか」という言葉をなんとか追い出そうとして、違う、と繰り返す。その呟きはあまりに無力で不毛だった。

荒磯光司さん（二九）、保科智恵美さん（二八）

涙が出てきた。考えたくなかった。死んだ二人のことなど考えてはならなかった。だがいくら頭を空っぽにしようとしても、その名前がしつこく浮かんでくる。僕が殺した。僕のせいで焼け死んだ。苦しんだだろうか。恐ろしかっただろう。僕のせいだ。

同じ部屋から見つかったという。一緒に住んでいたのか、それともどちらかが、どちらかの部屋を訪ねていたのか。姓が違うからきっと結婚はしていない、恋人同士だったのだろう。これから結婚するつもりだったかもしれない。結婚して、二人で幸せに……。

それが奪われた。僕のせいで。

それなのに、僕がまず考えたことはこうだった。「僕のせいだということが分かる人は、鈴乃と静先生しかいない」。僕はそれを頭の中で繰り返して、恐怖を薄れさせようとしていた。

だからあの二人は、僕に治療を勧めたのだ。ようやく分かった。手を出してはならないのだ。蛍が見えても決して。だが、それよりも。

床についた手が、知らない間に小刻みに震えていた。そこら中から怪物につけ狙われているような、全方向からの手加減のない恐怖が僕の周囲にまとわりつき、確実に距離を狭めつつあった。

蛍が見えた人は、近いうち確実に死ぬ。僕にはそれが分かってしまう。そして何もできない。この先僕は、その事実に耐えられるのだろうか。

無理だ、と思った。他人の運命なんて見たくない。もし目の前の人が、もうすぐ死ぬと分かってしまったら。その人が何も知らずに笑っていたら。恋人と手をつないでいたら。来月の旅行の計画を立てていたら。将来の夢について話していたら。

……それがもし、僕の友達だったら。

嫌だ。そんなの、あんまりだ。考えたくない。

だが、こうしている間にも蛍はどこかで灯っているかもしれなかった。明日にも僕は、蛍を持った人に出くわすかもしれないのだ。もう人に会えない。顔を上げて他人の姿を見ることができない。学校にも行けない。友達の胸に蛍を見つけたら、僕はきっと正気でいられない。

居間のドアが開いて、母が顔を出した。「修哉？」

僕は反射的に胸元に目をやり、蛍がいないのを確かめる。よかった。見えない。それだけ確かめて僕は素早く目をそらした。

……今、光り始めたかもしれない。

突然それが不安になり、再び母を見てしまう。蛍はやはりない。でも。でも、見ているうちに突然出現したらどうしよう。目を離した隙に出現するかもしれない。親には毎日会う。明日は、明後日《あさって》は大丈夫なのか。現れないという保証はない。

歩み寄ってくる母を押しのけて立ち上がり、僕は二階に逃げた。階段の下から呼ばれても無視した。部屋に入り鍵《かぎ》をかける。

「修哉、ちょっと」

母の足音が上ってくる。……嫌だ。怖い。見たくない。来ないでくれ！

ドアがノックされる。僕は恐怖にかられて鍵を確かめ、ドアを背中で押さえた。

「修哉、どうしたの？」

「どうもしない。離れて！」

ドアのむこうが沈黙した。しかし、思い返したようにすぐにまたノックの振動が背中に伝わる。

「修哉、どうしたの？　怪我でもしたの？」

「してない。大丈夫」

「じゃあ、どうしたの？　ちょっと開けなさい」

「いい。大丈夫だから下に行ってて」

しばらくして静かになり、ドア越しにスリッパの音が聞こえると、足音が階段を下りていった。

ドアの鍵を確かめ、足を踏み出す。ベッドに突っ伏して顔をうずめ、視界を潰《つぶ》した。そうすると少し安心できた。

……これから、どうしよう。

こうしている間にも、母の胸元で蛍が光り始めているかもしれない。居間にいる父は？　さっきはよく確認していなかった。父は大丈夫なのか？　蛍がついてはいないか？　鈴乃は？　学校の友達は？　春江さんは大丈夫なのか？

確かめたい。だが、どうしても体が動かない。

どれほどの時間、そうしていただろう。僕はノックの音でベッドから顔を上げる。

「修哉」

父だ。ドアを開けることはできなかった。僕が「大丈夫だからほっといて」とだけ言うと、父は、体はなんともないんだな、とだけ確かめて、その日はもう放っておいてくれた。

翌日、僕は学校を休んだ。体調が悪いからと言い張って、母に休みの連絡をいれてもらった。親の顔が見られず、部屋からは出られなかった。父も母もまだ若い、死なない、といくら念じても、もし見えてしまったら、という恐怖は消えなかった。母は何度か、父は夜に一度だけ、部屋の前に来て僕を呼んだ。僕は体の異常ではないということだけを強調して、無理やり放っておいてもらった。昼と夜に一回ずつと、深夜に一回、母が食事を部屋の前に運んできてくれた。母が階下に下りきったのを確かめてからドアを開け、食事が済むと食器を外に出した。夕食は僕の好きな豚肉の生姜《しょうが》焼きで、それを見たら無性に母に申し訳なくなって涙がこぼれた。それでもドアは開けられなかった。

　その次の日も僕は学校に行けなかった。部屋のドアを開けて他人を見ることができなかった。朝、玄関口で母と鈴乃が話しているのを、耳を澄まして聴いた。母は、ちょっと熱を出した、と、僕が頼んだ通りの言い方でうまくごまかしてくれていた。

　それから僕はひきこもった。一日中カーテンを閉め、ベッドで布団をかぶって、視界を暗くしてうずくまっていた。このままでいるわけにはいかない、部屋を出よう、と何度も思った。しかしできなかった。部屋を出て顔を合わせた母の胸に蛍が見えたら、と思うと、とてもドアを開ける気にはならなかった。途中、マナーモードにしていた携帯が着信ありの表示をしているのに気付いた。僕は無視した。二日もそうしていると頭が痒《かゆ》くなってきて、風呂《ふろ》に入りたくなってきた。僕は母が買い物に出かけた隙に急いで一階に下り、シャワーを浴びて服を替えた。

　暗い部屋でずっとベッドの中でうずくまっていると、時間がなかなか過ぎなかった。

眠ってしまえばいいのに、目がさえてそれもできなかった。眠ることもできないまま、思考はぼんやりとして、しかし執拗《しつよう》に同じところをぐるぐる回っている感じがした。何分かおきに、急激に、はっきりと、恐ろしい想像が浮かんだ。想像の中で、僕の大切な人はみな蛍にとりつかれていた。ちょうど今、学校で友達と話す鈴乃の胸元で蛍が輝いていた。オフィスでパソコンに向かっている父の胸元で蛍が膨張していった。買い物をする母の胸元で蛍が爆発し、母を飲み込んだ。その想像が何度も繰り返された。その光景が頭に浮かぶたび、僕は、大丈夫だ、そんなことはない、と呪文《じゅもん》のように繰り返して、動悸《どうき》が治まるのを待った。ようやく動悸が治まっても、また何分もしないうちに想像が始まった。ひたすらにその繰り返しだった。繰り返し続けているうちになんとか一時間が過ぎ、ようやく二時間が過ぎ、しかしなかなか夜はやってこなかった。

部屋から出なくなって四日目の夜、ドアの外まで父の足音が来た。

「修哉」

「なに」

僕はベッドの中から答えた。心配をかけないよう、なるべくすぐに、健康そうな声を作った。

「……体は、大丈夫か」

「大丈夫。心配ない」

父は黙った。言葉を探しているようだった。もともと父は喋るのがあまり得意でなく、伝えるべきことを一言で済ませたり、目線だけで伝えようとして、意思疎通に失敗するようなことがあった。

「……悩みが、あるんだろう」

父はそう言った。

「それは、分かる。お前ぐらいの歳になれば、親には絶対に言いたくない悩みもある。ただな、母さんが……いや」

言いかけて言葉を切った。「いや、今のはいい」と、ぼそぼそと聞こえてくる。

それからまた沈黙があって、父は続ける。

「……俺は、昔の俺もそうだった、なんていうことは言わない。お前の悩みはお前だけの悩みだ」

父は少し間を置いて、しかしまだ続ける。

「……ただ、だからってお前一人で戦わなきゃいけないわけじゃない。そういうのは一人で考え込んでも、なかなかよくならないものなんだ。周りの力を利用して戦う、っていう戦い方も、ある。ほら、お前が昔よく集めてた……なんとかカードの、あれの漫画の主人公もそうだろう？　怪物の力を借りて戦うんだ」

……それができたら、苦労はしない。

しかし父は喋った。問題の本質をまるきり捉《とら》えそこなったまま、それでも真剣そのもので喋った。「……助けてくれ、って頼めば、人間ってのは、意外と信用ができるんだ。

もし最初の一人が助けてくれなくても、次の人は助けてくれるかもしれない。お前の周りには……」

僕はそれを遮り、ドアの方に頭を向けて呼んだ。「父さん」

「なんだ」

何を言うかは決めてなかった。だが何か言わなければならなかった。僕はベッドからドアに向けて、届くように少し大きな声で訊いた。

「父さん、最近、体調はどう？　おかしいとこはない？」

父はおそらく面食らっただろう。少し間があったが、それでもしっかりと答えがあった。「……俺は大丈夫だ」

「仕事は？　うまくいってる？　危ない現場に行ったりはしない？」

「いつもうまくいくわけじゃないが、今のところは大丈夫だ。それに俺は経理だ。工場には行かない」

「……それなら、よかった」

僕は息を吸い込み、ドアに向けて言った。「おやすみ」

父はなかなか去らなかったが、やがて、おやすみ、という声が聞こえて、足音がドアの前を離れた。

それからまた数日、僕はひきこもっていた。食事を母に運んでもらい、留守を狙ってシャワーと着替えを済ませ、テレビも観ず、ベッドの中でぼんやりしているか、携帯を見るか、ただそうしながら、ひたすら他人の姿から逃げた。父にも母にも心配をかけられない、このままでいることはできない、と思いながらも、どうしてもドアを開けて、人の顔を見ることができなかった。携帯はその間何度も鳴ったが、出なかった。大抵の場合、携帯は鳴り続けることをせず、何度か震動するとすぐに切れた。ドア越しに母と交わす会話は少なくなっていった。母の声に泣き声が混じっているように聞こえてきて、思わずドアを開けたくなることもあったが、いざ鍵《かぎ》を外そうとすると手が動かなくなった。今開けると、母の胸に蛍が光っているかもしれない。その考えがこびりついて消えなかった。

ある日の午後、また携帯に着信があった。僕はいつも通り無視していたが、今度はいつまでも鳴り止まなかった。僕は携帯を見た。液晶には「雨沢鈴乃」の名前が表示されていた。

携帯は「雨沢鈴乃」の表示を出したまま、いつまでも振動し続けた。ようやく収まると、またすぐに振動を始めた。表示はまた「雨沢鈴乃」のままだった。

携帯の規則正しい振動が僕に訴えかけてきていた。出てください。どうか出てくださ い。

僕は電話をとった。

せっかく出たのに、携帯はしばらくの間、何も言わなかった。

「……修くん？」

鈴乃の声がした。本物の鈴乃の声を聞くのは何年ぶりかに思えた。

何を言ってよいか分からず、僕はどうでもいいことを訊いた。

「……学校は？」

「日曜日」

部屋の中を見回しカレンダーに目をやる。その通りだった。曜日の感覚がすでになくなっていたのだ。

「……本当だ。日曜だ」

「修くん」

「何？」

「……元気なの？　大丈夫なの？」

「うん」鈴乃の声が聴けるのが嬉しかった。もっと話をしようと思ったが、何を言えばいいか分からない。「……ああ、部長に」

「修くん」

鈴乃が遮った。遮ったまま沈黙した。

長い沈黙の後、鈴乃は言った。

「……カーテン、開けて」

それを聞いてカーテンに目をやる。しかし僕は、閉まっていることだけを確かめてまた窓から目をそらした。

「……カーテン、開けて。私、窓のところにいるから」

できないんだ。

喉《のど》の奥でそう訴える。できないんだ。頼むから、そんなことを言わないでほしい。

それでも鈴乃は言った。「……カーテン、開けてよ。窓を開けて、いつもみたいに」

鈴乃の声が脅迫的に迫ってくる。僕は電話を切った。かかってくる前に電源も切った。

もう、まともにものが考えられなかった。僕はベッドにうずくまって、鈴乃が蛍に喰い尽くされる場面が頭の中で繰り返されるのをこらえなくてはならなかった。

……もう嫌だ。一人にしてくれ。もう誰も見たくない。会いたくない。でも会いたい。

鈴乃に会いたい。外に出て一緒に歩きたい。イヤホンで音楽を聴きたい。難しい哲学の話をしたい。でも会いたくない。鈴乃を見たくない。蛍が見えたら。僕は。

そこで思考が止まった。永遠に続く螺旋《らせん》から、少しだけ何かの軌道がずれた気がした。

僕はゆっくりと顔を上げる。「そうだ……」

……見えなければいいのだ。

僕は立ち上がった。見えなければ、誰に会っても蛍を見ないですむ。また以前のように、外に出ることができる。学校に行ける。鈴乃に会える。

適当な道具を求めて机をひっかき回した。しかし、これと思える道具はなく、そもそもどんなものが一番適しているのか、僕には分からなかった。それなら何でもいい、と思い、僕は机の上のペン立てを摑んだ。

ボールペンのキャップを外して右目に向ける。これで、このまま抉《えぐ》り取ればいい。

ボールペンの先端を右目に近づけてみる。自然に右目を閉じてしまっていたことに気付いて、無理をして瞼《まぶた》を上げる。おそらく、瞼を閉じていてはうまくいかない。一発ですませたい。痛いのが長く続くのはごめんだ。

瞳の中心に狙いをつけ、ボールペンを右目に近づける。両目で見ていると映像が二重になってうまく狙えないことに気付き、左目を閉じる。インクでわずかに汚れた先端が近づいてくる。焦点が合わなくなり、先端がぼやける。狙いが定まらなくなると思い、一旦《いったん》離した。ゆっくり刺さなくていい。一気に。僕はボールペンを持ちなおし、再び眼球に近づける。先端が、妙に綺麗に光っている。

玄関でチャイムが鳴った。

廊下から足音が聞こえてくる。母が出ていったようだ。ドアが開き、何かを話している声がする。僕はボールペンを置き、耳を澄ました。

……鈴乃だ。母と何か話している。

ドアが閉じられ、足音が廊下を移動する。居間のドアが開き、閉じる音がして、それきり声が聞こえなくなる。

しかし耳を澄ましていると、またすぐに居間のドアが開く音がした。足音が複数、廊下を移動する。靴を履く音がし、玄関のドアが開き、誰かが出ていった。

ドアが閉じる音。

それから少しの静寂。

その後に、足音が階段を上ってきた。一歩一歩、確かなリズムで。

足音が、部屋の前で止まる。

「修くん」

ドアのむこうから鈴乃の声がした。

「修くん。……そこにいるよね？」

一瞬、答えるべきか分からなかった。答えたら、鈴乃はドアを開けて飛び込んできそうな気がした。反射的に鍵がかかっているのを確かめる。

「……いるよ」

ドアのむこうの気配は沈黙する。僕も黙る。せっかく鈴乃がすぐそこにいるのだから、と思うが、どうしても話しかけられない。

「……十月二日。……新聞、見たんだよね」

僕は体を縮めた。彼女は僕の事情をすべて知っている。

続けて来るはずの鈴乃の声はなかった。僕は緊張に震えたまま、ただひたすら待ち続けた。

ドアの内部が、かたん、という音をたてた。ぎくりとして鍵を見る。かた、かた、と、遠慮がちに、しかし確実に、ドアの鍵が鳴っている。

かたん、と音がして、ドアの鍵がひとりでに開いた。

とっさに鍵をかけなおそうとして、僕はドアに駆け寄った。

「ごめん。開けないから」

ドア越しにそう言われて、鍵をかけようとした僕の手が止まった。

「……開けないから。このまま話、しよう。……ね？」

僕は、鍵をかけようとしていた手を離した。

「……話すだけなら、平気でしょ？　絶対、開けないから。……私以外、誰もいないから。さっき、おばさんに話して、悪いけど、出かけてもらったから」

必死に言う鈴乃の声に、僕は、うん、とだけ答えていた。

鈴乃は、すべて分かってくれている。それならドアを開けてくることはない。それだけは確かに信じられて、僕は少し落ち着いた。

「……ごめんな。電話出なくて」

「いい。でも……」ドア越しに、鈴乃の声が少し沈む。「……話、したかった」

「そういえば、もう一週間……もっとか。話してないね」

「うん。……いろいろあったんだよ。阿部《あべ》先生が電信柱にぶつかったり」

「えっ、何それ」

「あのね……」

吹奏楽部の顧問で英語科の阿部先生はホルン吹きなのだが、管楽器には肺活量がいるので彼は体力づくりのためにジョギングをしていた。しかしある日の早朝、走りながらもあまりに眠かった彼に「こびとさん」が悪戯《いたずら》をした。悪戯をされた阿部先生はふと「目をつぶったらまっすぐに走れるか？」というわけの分からない知的好奇心にとりつかれ、得体の知れない探究心によってそれを実験してみようと決意した。溢れるチャレンジ精神に背中を押されて彼は見事、電信柱に激突。唇を切って現在もホルンが吹けていない。この話は早くも「阿部唇切る伝説」として吹奏楽部発で学校中に広まり、部員達は彼の唇を見るたびに笑いをこらえる生活を余儀なくされている。

僕は笑った。鈴乃の話し方は途中で途切れたり飛んだりして分かりにくかったが、それでも爆笑した。ここ数日、笑うことはおろか気を緩めることもできなかった僕は、溜め込んだストレスを一掃するように笑い転げた。

鈴乃はよく喋った。僕もつられて喋った。文芸部の一年生が書いた凄い作品の話題になり、続けてクラスの佐藤さんが髪を真っ黒に戻した話になった。それから通学路で見た黒猫の話をして、動画サイトで見た黒猫と仲がよい子犬の話になり、小学校時代の僕の友人が飼っていた子犬の話になり、鈴乃がたまに弾くピアノ曲の話になった。

「……短い曲。でも、他にもいい演奏がたくさん入ってるから」

「その人、昔札幌ドームとか来てなかったっけ」

「来てたかも。……じゃあ曲、ダウンロードして送るね」

「うん」

「……」

「……」

不意に沈黙した。いつもは平気なはずの沈黙が、妙に重かった。

沈黙に押し出されるようにして、僕の口から言葉が漏れ出た。

「……どうしよう」

鈴乃はすぐに答えた。「大丈夫。……修くん、大丈夫だと思う」

いつになくたくさん喋ったせいだろう。舌が軽くなって、そのおかげで僕はずっと素直になっていた。「……怖いんだ。もし蛍が見えたら、って思うと」

「でも、今までだって、そんなにたくさん見えたわけじゃないし」

「でも、もし見えたらどうしよう。そう思うと怖くて、人に会えないんだ。すれ違う人に蛍がついていたら、平気でいる自信がない」

「大丈夫。……初めは怖いかもしれないけど、絶対に慣れるから」

「無理だよ」

「無理じゃない」鈴乃はきっぱりと否定した。「大丈夫。絶対に慣れるから」

鈴乃は喋った。僕が知らない難しい分野の話を、いくつもいくつも喋った。心理学に言う馴化《じゅんか》のメカニズムのこと。生理学に言うプログラムされた細胞死のこと。イギリスの小説に書いてあった、心に残る言葉のこと。聖書の一節の解釈のこと。南の島の美しい神話のこと。死について考え続けた、遠い国の哲学者のこと。

ドア越しに鈴乃の息遣いが伝わってきた。

……本当に、いろんなことよく知ってるなあ。

でも彼女がその知識を、ここまで長々と披露したのは初めてのことだった。それを思うと僕は不意に胸が一杯になった。いつの間にかドアに掌を当てて、言っていた。

「……ありがとう。僕は……鈴乃がいてくれるおかげで、いつも助けられてる気がする」

喋っていた鈴乃が沈黙する。僕は続ける。

「でも、怖いよ。知らない人ならいいかもしれない。でも……」

ドアのむこう。数センチの距離を隔てて、鈴乃の体温が伝わってくるような気がした。

「……でも、知らない人じゃなかったらどうする？　うちの父さんや母さんだったら。もし……鈴乃に見えたら」

「その時は、教えて」

鈴乃の返答は早く、確かだった。「その時は教えて。そうしたら私、死ぬ準備ができるから」

「鈴乃……」

「私、自分がいつ死んでもおかしくないと思ってる。私だけじゃない。いま生きている人はみんな、本当は、いつ死んでもおかしくないの。若くても、健康でも、明日階段から落ちて死ぬかもしれない。交通事故で死ぬかもしれない。家にいたって隕石《いんせき》が落ちてくるかもしれない。若いから、とか、健康だから、っていうのは、確率の問題でしかなくて、もしそれが起こってしまったら、その人にとってはいつだって百パーセントだもの。でも、それを受け入れて生きるしかないと思う」

鈴乃の声が僕の耳に届く。耳を通り越して、直接心に届いている気もする。それはたぶん、心からの言葉だからだろう。きっと彼女が、毎日難しい本を読んで、ずっと考えていたことなのだ。

「私は今日には死ぬかもしれなくて、明日なんてないかもしれないけど、そう考えてたら今日だって幸せになれないもの。だから、とりあえず今日は、明日があることを信じて幸せにやろう、って決めて、明日の今日も、明後日《あさって》の今日も同じようにして、いつか死ぬまでそれを続けるの。きっとみんなそうやってる。だから、明日死ぬかもしれないのは怖くない」

ドアに隔てられて見えなくても分かった。鈴乃はまっすぐに顔を上げて、こちらを見ている。

「自分のことだって怖くないんだから、他の人のことだって怖くないと思う。それに……」

鈴乃の声が伝わる。「……私、自分がいつ死ぬのか、知りたい。知らずに、普通に過ごしてて、いきなり死んじゃったら、きっとすごく後悔すると思う。死ぬって分かってるなら、せめて、さよならくらい言いたい」

鈴乃の母親のことを思い出した。彼女は大分前に、何かの病気で急死しているのだ。おそらくは、誰にも看取《みと》られないままで。

「だからお願い。もしこの先、私に蛍が見えたら、すぐに言ってほしいの。それと……

……」

ひと呼吸置いて、鈴乃はドア越しに言った。

「……死ぬまでの間、そばにいてくれる？」

答えはすぐに出てきた。

「約束するよ」

ようやく勇気が出た。これまでだって、きっとどこかで気付いていた。このまま隠れていることこそ、最も無駄なことだと。蛍を見るのが怖くて、一生鈴乃に会えなかったとしたら、それこそ何のために生きているのか分からない。

僕はノブに手を伸ばし、ドアを開けた。鈴乃が立っていた。

そして見た。鈴乃の胸で赤紫に輝く、巨大な蛍を。

7

何かの間違いだろう。最初はそう思った。目が疲れているのだろうと思って、両目をごしごしとこすった。目を閉じて何秒間か呼吸を落ち着けて、それから見てみた。

蛍はそのままだった。黄色い電光がぐねぐねと走り、禍々《まがまが》しく輝いている。

……そんな馬鹿な。おかしい。こんなはずはない。

僕の頭はまず最初に、どこかにあるはずの間違いを探そうとした。いくらなんでも、いきなり鈴乃が、というのはおかしい。絶対に何かが間違っているはずなのだと考えた。

だが蛍はまだ輝いたままだった。大きさからして、あと、せいぜい数十分。

鈴乃の顔に視線を上げると、鈴乃は目を見開いて僕を見ていた。「修くん……」

「いや、おかしいよ」僕は笑ってみせた。「だって今から何十分っていったって、そんなの……」

鈴乃は自分の胸元に視線を落とす。それからまた僕を見る。

「修くん」

「いや、違うから。何か間違ってるんだ」

「……見えたの」

「いや、だから、おかしいって……」鈴乃の顔を見ることができない。「何かの、間違い……」

そうに決まっていた。

だが、鈴乃が息を吸い込むのが聞こえた。顔を上げて見ると、彼女の頬を涙が伝っている。

「修くん……」

「嘘だ。絶対に間違いだ」いくらなんでも、ひどすぎる。「……ふざけんな！」

「修くん、あと、どのくらい？」

「ちょっと待った。そんなわけないんだ。たぶん目が」

「どのくらいなの？」

はっとするほど強い鈴乃の声に気おされ、僕は答えてしまった。「……何十分か」

鈴乃は顔をしかめ、それからほんの一秒くらいだけ下を向いて、内部の何かと会話をしたようだった。

それから不意に顔を上げ、僕に素早くキスした。

「……鈴乃」

「私、下で電話してくる。おばあちゃんとお父さんに」

「おい」

「泣いちゃうと思うから、修くんに聞かれたくない。ここで待ってて。すぐ戻るから」

鈴乃の圧倒的な意思に押しのけられるようにして、僕は頷いた。鈴乃はすぐに踵《きびす》を返し、階段を下りていく。

僕は呆然《ぼうぜん》としたままそれを見送り、ただ突っ立っていた。かなり長い時間、廊下の壁紙を見たまま何も考えられず、いつしかずるずると、冷たい床に座り込んでいた。

……鈴乃が死ぬ。もうすぐ死ぬ。

……ひどい。あんまりだ。

それがただ繰り返されていた。腹の底から怒りが突き上げ、脳天まで迸《ほとばし》った。僕は絶叫した。絶叫しながら、僕は壁を思い切り殴った。手の痛みがますます怒りを燃え上がらせた。

殴った音が消えたところで、家の中が静かすぎるのに気付いた。

「……鈴乃？」

呼んで階段を下り、居間に入る。ダイニングを見る。どこにも気配がなかった。

ぞっとするような静けさが、僕に思考力を蘇《よみがえ》らせた。

鈴乃は出ていった。そういえばさっき、ドアの開く音や閉まる音が聞こえたような気がする。電話をするだけなのにどうして出ていく必要があるのだろう。

僕はそこでようやく気付いた。僕は見ていた。さっき「電話をしてくる」と言った鈴乃は、親指をぐっと握り込んでいたような気がする。

……あの、馬鹿。

ようやく気付いた。靴を履いて玄関から外に飛び出す。十数日ぶりに浴びた外の光に目を眩《くら》ませながら左右を見る。誰もいなかった。

どこに行った？

僕は家に駆け戻り、二階に駆け上がった。部屋に飛び込んで携帯をとる。画面に表示があった。Ｅメールが一件、来ている。

(from)　雨沢鈴乃
(sub)　無題

いきなりいなくなってごめんなさい。もっとそばにいたかったけど、私が事故で死ぬかもしれなくて、だとすると修くんも危ないから、私は一人になります。それに一緒にいたらきっと私は泣いてしまって、それは修くんにとってすごくつらい記憶になってしまう気がします。修くん、元気でいてください。私は幸せでした。だから修くんもいつまでも幸せでいてください。もっとほかにも言いたいことがあったはずなのに、今はなにも浮かびません。私はやっぱり、話すのが下手みたいです。死ぬまでの時間で頑張って、言いたいこと、言えなかったことをまとめて、またメールを送ります。


「……馬鹿！」

僕は大声で怒鳴って、鈴乃の携帯にかけた。しかし、返ってきたのは「電源が切られているか、電波の届かないところにある」というそっけないメッセージだった。

……あの馬鹿。嘘つき。一緒にいたいって、ついさっき自分で言ったくせに。僕は事故の一つや二つ遭ってもかまわないのに。鈴乃と一緒にいられるなら、そんなものぜんぜん怖くないのに。

カーテンを開け放つ。斜《はす》向かいの二階をつい見てしまう。鈴乃の姿はない。道を見下ろす。どこにも姿はない。彼女はどこに行った?

……絶対に見つけてやる。鈴乃を一人で死なせるものか。

僕は階段を駆け下り、玄関から飛び出した。左右を見る。誰もいない。鈴乃の名を大声で呼ぶ。答えるものはない。昼下がりの住宅地は僕の気持ちを無視して、憎たらしいくらいに平和だった。

鈴乃の家の玄関まで走る。閉じられている門扉を開くのももどかしい。僕は玄関ポーチに走りインターフォンを押す。家にはひと気がない。ガレージを見ると、車は二台ともなかった。留守だ。二階の鈴乃の部屋は、僕の部屋から見ても空だった。念のため庭に回って一階を覗き込む。鈴乃はいなかった。しかし、彼女の自転車もない。

自宅ではない。だとすると、どこだ。鈴乃が最後に行く場所は。

僕は自宅に駆け戻り、自転車を出す。彼女も自転車なら、そう遠くまでは行けないはずだ。

記憶を辿る。幼稚園、小学校、中学校。鈴乃は自分の死に場所について、何か言っていただろうか? その記憶はない。

では、彼女の思い出の場所だろうか。だが、長くてもあと数十分だということは鈴乃も知っている。旅行で行った場所などに、もう一度行くことはできない。そうではないのだ。鈴乃ならそうではなく、もっと現実的なことを考える。

私が事故で死ぬかもしれなくて、だとすると修くんも危ないから、私は一人になります。

そう。鈴乃は自分でメールに書いていた。彼女なら自分の感傷ではなく、他人を巻き込まない実利のために場所を選ぶ。つまり、事故に遭ってもいいように、周囲に人のいないところ。あるいは人を巻き込むような、交通事故などが起きにくいところ。

……人のいないところ。この近くの、人のいない死に場所。

一つ、思い当たる場所があった。勘が正しいかどうかを検討している時間はない。僕は自転車のペダルを踏み込む。全速力で路地を抜けて、国道に出る。

走りながら車道を見る。自転車では時間がかかりすぎる。だが春江さんはいない。父を電話で呼んでいる暇もない。タクシーを止めるしかない。全力でペダルを踏み、電柱や看板をかわし、前方に目を凝らし、後方を振り返る。

前方、対向車線にタクシーの姿を見つけた。

――あれを止める！

ハンドルを切って車道に躍り出る。ブレーキの音が聞こえたが無視する。中央線を横断し、反対車線に入り、自転車を停めて手を上げる。

「止まってください！　乗せてください！」

スピードを出していたタクシーは泡を食って急ブレーキした。僕が近づくより先に運転手が窓から顔を出す。「こらあ！　危ねえぞ！」

僕は怒鳴り返した。「乗せてください！　緊急なんです！」怒鳴りながら自転車を乗り捨て、ドアに駆け寄る。

運転手がまた怒鳴る。「お客さん乗ってんだよ！」

「降りてください！」

「ああ？　馬鹿なこと言うんじゃねえよ。どけ！」

こめかみに青筋をたててなお怒鳴ろうとする運転手を、乗客のおじいさんが制した。

「いや、私が降りましょう。交代です」そして素早くドアを開けてくれる。

言葉を失う運転手に、おじいさんは落ち着いて言う。「急ぎですよ、仕方がない」

「ありがとうございます！」

頭を下げて車道側から乗り込む僕に、おじいさんは真面目な顔で言った。「その代わり私の分、払っといてください」

「はい」

「シートベルトして」運転手はばつが悪そうに頭を掻《か》きながらも、ぶっきらぼうにそう言ってすぐに車を転回させてくれた。そのまま減速せずにアクセルを踏む。

「どこまで？」

僕は迷わずに答えた。「拓北第二小学校」

「あそこ、もうないよ」

「そこです。その校舎」

「はいよ」

運転手はそれだけ言って加速する。僕の方が驚くくらいの加速だった。

タクシーは加速をやめない。赤になる信号を強引につっ切り、路地から出てくるヴァンをクラクションで退《ど》かし、ぐんぐんスピードを出す。春江さんの車に乗った時のようだ、と思ったら、運転手はいきなり左折して車を路地に入れた。

「あの、道は」

「こっちの方が早いんだよ。この先の信号よくつかまるから」運転手は面倒臭そうにそれだけ答える。「揺れるからどっかに掴まってて」

「はい」そういえば財布を持っていなかった。お金はあとで家から持ってくるしかない。

タクシーは路地を抜け、するりするりと角を曲がり、いきなり停車した。「ここだよ」

顔を上げると、もう拓北第二小学校の正門前に着いている。春江さんの車で来た時とは別方向からだったので気付かなかった。

「ありがとうございました。あの、お金が」

運転手は僕の様子を見て何か事情があると気付いていたらしく、手で追い払う仕草をした。「いいよ、んなのは。さっさと行け」

「はい」

タクシーを飛び降りる。後ろから「頑張れよ」という声が聞こえる。走って門を抜け、校舎に向かう。屋上を見上げたが人影はなかった。

……間に合う。絶対に間に合わせる。

校舎に向かって全力で走る。走りながら大声で鈴乃を呼ぶ。

人のいない場所。そして少なくとも交通事故の起こりそうにない場所。たぶん鈴乃はすぐタクシーを捕まえている。数分程度で来られて、彼女がすぐ思い浮かべそうなのはここしかない。ここにいなかったら、もう別の場所は思い浮かばない。だからどうか鈴乃、ここにいてくれ。

非常階段に駆け寄る。しかしそのドアは誰かの手によって針金がぐるぐる巻きにしてあった。自殺者がここから上ったということで、念のため封鎖されたのだろう。だとすると、どこにいる？　外にいれば車が突っ込んでくる可能性がある。それを避けるなら二階以上。つまりこの校舎内のはずだ。

玄関に駆け戻る。ガラスドアを押してみる。……開いた。

……あいつ、また鍵を開けたのか。

昇降口に駆け込む。砂埃《すなぼこり》のにおいがし、薄暗い静寂の中に、ガラスドアの動く音だけが耳障りに響く。

「鈴乃！」

大声で呼ぶ。声は反響し、廃校舎の止まった時をゆり起こす。

「鈴乃、僕だ！　いるんだろ？　出てきてくれ！」

声が反響する。僕は下駄《げた》箱の間を抜け、廊下に上がって左右を見ながら呼んだ。

反応はない。

……駄目だ。ただ呼んでも出てきてはくれない。逆に隠れてしまうかもしれない。それなら。

「鈴乃、聞いてくれ！　さっき静先生から電話があった。蛍がついた人でも、助かる方法が見つかったんだ！」

こう言うしかなかった。鈴乃が信じて出てきてくれる可能性があるかもしれない。

僕は廊下を走り、一部屋一部屋を確認しながら、廊下と階段の上に向かって怒鳴る。

「助かるんだ！　とにかくまず出てきてくれ！」

職員室、用務員室、校長室、理科室。鍵がかかっている部屋もあるが、かかっていない部屋もいずれもしんとして、空気が淀《よど》んでいる。

……早く。時間がない。

「鈴乃！　聞こえてないのか？　聞こえてるなら出てきてくれ！　早く！」

怒鳴りながら二階に上る。二階でもう一度呼び、三階に上る。ひと気はない。

……いないのか？

間違ったのか。ここには来ていないのかもしれない。玄関の鍵は最初から開いていただけかもしれない。もしそうだったら、もう間に合わない。

鈴乃が死んでしまう。嫌だ。会いたい。頼むから、もう一度だけでも。

「鈴乃！」

屋上への扉は鍵がかかったままだった。僕は階段を駆け下りる。息が切れ、心臓が破裂しそうにぎくぎくと鳴っている。

鈴乃を呼ぶ。助かる方法が見つかった、出てきて、と叫ぶ。反応はない。薄暗い廃校舎の空気は、どれだけ大声を出してもお構いなしで静まりかえっている。

……やはり間違いだったのだろうか。それともまさか、もう。

しかし、絶望しかけた僕は、もう一つの可能性に思い当たった。階段脇の案内図で場所を確認し、埃に足を滑らせながら全力で廊下を走る。

第三の可能性があった。鈴乃はここにいて、しかし僕の声が届いていないのかもしれない。廊下にこれだけ反響している声が届かないということは、つまり何らかの防音設備がある場所。一つは放送室。もう一つは。

音楽室があるのは二階の端だった。重い扉を力まかせに押し開ける。僕はかすかに漏れるピアノの音を聞いていた。

……落ち込んだ時。悩んでいる時。鈴乃はピアノを弾くのだ。

ドアを開け放して中に飛び込んだ時点で、演奏は止まっていた。

音楽室。埃っぽい緑色の絨毯《じゅうたん》。歪《ゆが》んだ元気な字で書かれた貼り紙。落書きされたベートーヴェン。真っ黒なグランドピアノ。そして。

鈴乃がいた。目を見開いて、ピアノの前に立っていた。窓からの陽光を背に受けて、その輪郭は天使のようにきらきらと輝いている。

「修くん……」

胸の蛍が肥大し、全体に網目状の筋が走っていた。時間はほとんどない。

……だけど、間に合った。

言いたいことは山ほどあった。だが息が切れていて言葉にならなかった。僕は大股《おおまた》で近づいて、黙って鈴乃を抱きしめた。

「修くん」

息が上がっていて答えられない。

「……どうして、分かったの」

「約束……」呼吸を必死で整える。「……約束、しただろ。……そばに、いる。もう離さない」

足りない言葉の代わりに、抱きしめる腕に力を込めた。

「……駄目だよ」

「何が」

「危ないよ。私、事故で死ぬかもしれないのに」

「死なせない」

腕の中にある鈴乃の華奢な体。こんなふうにして抱きしめたのは初めてだ。その温《ぬく》もりを確かめながら、僕は迷わずに言った。

「絶対に死なせない。大地震が起きようが、隕石が飛んでこようが、僕が守る」

「修くん……」

「……知ってるだろ？　あの藤岡って人は、二日間だけ長く生きられたんだ。僕達が止めなければここの屋上から落ちて死んでたのに、二日長く生きられた。運命はきっと、少しずつなら変えられるんだ」

「そんな……」

「僕が変える。鈴乃に寄って来る危険は全部払う。二日ずつでも一時間ずつでも構わない。それを続けている間は、生きていられるはずだろ？」

「そんなの……」

鈴乃はもう何も言わなかった。僕の腕の中で体を震わせて、泣いていた。

「……ありがとう……」

鈴乃が人前で泣いたことなんて、いつ以来だろう。どんなに体の調子が悪くても彼女は泣かなかった。高熱を出して小学校の遠足に行けなかった時も、発表会の日に腸炎で倒れて練習してきた曲を披露できなかった時も、鈴乃は人前では決して泣かなかった。

……ずっと我慢してきたんだろう。もう、我慢しなくていい。泣きたいだけ泣いてほしい。

「……怖い」

「大丈夫だよ」

「……怖いの。私、死にたくない。私、まだ友達と遊びたい。ハイデガーの本、全部読んでない。せっかく長編書き始めたのに、まだ出来てない。お父さんやおばあちゃんを悲しませたくない。大学に行きたい……」

涙声になりながら、鈴乃は言う。「……修くんともっと一緒にいたい。私、修くんに言いたかったこと、まだいっぱいある」

「僕も、いくつかある。とりあえず、一つ目」

鈴乃の体を離し、顔が見えるようにする。好きだ、と言おうとして迷った。それでは足りない。

「……愛してる」

「私も」

一番言いたいそれだけをとりあえず言って、引き寄せて唇を重ねる。もう、そのままずっと動きたくなかった。他のことを言う時間はもしかしたらもう、ないのかもしれない。それでも一番言いたいことは言えた。

……さあ、来い。この建物が崩れるのか、火事でも起こるのか、それとも本当に隕石でも落ちてくるのか。どこからでも来い。意地でも鈴乃の盾になってやる。

閉じた瞼《まぶた》を貫いて、赤紫の光が爆発するのを感じた。

ふっ、と、鈴乃の体から力が抜けた。ずり落ちる彼女の体を抱きとめながら、目を開けた僕は何が起こったのか分からないまま、ただ蛍が爆発して消えた余韻を見ていた。

「鈴乃……？」

鈴乃は目を閉じたまま、ぐったりと僕に体を預けた。僕は慌てて膝《ひざ》立ちになり、彼女の体を支える。「……おい、鈴乃？」

反応はない。しかし、呼吸が止まっていた。

「そんな……」

……そんな、卑怯《ひきょう》な。

思い出していた。小学校の頃、鈴乃はいきなり倒れたことがある。あとで僕は聞いた。危なかった、心臓が止まっていた、と。医者はたしか「心筋症」と言っていた。原因不明だ、とも。

全身から力が抜ける。……そんなの、ひどすぎる。これじゃ防ぎようがない。いきなり心臓が止まるなんて、そんなの滅茶苦茶だ。それでいいなら何でもありじゃないか。

その時、何かがごとりと床に落ちた。見ると、落ちたのは僕の携帯だった。

着信中／静先生

バイブレーションで震えたせいで落ちたのだ。僕は手を伸ばし、床から電話をとった。

静先生の、あの穏やかな声が聞こえた。

――ああ、高橋さん、つながりましたね。実は、至急お話ししたいことがありまして、自宅付近に伺っているのですが。

「先生、鈴乃が」

その一言で静先生の声色が変わった。

――どうしました？

「鈴乃が……心臓が、こんなの……」

しかし静先生はあくまで冷静だった。

――落ち着いてください。心臓が止まっているのですね？

「……はい。いきなり……」

――止まったのはいつですか？　彼女はそこにいるのですね？

「今なんです。今、いきなり」

――分かりました。ではまず、彼女を助けましょう。

……助ける？

――私の言うとおりにしてください。

「先生……」

静先生の声が鋭く変わった。

――しっかりしなさい。まだ心停止したばかりなのでしょう。蘇生《そせい》すれば助かります。

「そ……」蘇生。そんなものができたら苦労はしない。「そんなの無理に決まってるじゃないですか！　蛍が……蛍が見えたんです！　さっき爆発した！　もう……」

——落ち着いてください。いいですか。それでも助かる方法があるんです。本当です。

静先生の、あの不思議とリラックスさせる声が、僕の頭をすっと冷やした。「助かる」と言っている。本当だろうか。だが先生の声には確信のようなものが感じられる。

——私は海外の事例を調べました。それで、あなたの言う「蛍」がついている人間が助かる可能性を見つけたんです。私を信じて下さい。雨沢さんは助かります。まずは蘇生を。

鈴乃の体が重みを増し、ずるりとずれて床に倒れる。その生々しい感触が、僕を現実に引き戻した。「やります！　あの、どうすれば……」

電話機を頬と肩に挟んで、鈴乃を仰向《あおむ》けに寝かせる。

——まず平らなところに仰向けに寝かせなさい。音楽室？　ええ。そこで結構です。

「次は？」

——胸骨圧迫……心臓マッサージです。押す場所は胸の中心、肋骨《ろっこつ》の下半分です。肋骨がどこまでか、触って分かりますね？

胸部を掌で確かめる。肋骨の下半分。押す場所はここだ。

——胸が五センチ下がる力で思いきり押しなさい。一秒間に二回のリズムです。一、二、三。

リズムに従って押す。一秒間に二回。祈るように繰り返す。

——一一九番には私が連絡します。私がすぐそこに行きます。それまで続けなさい。

「はい」

——今、どこにいるのですか？

「小学校の……拓北第二小学校です。廃校になってる。そこの二階の、音楽室に」

——拓北第二小学校ですね。それと、そこが廃校になったのはいつですか？

「最近だそうですけど……」圧迫を続けながら携帯に怒鳴る。「それがどうかしましたか？」

——するかもしれません。私はすぐに着きますから、とにかく続けなさい。

「はい！」

一秒間に二回のリズム。ひたすら繰り返しながら、僕の頭の中では希望と絶望がうねって混ざりあっていた。鈴乃が死んでしまう。だが先生は、確かに「助かる」と言っていた。その可能性を見つけた、と。きっと嘘ではない。

鈴乃は目を開けない。呼吸をしているのかどうかも分からない。だが信じるしかなかった。きっと心臓は動いている。どうか、先生が来るまで死なないでくれ。どうか。力一杯に圧迫を続けていると息が切れ、汗が頬を伝った。それでも、僕はひたすら続けた。一秒間に二回。肋骨の下半分。体重をかけて思い切り押す。頭の中をそれだけにして続けた。

気がつくと、外から車のエンジン音が聞こえてきていた。開け放したドアのむこうから、玄関のドアの開く音が聞こえる。かっ、かっ、という靴音がそれに続く。僕は首だけを精一杯捻《ひね》って怒鳴った。「ここです！　二階の、階段上って右の突き当たり！」

　そして靴音がやってきた。振り返る。

「静先生……」

「続けていましたね。もう少しです」

　白いシャツを着た静先生の姿があった。先生は素早く僕の向かいに膝をつくと、鞄とは別に提げていたバッグを開く。

「……それは？」

「AEDです。すぐに準備ができます」

　先生はAEDの本体を取り出すと僕を退かし、バッグに付属していた鋏《はさみ》で全く躊躇《ちゅうちょ》なく鈴乃の服を切り、胸をはだけてブラジャーを外す。AEDの音声ガイドが心電図の解析を始めたことを告げた。ショックが必要です、と機械の声が言う。

「あの、ショックって……」

「一歩、離れなさい」

　静先生に言われて慌てて僕は後じさる。

　静先生がスイッチを入れると、一瞬、鈴乃の体がびくりと硬直した。「自動体外式除細動器です。使い方を聞いたことはありませんか？　緊急時は誰でも使っていいんですよ。使い方も全て機械が教えてくれます」

「知りませんでした」

「そうですか。周知が足りませんね」

AEDが心電図の解析を始める。それを厳しい顔で待ちながら、静先生は言う。「……最近、廃校になったばかりと聞きましたからね。もしかしたら、AEDを配備したままかもしれないと思ったのです。正解でした。幸運ですね」

ショックは不要です、とAEDが告げる。機械の声なのに妙に優しく聞こえた。

「心肺蘇生法を続けます。あなたは心臓マッサージを。先程していたのは上手でした。あれを続けて下さい」

「はい」

静先生が人工呼吸をする。そうしているうちに救急車のサイレンが聞こえた。鈴乃の顔に覆いかぶさって呼吸を確認していた静先生が僕を制した。「そこまで。呼吸が戻りました」

……呼吸が、戻った。

思わず静先生の顔を見る。先生は一瞬だけ微笑んだ。

しかしまたすぐに、厳しい表情に戻る。「再び呼吸停止する可能性もあります。気を抜かないで」

「……はい！」

救急隊員が駆けつけ、鈴乃が担架に乗せられる。それに続いて歩く僕を振り返り、静先生は言った。

「……よく頑張りました。もう、雨沢さんは大丈夫です」

「もう、って……」先生は知らないのだろうか。「先生、一度蛍がついたら、その人は……」

「一時的に結果を先延ばしにはできても、結局死亡する」先生が続きを言った。「私もそう思っていました。ですが、そうではない可能性を見つけたんです。助ける方法があるかもしれません」

「何をすればいいんですか？」先生のシャツを摑んでいた。「教えてください。何でもやります」

しかし、先生は優しく微笑んだ。

「……いいえ。この時点で、﹅す﹅で﹅に﹅完﹅了﹅し﹅て﹅い﹅ま﹅す﹅よ」

8

鈴乃は病院に着くとほぼ同時に意識を取り戻した。検査の結果、原因は急性の心筋症による房室ブロック。これは静先生によると要するに「原因不明の心臓麻痺《まひ》」と言っているのと同じなのだそうで、そこのところに不気味さはあった。しかし僕は安心していた。救急車の中からずっと、先生が言った「すでに完了していますよ」の意味を考えていて、さっき分かったのだ。もし僕の考える通りなら、確かに鈴乃はもう大丈夫だ。

鈴乃の父親と春江さんが駆けつけ、病室に飛び込んでくる。僕は鈴乃に手を振って病室を出る。廊下に立っていた静先生が看護師と話を終え、振り向いたところだった。

「先生、鈴乃がもう大丈夫、っていう理由ですが……」

静先生は僕を見る。名前の通り、静かな眼差《まなざ》しで。

「……どうやら、見当がついているようですね。あなた自身も」

僕は頷いた。

「……鈴乃が助かった理由も、僕が発病した原因も、分かりました」

「そうですか」

静先生は全て了解した様子で、自らがそれを確認した経緯を話してくれた。海外での症例を詳細に調べ、さらに僕の親戚《しんせき》から昔の話を聞いて仮説をたてたらしい。

そしてもう一つ嬉しいニュースもあった。僕が総合病院で会った五十嵐さんという人も、先生がたてた仮説に従って行動した結果、生存しているとのことである。

静先生はその後に、穏やかな調子で付け加えた。

「雨沢さんを救ったのはあなたです。あなたがあの時、音楽室まで辿り着いていなければ……彼女のそばにいなかったなら、やはり彼女は亡くなっていました」

「はい」

静先生は微笑んで頷いた。「……では治療プログラム、次の段階に移りましょうか」

僕はすぐには答えなかった。静先生は黙って僕の答えを待っている。

さっきからずっと考えていたことだった。「そのことなんですが」

静先生は少しも訝《いぶか》ることなく、僕の言葉を待っている。

僕は言った。「やっぱり、治す気はありません」

静先生は特に困った顔も怪訝《けげん》な顔もしなかった。僕の今の回答にも驚いた様子はない。

僕は続けた。「ここのところ随分いろいろあったから、分かったんです。僕にとって父や母や……それに鈴乃とか、まわりの人がいかに大切か。だから僕は、まわりの人のためにこの力を使いたいんです。鈴乃だって、また似たようなことがあるかもしれないし。だから……自分の意思で制御できるようになりたいとは思います。でも、力をなくしてしまう気にはなれないんです」

「ご安心下さい」静先生は微笑んだ。「もともと、根治の難しい疾患なのです。制御することを目標とするくらいが丁度いい面もあります」

僕は頭を下げた。「……よろしくお願いします」

「自分の不安感を客観的に見られるようになれば、制御することもそう難しくはないんです」先生は後ろを振り返った。「こちらの方のように」

先生の陰に隠れていて気付かなかったのだが、大学生らしき男の人がこちらに歩いてきていた。

先生が彼を指して紹介する。「田辺拓実《たなべたくみ》さん。……あなたと同じ、異能症の能力者です」

「初めまして。僕も異能症持ちです」男の人は僕に笑顔を向け、右手を差し出した。

「動物に自分を攻撃させることができるっていう、役に立たない能力なんだけどね。ここじゃ無理だけど、あとで見せるよ」

「あ、高橋修哉……です」

差し出された手を握る。人とまともに握手した経験はあまりないが、悪い人ではなさそうなので怖くはなかった。それに、初めて会った異能症の仲間である。

「田辺さんは春からこちらの大学に通うことになり、今は北二十二条にいます」静先生が紹介してくれる。「せっかく近所なのですから、紹介した方がいいと思いましてね。私はその話をする用もあって、札幌《こちら》に来ていたんです」

そういえば、なぜ静先生が近くにいたのかが不思議だったのだ。

北二十二条と具体的に言われ、なんとなく親しみがわく。「ひょっとしてそこの大学ですか？」

「うん。北大の獣医学部。僕の能力、動物の治療の時にうまく使うやり方があるかもって思って」田辺さんは楽しげに言った。「札幌の高校生は北大のこと『そこの大学』って言うんだね」

「そういえば言いますね。うちの高校だけかもしれないけど」

「地元の人って感じがするなあ」田辺さんはなぜか感心した様子である。「よろしくね。

北海道での生活の注意点とか教えてくれると助かる。アパート入る時もさあ、大家さんから『水道管、破裂させないようにね』とか言われて、冬が来るのが怖くて」

「いや、家を空ける前に水抜きすればいいだけですから。それに、札幌ならそんな寒くないですよ。真冬でもマイナス十度くらいだし」

「寒いよ充分に。小便凍る？」

「うーん……旭川《あさひかわ》の方に行けばひょっとしたら」腕組みをし、それから気付く。「あ、すいません。僕の方、自己紹介してませんでしたね」

「ああ、そうだっけ？」

「ええと、僕、高校二年で、異能症持ちです。能力は、近い将来死ぬ人が分かる……」

言いかけてやめる。そうではなかったのだ。「……近い将来、心臓の止まる人が分かる能力です」


外で待っている、という田辺さんたちと別れ、病室に戻る。病室には鈴乃の父親と春江さんがいて、僕は竜巻と土石流が同時に来たような猛烈な感謝の奔流をまともに受け、あまりに恐縮してしまいには「すいません」とか言っていた。春江さんでも泣くことがあるんだなあ、という新発見もついでにした。

鈴乃のベッドの傍らに座る。話を始めると、ご家族の二人はさりげなく……というより春江さんがおじさんを引っぱって出ていった。僕はそれを笑いながら見送って、感想を述べる。

「……鈴乃のお父さんって、春江さんに頭、上がらないみたいだね」

「うん」

鈴乃も笑っている。僕はそちらに向きなおった。

「ええと……もう聞いてると思うけど、もう蛍の心配はいらない。運命は終わったから」

鈴乃は笑顔を引っ込め、僕をじっと見る。いつもの顔に戻っていた。

僕はひと呼吸おいて、それから言った。

「僕は自分の症状を誤解していた。『蛍』は死ぬ運命の人に見えるんじゃない。心臓が止まる運命の人に見えるものだったんだ。心臓が止まる理由は分からない。事故かもしれないし病気かもしれない。だけど心臓が止まることは、イコール死、じゃない。心臓は一度止まっても、心肺蘇生をすればまた動き出すことが多いんだから」

鈴乃は黙って僕を見ている。あるいはすでに静先生から聞いていたのだろうか。

「藤岡さんは助けられなかった。蛍の示す『心停止の運命』そのものを変えることはできないから」

2：春から北海道大学に通うことになった内地出身の新入生は、大抵これを言われてびびる。

あのケースはどうしようもなかったのだ。巻きぞえになった二人についても、もう、どうしようもない。忘れることはできないだろうけど、そう思って背負っていくしかない。

「だけど、運命通りに心臓が止まった後、心肺蘇生法で助けることはできる。鈴乃にやったみたいに」

運命は変えられない。だが、乗り越えることはできる。

思えばヒントはあったのだ。蛍はその人の胸に現れる。つまり、心臓の上に。現代の常識から考えれば、心停止より脳死の方が明らかに「死」に近い。命を司《つかさど》るのは心臓より脳だ。なのに光るのが心臓である、という点に疑問を持つべきだった。

それに「死」というものは、そもそも定義がはっきりしていない。「死の運命」というけど、ここでいう「死」とは何を指すのか。自律呼吸ができなくなっただけなら？植物状態になったら？

それに比べれば、「心停止」ははるかに定義がしやすい。もちろん、昔は心停止も死も似たようなものだっただろう。しかし医学が発達し、ＡＥＤやら心肺蘇生法やらが普及した現代では、この二つの間には大分、隔たりがあるようだ。

「そう考えてみれば、思い当たることがあったんだ。僕が異能症になった原因も」今は血色のよい鈴乃の顔を見ながら言う。「……鈴乃、小学校の頃、いきなり心臓止めて倒れたことあったよね。今日みたいに」

「……うん」

「思い出したんだ。あの時、僕はすごく怖かった。だって、いきなり心臓が止まっちゃうんじゃ、どうしようもないもんね。医者の先生とかの話を聞いて、すごく不安になった。人間の心臓はいきなり止まるかもしれないものなんだ、ってね」

その時の感覚を、僕は久しぶりに思い出していた。「僕は不安でしかたがなかった。自分の心臓はひとりでに動いている。動かそうとしなくても、眠っている時にすら動いてる。もしこれが「もういいや」って勝手に止まってしまったら即死じゃないか、ってね。それ以来、僕にはずっと不安感がつきまとってた。僕の心臓が、鈴乃の心臓がいきなり止まったらどうしよう、って。まわりの人を見ても、この人の心臓がいきなり止まっちゃったらどうしよう、って怖かった」

症状としてはパニック障害が近いのだろう。いきなり死んだらどうしよう、という不安が、その不安そのものを燃料にして自己増殖してゆく。

鈴乃は目を伏せる。「……そういえばあの頃、修くんすごく心配してたよね。私が少し息、切らすと、大丈夫？　って」

「鈴乃の心臓が一番止まりそうだったからだよ」

「それは、間違いじゃないと思う」

なぜかそこで二人、くすくすと変に笑いあう。でも、僕は付け加えた。「……それに、鈴乃の心臓が一番大事だったから」

なぜか鈴乃はすごく照れたようで、掛け布団を摑んで引っ張った。口許《くちもと》まで布団で隠して、恥ずかしそうに言う。

「……私、これからも心配かけていい？」

「うん。……いや、それ、お互い様だと思う」

そう。なにしろ、情況はもっとやっかいになってしまっているのだ。

心停止の運命が見えるということになると、つけまわしていれば蘇生するチャンスがあるのかも、という期待が出てくる。その期待と自分の生活にどう折り合いをつけるか――という大問題が、これからの僕を待ち受けている。

能力を制御できるようになったところで、僕に能力を制御する意思がでてくるかどうか。そこのところで今後、僕はたぶん悩まされることになる。

でも鈴乃がいてくれれば、それもいずれ乗り越えられる。そのことはなぜか、確かなような気がするのだ。

僕はシーツの外に出ている鈴乃の手を握った。鈴乃も、力強く握り返してきた。

あとがき

お読みいただきましてまことにありがとうございました。あとがきから読むタイプの方（わりといる）も、ここまで五十二文字お読みいただきましてまことにありがとうございました。似鳥です。いつも同じ挨拶《あいさつ》ではないかと言われるかもしれませんが、あとがきみたいに「完全に何を書いてもいい文」の一行目に何を書くかは迷うのです。小学校の頃、作文で最初の四文字「ぼくは、」を書いたまま四十五分間固まっていた記憶が鮮やかに蘇《よみがえ》ってきます。そしてここでパソコンの前に向かったまま一時間ほど停止し、携帯を出してアプリで詰碁をしたり某動画サイトで撫《な》でられて目を細めるフクロウの動画を眺めたり「道草を食う」って言うけど普通の人は道の草食わんだろ、と思って検索をかける、など色々しました。「道草を食う」は乗っている馬が歩きながらそこらの草をもしゃもしゃやりだして遅くなる、という意味で、人が食うわけではないのですね。

というわけで、大抵の小説家はあとがきを苦手にしています。あとがきごときでなんでそんなに悩むんだ何を書いてもいいのだから自由に何でも書けばよかろう、という意見もありますが、本当に自由に何でも書くと「目の前に来た先頭車両に乗り込み、ドア前の一番望ましい位置に寄りかかって立つと同時に無意識の動作で携帯を出しいつものゲームアプリを起動させている。起動までの二秒間程度がもどかしい。ドアが閉まる。

飯田橋《いいだばし》までは三駅だが地下鉄のひと駅は一分半程度のこともあり、飯田橋に着いてしまうまでの時間で課題《クエスト》を一つクリアできるかどうかは微妙である。短時間でクリアできてとりあえずクリアすれば何らかの『たくさん獲《と》っておいて損はないアイテム』が手に入るクエストはどれか。脊髄《せきずい》反射で選択し画面を叩《たた》くも、電波状態が悪いのか通信に時間がかかってクエストがなかなか始まらない。『まもなく九段下《くだんした》』のアナウンスがもう流れている。孝雄《たかお》はスキップ機能と早送り機能を駆使し、このゲームを知らない者が見たら何をやっているのか皆目分からないであろう速度で携帯の画面を撫で叩いてクエストを進め、出現する敵を薙《な》ぎ倒す。このクエストでは敵の集団を最低あと三回殲滅《せんめつ》しなければならないが、電車はもう九段下駅に到着してドアが開いている。

飯田橋までに一クエストをクリアできるか。孝雄の全身が一段階覚醒《かくせい》して画面への集中が高まる。電車を降りてからゆっくりクリアする、という選択肢はない。歩きスマホは論外だし立ち止まってゲームの続きをやることは孝雄自身のルールで禁じている。立ち止まれば『ゲームをするために仕事中、移動を中断した』ことになってしまう。たとえ0・5秒間でもそれはゲームを仕事に優先させたということで、『牛島《うしじま》孝雄は仕事をさぼって携帯のゲームをしている』に該当する状態になる。だからあくまで移動中に済まさなければならないのだ。移動しながら、しかも移動の速度を全く緩めることなく済まさなければそれはルール違反なのだ。それが可能なのは電車に乗っている時か長めのエスカレーターの途上くらいしかない。以前は運転中の信号待ちも試したが、危険な上に意外と時間が短く、いつもクエストを中途で放棄する羽目になったのでやめた。クエストを中途で放棄してもアプリを次に起動した時には続きからできるのであるが、そうすると今度は次に起動した時に強制的にその続きからやらなければならず、それが済むまで次のクエストを選べないため時間帯限定のクエストに一番乗りしたい場合などに遅れをとることになる。だから意地でも電車を降りるまでにあと二回、敵の集団を殲滅し、戦闘結果を確認するクリア画面を閉じるところまでいかなければならないのだ。しなくてもよいはずの時間との戦い。孝雄の全身が興奮し緊張している。焦りの感情は通常はストレスなのだが、別に負けてもいい勝負から生ずるそれは安全が保障された甘い緊張である。

しかし地下鉄の車両が急停止し、手すりに摑《つか》まり損ねて肩をぶつけた孝雄の眼前で窓ガラスが次々と割れていった。オカジリサマの襲撃だと判断して携帯をしまった時には座席に座っていた学生がすでに二人、首から上を失って鮮血を噴出させていた。ぴぃあやぴぃあゃという聞き慣れた哭《な》き声をあげつつ窓から飛び込んできた五、六匹のススリサマが床に広がる血だまりを腹でびちゃびちゃと広げて狂喜している。オカジリサマに数匹のススリサマがへばりついているのはよくあることで、大抵は数人オカジリにならなければ満足するオカジリサマより、オススリ足りずに周囲の人間にまでオスイツキになるススリサマの方が厄介である。周囲の他の乗客が黙って戦闘態勢をとっていることに気付いて、孝雄も慌ててズネリ棒を出しススリサマとの間合いを測る。だがその時、いつの間にか孝雄の背後にオシタタラレていたシタタリサマが聞き覚えのある声で囁《ささや》いた。

『僕はあなたの息子です』

孝雄は驚愕《きょうがく》して振り返りつつ右手で振りかぶったズネリ棒を」と、こういう感じになるわけです。なんだか椎名誠《しいなまこと》っぽいですが正直読者からすればおっさんが延々スマホゲームをやっているところなんてどうでもいいわけでして、早くウネリサマが死んだのかどうか教えろよとかセバスチャンを出せよとか天音《あまね》と琴葉《ことは》はあの後どうなったんだよとかそっちの方が気になるわけで、何を書いてもいいからといって本当に何でも書くとこういうことになるわけです。しかし一体どういう話なんでしょうね、これ。何も考えずに書いたため何も決まっていません。スマホゲームに関しては一時期だいぶやっておりましたが、時間帯限定のイベントとか数百回同じクエストを繰り返さないと手に入らないアイテムとかそういうのが多く、そうするとにかく短いスパンでゲームにログインせざるを得なくなり、最終的には本来「仕事の空き時間にゲーム」だったはずなのに「空き時間を作るために仕事」という感覚になり、時間限定イベントに合わせて一日のスケジュールを立てるようになったためこれはあかんと思い、今はほどほどにしています。まあ電車内であまりゲームに集中していると目的の駅を乗り過ごしたりオカジリサマの襲撃に気付かず首から上がなくなったりするわけで、オカジリサマのオカジリ+スリサマのオスイッキで死者五、六名というのは都内ではよくあるパターンなので電車で東京方面に行かれる方はズネリ棒の携帯をお忘れなく。私は千葉出身なので、中学時代初めて一人で東京の電車に乗った時は乗客が全員当然のようにズネリ棒を携帯していて驚きました。しかも当時のズネリ棒なんてクリキリが外付けで赤外線センサーもなく、それなのに一メートル以上の長さがあったわけです（そして重い！）。電源も電池式だと二、三回ズネルだけで切れてしまい、そのくせ単三電池四本が必要で、かといって腰に黒くて重いバッテリーをつけて歩くのは大層かっこわるくて（しかもこの電池が夏場はえらく発熱する）、東京の人はえらいなあと思っていたものです。ちなみに関西方面ではススリサマがほとんどいらっしゃらないらしく、電車に乗る人も徒《と》手空拳《しゅくうけん》で、ススリサマはお出ましにならなくともコチョギリサマくらいはお出になるだろうにどうしてるのか、と大阪勤務の友人に訊《き》いたら「普通に手でしばきますよ」という返事がきて驚愕しました。大阪の人怖え！　と思ったのですが大阪の人からすると常にズネリ棒を携帯していつオカジラレるかオスイッカレるか分からない電車に平然と乗っている東京の人の方がよほど変わっているのだそうで、言われてみればそうです。まあ、千葉にはオカジリサマ・ススリサマどころかオツブシサマが普通にお出になりますし、南総《なんそう》の方に行けば巨大なウネリサマが小学校の裏山にお出になられたりするのですが。

田舎自慢はここまでにして、文庫本の出版にあたってお世話になりました方々にお礼を申し上げたく存じます。担当I地様、大変お世話になりました。その他にも校正担当者様、ブックデザイナー様、そして本書に美麗な青を纏《まと》わせて下さった中村至宏《なかむらゆきひろ》先生、ありがとうございました。さらに製本・印刷業者の皆様、ＫＡＤＯＫＡＷＡ営業部の皆様、取次各社様そして全国書店の皆様、いつもお世話になっております。今回もどうかよろしくお願いいたします。

そして読者の皆様。本書をお手に取っていただき、まことにありがとうございました。次の本の最後の方の頁でまたお会いできるよう、誠心誠意がんばります。

それでは、裏の林にウネリサマがお出になられたのでちょっと行ってまいります。このウネリサマを駆除したらゆっくり旅にでも出るつもりです。それにしても、いつもと同じウネリサマ駆除なのに今日は妙に胸騒ぎがします。何でしょうね。

平成二十九年六月

似鳥　鶏

Twitter　https://twitter.com/nitadorikei
Blog　「無窓鶏舎」 http://nitadorikei.blog90.fc2.com/
ブログのQRコードはこちら→

本書は二〇一五年二月に小社より刊行された単行本
『青藍病治療マニュアル』を改題し文庫化したものです。

著作リスト

*創元推理文庫
『理由《わけ》あって冬に出る』
『さよならの次にくる〈卒業式編〉』
『さよならの次にくる〈新学期編〉』
『まもなく電車が出現します』
『いわゆる天使の文化祭』
『昨日まで不思議の校舎』
『家庭用事件』

*文春文庫
『午後からはワニ日和』
『ダチョウは軽車両に該当します』
『迷いアルパカ拾いました』
『モモンガの件はおまかせを』

*光文社／光文社文庫
『迫りくる自分』(光文社文庫)
『レジまでの推理　本屋さんの名探偵』

*河出書房新社／河出文庫
『戦力外捜査官　姫デカ・海月千波』(河出文庫)
『神様の値段　戦力外捜査官2』(河出文庫)
『ゼロの日に叫ぶ　戦力外捜査官3』
『世界が終わる街　戦力外捜査官4』
『一〇一教室』

*幻冬舎文庫
『パティシエの秘密推理
お召し上がりは容疑者から』

*KADOKAWA／角川文庫
『きみのために青く光る』
(『青藍病治療マニュアル』改題／角川文庫)
『彼女の色に届くまで』

*講談社タイガ
『シャーロック・ホームズの不均衡』
『シャーロック・ホームズの十字架』

きみのために青《あお》く光《ひか》る

似鳥《にたどり》 鶏《けい》

平成29年 7月25日　初版発行
令和7年 1月20日　7版発行

発行者●山下直久

発行●株式会社KADOKAWA
〒102-8177　東京都千代田区富士見2-13-3
電話　0570-002-301（ナビダイヤル）

角川文庫 20438

印刷所●株式会社KADOKAWA
製本所●株式会社KADOKAWA

表紙画●和田三造

●お問い合わせ
https://www.kadokawa.co.jp/（「お問い合わせ」へお進みください）
※内容によっては、お答えできない場合があります。
※サポートは日本国内のみとさせていただきます。
※Japanese text only

ISBN978-4-04-105397-3　C0193